影视剧创作实务

代 辉 主编

重庆大学出版社

图书在版编目(CIP)数据

影视剧创作实务 / 代辉主编. -- 重庆：重庆大学
出版社，2019.7（2024.8重印）
影视传媒专业系列教材
ISBN 978-7-5689-1497-0

Ⅰ. ①影… Ⅱ. ①代… Ⅲ. ①电影文学剧本—文学创
作—高等学校—教材 ②电视文学剧本—文学创作—高等学
校—教材 Ⅳ. ①I053.5

中国版本图书馆 CIP 数据核字（2019）第023494号

影视剧创作实务
YINGSHIJU CHUANGZUO SHIWU
代 辉 主编
策划编辑:唐启秀

责任编辑:李桂英　　版式设计:唐启秀
责任校对:邹　忌　　责任印制:张　策
*
重庆大学出版社出版发行
出版人:陈晓阳
社址:重庆市沙坪坝区大学城西路21号
邮编:401331
电话:（023）88617190　88617185(中小学)
传真:（023）88617186　88617166
网址:http://www.cqup.com.cn
邮箱:fxk@cqup.com.cn（营销中心）
全国新华书店经销
重庆市国丰印务有限责任公司印刷
*
开本:787mm×1092mm　1/16　印张:15.25　字数:242千
2019 年 7 月第 1 版　2024 年 8 月第 4 次印刷
ISBN 978-7-5689-1497-0　定价:42.00 元

　　近些年,随着我国影视剧的迅猛发展,业内人士越来越认识到了"一剧之本"的重要性,都愿意把更多的目光和精力投放到剧本的找寻、策划和创作上,编剧正慢慢走向本应属于它的重要位置。随着科学技术的不断进步,尤其是目前全球已经进入信息化时代,以网络、手机为信息载体的新媒体的兴起,使传统广播影视备感压力;同时,越来越多的国外广播影视机构纷纷进军我国,也给本土的广播影视事业带来冲击。为了应对严峻的挑战,广播影视从业人员应该改变传统思维模式来适应不断变化的新形势。而高等院校相关专业在人才培养的体系中,理论研究和实践课程一直滞后于行业的发展,面对市场的需求、科技的发展,当下需要的是培养具有掌握"镜头 + 笔头 + 口头 + 手头"能力的人才,并且要以市场为导向来进行培养。

　　本书既是为适应高等院校影视相关专业教学而编写的教科书,也是一本为广大读者介绍影视剧本创作所需要掌握的基础知识的专业书籍。

　　影视剧创作归根究底就是讲述故事,用有特色的人物、曲折的情节和精巧的结构去讲好一个故事。讲故事的形式是多种多样的,运用各种形式来讲述故事的人也不尽其数,但并非每个能讲故事的人都能以影视剧的形式把一个故事讲得精彩动人、发人深省,这就是有些小说家无法成为编剧,或者将自己很成功的小说改编成影视剧搬上银幕后无人喝彩的原因。影视剧的创作有其自身的思维方式、创作规律和技巧,这些是需要研究并且加以归纳和总结的。

　　一些影视戏剧类的艺术院校主动承担了这方面的人才培养,开设了相关专业,吸引了许多年轻学子来寻找、实现自己的梦想。但是这个特殊专业在我国起步较晚,不仅师资少,相关教材也较匮乏,课堂上大多使用国外翻译过来的影视剧编剧书籍,如悉德·菲尔德的《电影剧本写作基础》和罗伯特·麦基的《故事:材质、结构、风格和银幕剧作的原理》等,但是在课堂教学实践中却发现,这些被好莱坞影视奉为经典的书籍,虽然有益于我们去梳理自己的创作理念,但是也有不少地方不太符合我们的创作实践;再加上中西方文化接受上的差异,在创作实践中,有些理论是没办法用的。所以当下很需要一本能够从多个角度用发展的眼光来看待市场环境,并时刻关注受众的心理来进行创作的影视剧编剧教材。笔者依据在武汉传媒学院讲授"影视剧剧本写作"课程的经验,明了学生在创作中普遍会产生的困惑,结合多年创作的实践编写了本书。

本书一共有十个章节,不仅从剧本的准备阶段、写作的影视语言的基本理论储备、故事冲突的设置、人物、结构、情节设置、对白、类型研究等编剧要素进行了全面的分析论述,还对当下大热的影视改编、影视剧的市场与受众进行了分析论述,比较具有时代性。本书从市场环境到创作过程构成了一个相对完整的体系,系统地研读、学习之后,就能完成一个实实在在的剧本。除此以外,本书大量的案例导入和经典剧本片段剖析,为阅读和学习本书增加了一定的趣味性和实操性。本书所引的案例有些是笔者的失败经历,有些是在学生作业中出现的比较典型的问题,许多创作观念和对创作技巧的理解都是从中加以总结的。

当然,影视理论和影视艺术本身都在不断地发展,不同需求的学习者在阅读和使用本书时,可以根据实际情况加以选择和取舍,不必拘泥于现有内容。

代辉

2019. 5. 1

目 录
CONTENTS

第一部分　剧本是什么

第一单元　剧本发展历程 ························· 002

一、随即阶段 ························· 002

二、草图阶段 ························· 004

三、剧本阶段 ························· 006

第二单元　编剧的创作准备 ························· 008

一、影视语言的基础单位 ························· 010

二、影视语言的语法功能 ························· 017

三、影视时空艺术 ························· 019

四、影视语言的特性 ························· 023

五、影视语言的功能 ························· 025

第二部分　写戏就是写冲突

第一单元　写作的前提 ························· 028

一、强烈的兴趣 ························· 029

二、表达的欲望 ························· 029

三、类型的确定 ························· 030

四、写作的维度 ························· 031

第二单元　"戏"的产生 ························· 034

一、人物性格 ························· 035

二、情境 ··· 037

三、人物与情境的关系 ··· 039

四、36 种境遇 ·· 041

第三单元　"戏"的形态 ·· 049

一、外在冲突 ·· 049

二、内在冲突 ·· 051

第三部分　如何塑造好人物

第一单元　人物性格的差异 ······································· 054

一、人物溯源 ·· 055

二、人物典型性格的塑造 ··· 056

第二单元　人物关系的搭置 ······································· 060

一、人物关系搭置的原则 ··· 060

二、常见搭置方式 ··· 061

第三单元　压力设置 ··· 063

一、物质环境 ·· 064

二、社会地位 ·· 064

三、生活境遇 ·· 064

第四单元　人物弧光 ··· 065

一、改变性 ··· 065

二、动态性 ··· 066

三、渐进性 ··· 066

第四部分　构建故事结构

第一单元　叙事角度与叙事方式 ································· 071

一、叙事角度 ·· 071

二、叙事方式 ·· 073

第二单元　线索 ··· 076

第三单元　布局 ··· 078

一、开端 ……………………………………………………………………… 080

二、发展 ……………………………………………………………………… 080

三、高潮 ……………………………………………………………………… 081

四、结局 ……………………………………………………………………… 082

第五部分　情节设置技巧

第一单元　悬念 ……………………………………………………………… 087

一、悬念设置类型 ………………………………………………………… 087

二、悬念与推理 …………………………………………………………… 094

三、悬念与视听 …………………………………………………………… 096

第二单元　误会 ……………………………………………………………… 098

一、误会与冲突 …………………………………………………………… 098

二、误会的设置 …………………………………………………………… 099

第三单元　巧合 ……………………………………………………………… 102

一、巧合的严密性 ………………………………………………………… 104

二、巧合的关联性 ………………………………………………………… 104

第四单元　突转 ……………………………………………………………… 106

一、突转的种类 …………………………………………………………… 106

二、突转的原则 …………………………………………………………… 107

第六部分　对白之光

第一单元　对白的重要性 …………………………………………………… 113

一、对白塑造人物 ………………………………………………………… 114

二、对白推动剧情 ………………………………………………………… 116

第二单元　设计对白的方法 ………………………………………………… 119

第七部分　类型的模仿和超越

第一单元　类型电影 ………………………………………………………… 127

一、西部片 ………………………………………………………………… 128

二、歌舞片 ………………………………………………………………… 129

三、犯罪片 ………………………………………………………………… 130

四、恐怖片 ………………………………………………………………… 131

五、喜剧片 ………………………………………………………………… 132

第二单元　类型电影各要素分析 ……………………………………… 133

一、公式化的情节 ………………………………………………………… 134

二、定型化的人物关系设置 ……………………………………………… 137

三、图解式的视觉形象 …………………………………………………… 139

第三单元　如何超越故事类型 ………………………………………… 141

一、类型的发展 …………………………………………………………… 141

二、类型的杂糅 …………………………………………………………… 143

第八部分　文学作品的影视改编

第一单元　文学作品影视改编的一般范式 ………………………… 154

一、互补性原则 …………………………………………………………… 156

二、相似性原则 …………………………………………………………… 158

三、再造性原则 …………………………………………………………… 160

第二单元　影视改编的"主题表达" ………………………………… 163

一、主题传达忠实化 ……………………………………………………… 164

二、主题转化通俗化 ……………………………………………………… 166

第三单元　影视改编的"人物再塑" ………………………………… 168

一、虚构人物"现实化" ………………………………………………… 168

二、次要人物"具体化" ………………………………………………… 170

三、人物的增加与置换 …………………………………………………… 171

第四单元　影视改编的叙事 …………………………………………… 175

一、改编的叙事视角 ……………………………………………………… 175

二、改编的叙事时空 ……………………………………………………… 177

三、改编的叙事语言 ……………………………………………………… 179

第九部分　影视剧创作伦理

第一单元　影视剧媚俗化 …………………………………………… 182
　一、媚俗化的原因 ………………………………………………… 184
　二、对媚俗化的反思 ……………………………………………… 185
第二单元　影视剧的分级制度 …………………………………… 187
　一、国外影视剧分级制度 ………………………………………… 188
　二、国内影视剧分级制度初探 …………………………………… 191

第十部分　剧本创作与受众心理

第一单元　影视剧受众审美 ……………………………………… 194
　一、影视剧受众的基本分类 ……………………………………… 194
　二、影视剧受众审美活动的特点 ………………………………… 197
　三、影视剧受众的审美需求 ……………………………………… 204
第二单元　影视剧受众期待视野 ………………………………… 208
　一、历史题材影视剧——对崇高美的景仰 ……………………… 209
　二、家庭婚姻伦理剧——对人间真情的歌颂，对传统伦理道德的怀念 …… 211
　三、青春偶像剧——现实比照与娱乐宣泄 ……………………… 213
　四、警匪反特剧——英雄情绪与受众的狂欢 …………………… 215
第三单元　从热播剧看受众审美心理的趋同 ………………… 217
　一、集体心理的寻唤——《金婚》受众心理分析 ……………… 218
　二、身份认同的焦虑和渴望——《士兵突击》受众心理分析 …… 222
　三、审美创新视野的突破——《潜伏》受众心理分析 ………… 227

参考文献

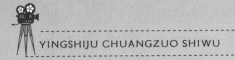

第一部分　剧本是什么

【知识目标】

1. 熟悉剧本在各个发展阶段的特点。

2. 了解剧本创作的各个准备环节。

3. 掌握影视语言的词汇、语法。

4. 熟悉影视语言的特性和功能。

【能力目标】

1. 明白影视作品诞生的主要环节。

2. 学会辨析戏剧、文学与影视艺术的关系。

3. 处理好"文学思维"和"直观影像思维"二者的关系。

4. 明确编剧在剧组中的地位。

【案例导入】

观看微电影《老男孩》。

思考：

1. 该影片讲述了一个什么样的故事？

2. 该影片留给你印象最深刻的一句台词是什么？

3. 该影片留给你印象最深刻的一个情节是什么？

第一单元 剧本发展历程

法国的奥古斯特·卢米埃尔和路易·卢米埃尔兄弟于 1895 年 3 月 22 日在巴黎法国科技大会上首次放映了影片《工厂大门》，同年 12 月 28 日，兄弟俩又在巴黎卡普辛路 14 号大咖啡馆的地下室公开售票，向社会公映他们拍摄的《火车进站》《水浇园丁》《工厂大门》《婴儿的午餐》等 12 部影片，正式宣告电影的诞生，但是此时的电影编剧还未产生。

一、随即阶段

观摩世界上最早的影片，从其内容入手来探索早期的剧本特点。

（一）《火车进站》

空无一人的火车站，一个中年搬运工手推轻便行李车出现在月台的右前方。画面右上角的后景中，一个黑点很快变成清晰的火车向观众冲过来，火车头一度占据了大部分画面。火车减速，车头驶出画面，车身沿着月台缓缓停下，有些旅客向车厢走来，其中有带着两个孩子的奥古斯特·卢米埃尔夫人。车厢门打开，熙熙攘攘的旅客上下火车。一个手持包裹的年轻农民走向车厢时，在画面上呈现了他腰部以上的中近景；一个身穿洁白冬装的少女紧接着走过来，无意间看到了摄影机，非常自然地露出了羞涩的神情，然后走过摄影机，登上火车。这期间，有人走近摄影机并好奇地看着，有时半个身子占据了画面的大部分。

（二）《水浇园丁》

在一个花园里，树木和草丛都十分葱郁，一位园丁拿起一根长长的水管，开始给花草树木浇水。水流从管子里喷射出来，形成一片均匀的水雾。水落在花圃上，草叶被水珠压弯了。这时一个小男孩走了过来，他出现在园丁的身后，趁园丁不注意，用脚踩住水管。水断流了，园丁奇怪地低下头检查水管，男孩恶作剧地把脚缩回去，水猛地喷出来，喷到了低着头的园丁脸上。园丁一下子被惹恼了，他满院子追赶这个小混蛋，最后终于抓到了他，揪起来打了男孩一顿，方才消气。而被他扔在地上的水管正汩汩地往外流着水。

（三）《工厂大门》

摄影机在门外记录了下班工人走出门外，有的骑车，有的走路，接着是一辆由两匹骏马拉着的马车载着厂主们驰进大门，一幅自然真实的景象。

（四）《婴儿的午餐》

一个静谧晴朗的夏日中午，在美丽的花园里，一张餐桌上放着银制咖啡壶和几瓶酒，留着大胡须的奥古斯特·卢米埃尔抱着爱女，虽然他又浓又黑的头发被风吹乱，但是仍在认真地给女儿喂粥；他的夫人则在一旁用温柔的目光注视着父女二人。小孩子一边以天真烂漫的神情吃着父亲喂的粥，一边玩弄着手中的点心。

由此可见，诞生之初的电影受其制作技术方面的限制，内容都极为简单，大多仅是一些片段和情景，或者是摄影式的动态记录，放映效果也只是为大众提供娱乐、消遣甚至供观众猎奇罢了。

19世纪末传入我国的早期电影所表现的无一例外的也是些逗人发笑、打闹嬉戏的实地实景，比如在一则清朝人的观后感中，详尽记载了电影初入中国时的情形："赛走自行车：一人自东而来，一人自西而来，迎头一碰，一人先跌于地，一人急往扶之，亦与俱跌。霎时无数自行车麇集，彼此相撞，一一皆跌，观者皆拍掌狂笑。忽跌者皆起，各乘其车而杳。"再或者是："一人变弄戏法，以巨毯盖一女子，及揭毯而女子不见，再一盖之，而女子仍在其中矣。"

上述影片多为随地取材拍摄，即兴特点突出，目的明确，为取悦观众博人眼球，创作时无须剧本。

二、草图阶段

随着电影制作的进步，人们不再是仅仅满足于诸如走路、风吹树叶动、车辆飞驶、马匹奔跑等简单的动作，电影的题材内容开始扩大——群众活动、汽车比赛、游行等场面都纳入了人们的视野，而摄影技术的进步更是扩大了电影的表现空间，一些新闻事件、拳击比赛、政界人士就职典礼、警察局和消防队的活动都可以用影像进行记录。一直到 1900 年，法国电影的创始者乔治·梅里爱出现，大家才认识到电影可以有戏剧化的表现，剧本进入了草图阶段。电影制作者也不再满足于那种一味追求杂耍打闹式的随性拍摄，或者对日常生活的一般观察，他们开始尝试利用电影中活动着的画面讲述故事。

此时的电影剧本以一种不完整的形式存在，被称为"电影脚本"，就像即兴戏剧和哑剧剧本一样，按照提纲形式来编写，至多在拍摄前大致勾画一个情节提纲或故事梗概、拍摄草图之类的总体框架，目的是在拍摄时能够提高些效率。

美国电影史家、著名电影导演刘易斯·雅各布斯在其《美国电影的兴起》[1] 一书中对梅里爱之于电影的贡献进行了总结："他从拍摄一个简单场面改为拍故事，这些故事多由他自己创作或者从文学作品改编而成，要包括很多场面。这样做需要预先组织题材：场面需事先设计、排演好，才能把故事叙述得头头是道。梅里爱把自己设想的这个方法叫作'人为安排场景'。这种新颖而先进的拍摄影片的方法，使美国人的电影制片方法发生了深刻的变化。当时，他们还不会预先安排场景；事实上，他们还吹嘘说他们的这些题材没有一个是'弄虚作假'的。"

梅里爱在 1899 年年底拍摄了影片《灰姑娘》，系统地把舞台剧中的剧本、演员、服装、化装、布景、分场等要素搬进了电影，取得了空前的成功。这部童话故事片的情节被梅里爱简单地分为 20 个"动作画面"[2]，并按照剧本草

---

[1] 刘易斯. 雅各布斯. 美国电影的兴起 [M]. 刘宗锟，等. 译. 北京：中国电影出版社，1991：27.
[2] 他自己给场景所定的称呼。

图进行排练和拍摄。

以下是梅里爱的《灰姑娘》剧本提纲：

1. 灰姑娘在厨房。

2. 仙女。

3. 老鼠的变形。

4. 南瓜变为马车。

5. 王宫舞会。

6. 午夜钟声。

7. 灰姑娘卧室。

8. 钟的舞蹈。

9. 王子和水晶鞋。

10. 灰姑娘的教母。

11. 王子和灰姑娘。

12. 来到教堂。

13. 婚礼。

14. 灰姑娘的姐妹。

15. 国王。

16. 婚礼仪仗队。

17. 新娘跳舞。

18. 天上的星体。

19. 变幻。

20. 灰姑娘的胜利。

由此可见，这一阶段的影片同今天的一些影片相比，长度不够，内容也十分简单，导演也仅在布景前简要地写上一点纲领，不过可以从中看出一点，在草图阶段，即使最简单的电影，也会拥有一个相对完整的情节，并且合乎情理地从开始、发展直到结束，而人物的塑造是故事的核心这一事实已基本形成。

三、剧本阶段

匈牙利电影理论家贝拉·巴拉兹说："有声电影诞生后，电影剧本就自动跃居首要地位。"

电影的艺术和技术发展日趋成熟，电影的综合属性特征越来越明显，这时，电影制作各个部门的分工也越来越细致，电影步入了剧本阶段，有了专门的编剧，进而出现了由作家编写的剧本。

（一）蒙太奇等技巧被认可

蒙太奇包括画面剪辑和画面合成两部分，画面剪辑即由许多画面或图样并列或叠化而成的一个统一图画作品；画面合成指制作这种组合方式的艺术或过程。电影将一系列在不同地点，从不同距离和角度，以不同方法拍摄的镜头排列组合起来，叙述情节，刻画人物。蒙太奇具有两个重要作用，一是使影片自如地交替使用叙述的角度，如从作者的客观叙述到人物内心的主观表现，或者通过人物的眼睛看到某种事态。二是通过镜头更迭运动的节奏影响观众的心理。凭借蒙太奇的作用，电影享有时空的极大自由，甚至可以构成与实际生活中的时间、空间并不一致的电影时间和电影空间。

所以编剧的不可或缺性就凸显了出来，电影的编剧为未来的电影设计蓝图，电影的导演在这个蓝图的基础上运用蒙太奇进行再创造，最后由摄影师运用影片的造型表现力具体表现出来。

美国爱迪生影片公司的摄影师埃德温·鲍特就选择了在当时人们眼中具有极大魅力的消防员的生活为表现对象，根据他们的生活来编织故事，利用蒙太奇技巧进行剪接，获得了空前的成功，这就是时长仅为几分钟的影片《一个美国消防队员的生活》。

鲍特根据故事的需要，增添了一些场面，并在拍摄完这些场面后，将所有的镜头进行了戏剧性的排列：

（1）开端：消防队领班梦见在万分危急中的妇女和孩子。

（2）发展：火警信号响起。

（3）行动：消防员听见警铃，急忙救火。此处设置悬念，消防队员能及时赶赴火灾现场吗?

（4）火灾现场：火光熊熊中的大楼。

（5）高潮：大火中的受灾者手足无措而又惊惶恐惧。

（6）结局：消防队员抵达火灾现场，奋力救出被困于大火中的妇女和孩子。

（二）电影中声音的出现使剧本跃居首要位置

1926 年歌剧片《唐璜》出现，它由华纳兄弟影业公司出品，在拍摄时用唱片来配唱。

1927 年，华纳公司又推出了《爵士歌王》，影片有声响、歌唱，甚至出现了对白，虽然这两句对白的出现是偶然的，当时男主角乔尔森在唱完一首歌曲后，随口说了两句话："等一会儿，等一会儿我告诉你，你不会什么也听不到。"后期制作时，这两句话居然被无意地保留了下来，于是这部影片就意外地成了"有声电影"。几句意外的对白让观众们大吃一惊，电影史给予这部影片以高度的评价，公认其为电影史上第一部有声故事片。

1928 年，华纳公司推出了"百分之百的有声片"——《纽约之光》。自此，有声电影全面推开。

有声片出现后，电影制作的分工也越来越细致。在拍摄电影故事片时，为防止拍摄过程中出现不必要的差错，保证影片拍摄的效率，电影剧本的写作是必不可少的，因此，编剧也成为专门的、不可或缺的岗位。

剧情片风行一时，电影制片人开始向舞台或文学作品寻求故事材料，剧本的创作在商业的刺激下得到了长足的发展。之前的"电影故事剧本"就包括简单的说明或者几个场景，导演要把全部活动、情节进展和镜头顺序牢记于心，当竞争激烈起来，影片加长之后，需要有专门的剧作家来进行故事的写作这一愿望变得迫切起来，只有这样才能保证影片的有效制作。此时，电影剧本作者会先把故事写成简介，也就是我们现在的故事大纲，然后加以铺排，写出比较长的而且有明确场景的情节，如果通过了，就把铺排好的故事改写成分镜头脚本，也就是比较完整的影片文字剧本。要使分镜头脚本能够真正派上用场，这个写脚本的人就需要高度了解电影生产的各个环节和技术性质。

时至今日，影视剧编剧已被公认为是影视剧创作过程中不可或缺、举足轻重的一员。

一、 训练目标

通过训练，学生能够明确故事情节和画面的关系。

二、 训练要求

认真观看一部默片，填写下表。

场序	场景	人物	情节	说明

三、 训练提示

能够分清楚场景和事件，训练语言表达概述能力。

第二单元 编剧的创作准备

影视是一种依靠影像与音响来表现的媒体，是一种诉诸视觉和听觉的综合性媒体，作为编剧，在构思剧本时，首先要考虑的就是其"视""听"属性。影视剧编剧编写剧本，就像设计师建造大楼一样，不管设计师如何地才华横溢、天赋异禀，都必须要有充分的建筑学知识，且善于运用，才能绘制出实用精美的设计蓝图，才会有一幢大楼的拔地而起。所以，编剧应该具备的首要素养就是了解电影艺术的特性并学会灵活运用它的表现方法。

众所周知，任何语言都是由词汇和语法组成的。词汇是语言的最基本单位，词语组成句子，句子组成段落，段落组成段落群，一系列的段落群构成了篇章，它们由约定俗成的语法规则组合在一起，构成了一个表达意义的语言体系。而电影亦是如此。

电影在最初发明时，仅仅只是固定机位单一镜头对事物的活动照相，缺乏艺术内涵，直到后来一批电影先驱建立了蒙太奇理论和电影美学理论，强调突出了电影的最基本、最小的单位是画面，由画面组成场面，再由若干场面组合成一个段落，最后由若干段落连接成一部影片，这个组合的理论也就把影视剧和舞台剧以及小说进行了区分。

舞台剧的观众看到的是整个舞台面，视距和视点都是固定不变的，影视剧则截然不同，摄影机代替了观众的眼睛，视距可以自由伸缩，视点可以任意变换，还有各种不同视角的镜头，能够产生千变万化的映像。对于小说而言，小说作者只管写他想要写的一切，完全不必考虑被表现对象之间的距离、角度问题，甚至可以有大段的心理描写，无所顾忌的意识流想法，各种各样的抒情表意。但是影视剧编剧不能这样随心所欲，他在创作的时候时时刻刻考虑的是一个又一个有着具体的方位、具体能拍摄的镜头画面，他在稿纸上所写下的是他在大脑银幕上由一个个镜头组成的影片。一个人的文字表达能力再强，如果不具备电影的思维，那么写出的东西也只能用来阅读，而不能用来拍摄，这也就是为什么不是所有的作家都能成为编剧。

影视剧本具有自身的一些特点，使其不同于小说或戏剧，这些特点加以概括，一是影视剧是画面和声音的结合，剧本的写作是为银幕写作，首要考虑的是它的视觉造型性，就是要写能够看得见和听得见的东西。影视剧需要的是声音的准确性和文字的具体性，因此，写影视剧本的人必须具备视听语言的知识。二是影视剧是时间和空间结合的艺术，无论是视听结合还是时空结合，都离不开电影语言——蒙太奇，因此写剧本的人要具备电影的时空结构意识和蒙太奇的思维能力，也就是作用于视觉和听觉的构思。

了解电影的基本属性是编剧创作必不可少的基本素养，对电影艺术的映像特性的了解，必须要从电影的最小单位——镜头来入手，掌握摄影角度、运动、组合、转位及时空变化几个方面的内容。

一、影视语言的基础单位

无论是电影还是电视剧，其语言功能都是通过镜头来实现的，镜头是最基本的语言单位，相当于语言文字系统中的词语。从影视造型的角度来说，画面是指用摄像机连续拍摄的活动影像的片段，镜头是拍摄过程中摄影机开动至停止这段时间内被感光的那段画面。一个镜头就是摄影机从开始到结束连续拍摄的一段画面。在蒙太奇理论中，镜头就是指"处于变化的一种动态的总体，它含有一种美学和戏剧上的欠缺、要求和紧张性，又促使下一个镜头去完成，以便从视觉上和心理上形成一个整体"[1]。

画面和声音是镜头中的两个最基本的元素。

（一）镜头与画面

影视剧叙事的最基本语言单位就是画面，这也是影视造型语言的基本视觉元素。早期的电影被习惯地称为"活动的绘画"或者"活动的照相"，延续下来后，人们也习惯把一个镜头称为一幅画面。但是二者有截然不同的界定，影视镜头是活动的，具有时间和空间双重属性；绘画则是静止的，往往以空间的构成来传达表现内容和主题。影视作品中，视觉语言的基本元素就是画面，也是影视语言的原材料，作为一个编剧，需要明确画面能够客观、准确地重现现实；另一方面，又能够根据导演的具体设计来进行创造，是客观现实和主观创造相结合的产物。

镜头画面的品质和效果主要取决于以下几个因素：

1. 画幅

一个镜头往往包含着一个或数个不同的画面，每一个画面又由许多相同或不同的画格组成，镜头的画幅为横式长方形。早期的电影最通行的纵横比为

---

[1] 马塞尔·马尔丹. 电影语言 [M]. 何振淦，译. 北京：中国电影出版社，1982：14.

4 : 3，后来美国电影艺术和科学院将此采纳作为学院标准纵横比。这种 1 : 1.33 的所谓学院标准纵横比至今仍是 8 毫米、16 毫米和 35 毫米胶片的标准纵横比，后来也成为电视屏幕的标准纵横比（后面又出现了高清晰度电视的纵横比，为 16 : 9）。电影宽银幕影片为 1 : 2.35，70 毫米影片为 1 : 2.2；个别镜头采用遮挡等特殊方法拍摄，可以获得圆、三角、竖式以及多画面等特殊画幅。画幅是镜头画面构图的前提，电影或电视的一切内容都在它里面展现出来。

2. 景别

景别是指摄像机在与被摄对象的不同距离或用变焦镜头拍摄成的不同范围的画面。景别的规格应当与它所包含的具体对象和戏剧内容相适应。景别的大小对镜头的长度有一定的影响，一个镜头的长度取决于景别所包含的内容和观众看清内容所需要的时间，因此，全景镜头总比特写镜头的时间长，但是当特写镜头要表达某种特殊含义时也可以延长。一般而言，景别越大或者越近，它所包含的戏剧内容或者思想意义就会越多，但是其中景物就会越少。

（1）大远景。通常从很远的距离来拍摄主体对象的全景，摄影机放置的地方不限于地面，往往是在高空，也可以在海面甚至海底。大远景的作用一般是引导观众对故事发生的地点进行认知，确定主体的定位，将观众带入某种气势中，为后面的场景和角色的出现做好铺垫。一般用大远景来开场，经常能一开始就吸引住观众。

（2）远景。往往在影片开始时展示环境，点明主题，一般第一个镜头都会选择远景。这种镜头旨在表示地区或展望风景的场合运用，能够产生深邃雄浑的感觉。比如在西部片中惯常就是运用一望无际的原野来交代环境，如果不用远景就很难展示；都市题材影片中则是运用密密层层的大都市屋顶的鸟瞰来交代背景。远景用于静态画面中，比如巍峨建筑、沙漠、原野等；用于动态画面中，如战争、竞赛等大场面，都是不可或缺的、令人产生壮观印象的画面，表现出雄浑磅礴的气势。

（3）中景。表现人物膝盖以上部分，接近人眼的正常视觉感观，多用来叙述事件的进展。介于远景和特写之间的画面，以人身为准，画面可以容纳整个人身的全部，可以看清人物全身的动作。中景在表示人物和动作以及人和环境的关系时，相当于在剧场中观看舞台剧的画面，同时又是远景和特写之间的转位镜头，避免"跳"的感觉，使观众在视觉上更易接受。中景既能够适宜表现戏剧效果画面，也适合复杂的场面转换。在常见的场景中，中景往往是双人镜头。

（4）近景。表现人物腰部或胸部以上部分，有时也称为"半身"镜头，观众可以更清楚地看到演员的脸部表情。近景是最容易发挥感情的镜头，适合表现角色的对白。

（5）特写。电影艺术中最主要的镜头。由于特写镜头的出现，电影脱离了舞台的拘束，开始拥有独立的艺术生命，它的性质是集中于景物的一点，在银幕上加以放大，使观众能够看得特别清楚，但运用时间不能太长，也不能太多。它是电影画面中视距最近的镜头，范围小、画面内容单一，可使表现对象从周围环境中凸显出来，造成清晰的视觉形象，获得强调突出的效果。特写镜头能表现出人物细微的情绪变化，当用特写镜头表现人物的脸部表情时，就能够很好地揭示人物的内心冲突。

特写镜头还是一种展示作品心理和戏剧含义的景别，通常表现内心活动。当用特写镜头表现物件时，它通常代表的是人物的视点，是人物思想感情具体化的一种表达方式。

在创作中，真正给景别下一个确切的定义其实并不容易，因为在不同的环境中，同一个景别所指的具体范围可能存在差异。各类景别在运用时相互依赖，不可分割。比如远景、全景可以整个地展示人物动作、广阔的环境及其相互关系，在表现群众场面、运动场面时展示人物行为与精神气势，描绘气氛、意境等方面具有较突出的表现力。特写、近景表现的内容单一、集中，可以将对象放大，不仅再现、描绘得特别清楚细致，而且具有突出与强调的作用。中景长于展示人物与人物之间、人物与环境之间的交流和关系，在叙述内容时起着重要作用。

3. 镜头的角度

镜头的角度是指拍摄时摄影机与被拍摄主体对象之间的角度。一般可以分为平拍、仰拍、俯拍以及正拍、侧拍、反拍几种。镜头的角度是镜头画面构图的重要因素，有着丰富的艺术表现力。

（1）平拍。摄影机处于与被摄对象水平的位置，符合人正常情况下观察世界的角度，画面具有平稳性。

（2）俯拍。摄影机镜头视轴偏向水平下方的拍摄手法。呈现出的画面人物会显得渺小，被周围环境所包围，也能体现环境的宽广和规模，强调环境、空间及其人物在其中的位置关系。

（3）仰拍。摄影机镜头视轴偏向水平上方、低于拍摄主体视平线的拍摄方式。呈现出的物体的大小和面积都被夸大，主体的高度感和成像面积被夸大，后景或者陪体被简化，加强了画面整体的垂直感。用仰角度拍摄时，人物主体及其运动都被夸张呈现，对观众有视觉上的压迫感，在拍摄一些多人场面的时候，仰拍能制造出混乱、应接不暇的视觉效果。

人们经常由拍摄场景空间的要求来决定角度的选择，以便于更好地叙事，更好地展示空间和讲述故事情节。由于角度具有造型效果，导演通常会利用仰角和俯角来表达个人对场景的评价或引导观众的看法，所以通常也被称为"情感角度"。

4. 镜头的运动

随着移动摄影设备、电影机械和感光材料等技术手段的进步，运动摄影的运用越来越广泛，运动镜头渐成体系，表现力日益丰富，能够给画面增添动感，使影视艺术有别于其他艺术的造型特征，脱离了戏剧美学特色，呈现出人眼观看时的运动状态，极大地拓展了影视语言的叙事时空。

（1）摇镜头。摇镜头指摄影机中心位置不动，利用三脚架和云台拍摄方向的可变动功能向纵横各方向摇摄。

此类镜头符合人眼寻找运动物体或关注景物的特点，常用来观察运动中的人或物，引导观众的视线，或者可以很好地表现某一空间中人与人、人与物之间的联系。

（2）推镜头。推镜头是指沿着摄影机光轴的方向向前移动的一种接近式拍摄方法，所呈现出的画面范围会越来越小。

该类型镜头比较符合运动中的人物关注环境中景物的视点，或人物处于某一固定位置对某一物体的视觉关注，往往是编创者强调突出的某一表现重心，在主观视点镜头中经常会使用该类型镜头。

在使用该类型镜头时，"推"的速度不同，产生的画面效果、表现出的功能也不尽相同。比如，快推、急推就是一种有节奏感的强烈主观性的表达，能够给人造成强烈的视觉冲击力，从而产生急促、匆忙、震惊、紧张有力等感觉，能够极大程度地吸引住观众的注意力。而缓慢推进则能给人一种悄悄接近的感觉。

（3）拉镜头。拉镜头是一种沿摄影机光轴方向向后移动远离的拍摄方式，所呈现出来的画面范围会越来越大。

该类型镜头在画面效果呈现上是逐渐地远离被摄物体，画面中的被摄物体由单一变为多元，表现的对象会越来越多，同一被摄主体占据的画面空间会越来越小，有一种抽离的感觉。

在使用此类型镜头时，"拉"的速度不同，就会产生不同的效果。缓慢地拉镜头会呈现出越来越多的景物，空间场面也会越来越大，画面会更加复杂。急速地拉镜头则会产生一种突然跳脱的感觉，画面从近景或特写急速跳跃到远景或全景，视觉跳跃感极强，适合表现强烈的戏剧性场景和人物激烈的情绪情感变化。

（4）移镜头。移镜头是指摄影机不固定跟随某一对象，纵横移动进行拍摄。这是一种较为复杂的镜头，它的方向、移动速度、拍摄方法以及与被拍摄人或物的关系十分密切。从拍摄技术上讲，移镜头大致分为轨道车移动拍摄、摇臂移动拍摄、手持摄影机移动拍摄、航空拍摄、特殊运动镜头设备拍摄等。

①跟踪拍摄。这是镜头跟随运动的人或物进行拍摄的一种方法，按照摄影机方向和被拍摄主体的位置关系主要分为前跟、后跟和侧跟。跟拍的方位不同，画面表现的重点也不同。前跟镜头强调运动主体的运动状态，后跟镜头强化跟踪的视点感，侧跟镜头的画面动感最强烈。

②轨道车移动拍摄。这是电影当中使用最为普遍的一种移动镜头的方式，将摄影机放在轨道车上做水平移动，摄像机做水平横向的移动拍摄。移动镜头和场面调度结合在一起就能表现出特定的情节、人物关系，发挥出戏剧性的作用。

总体而言，运动镜头的意义可以从叙事功能和美感风格两大方面加以概括，既能够交代信息、视点，呈现空间，同时还能为了追求画面内容变化而制造出视觉美感或刺激感。

对学习编剧这门课程而言，了解镜头和镜头的运动，能够更好地培养编剧的形象思维能力，影视剧编剧的写作靠的就是镜头和声音的结合。

5. 镜头的长度

在影视剧中，镜头的长度是指每个镜头画面延续的时间。无声电影时期的摄影机与放映机的正常速度是每秒过片一英尺[1]，即 16 个画格。有声电影是每秒过片一英尺半，即 24 个画格。个别镜头为了达到特殊的艺术效果，拍摄时可以增高或降低速度，拍摄出的镜头被称为升格镜头或降格镜头。

电影和电视剧的镜头长度根据所拍摄内容而定。短的镜头只有几个画格，放映不足一秒。长的可达几百英尺，放映数分钟之久。一部时长一个半小时的电影，一般由 400 ~ 800 个长短不同的镜头组成，时长 45 分钟的电视剧镜头数则为 200 ~ 400 个。

（二）镜头中的声音

影视剧中的声音主要是指剧中人物语言和音乐音响。按照声源的特点可以分为：人声、自然音响、音乐；按照声音的录制方式可以分为同期声——对白、自然音响、动作音响，配音——对白配音、解说和画外音、动效、音乐。

在影视剧中，对话是塑造人物，推动情节发展最重要的手段之一，尤其在电视剧中对话的作用更为显著。在剧本中，对话占有 90% 以上的分量，所以对人物语言的把握程度往往也是衡量一个剧作家艺术功底的重要标准。

影视剧中的内心独白和旁白都是以"画外音"的方式出现的，内心独白往往以"第一人称"的方式进行，是人物在剧情推动下所产生的内心活动，主要抒发个人情感，表达人物内心世界。旁白则往往从旁观者角度对剧情或人物作出评述。

影视剧中的音乐可以烘托气氛，调节节奏，还能创造出戏剧效果，但是编

---

[1] 1 英尺 ≈ 304.8 毫米

剧们往往极容易忽视它们的作用。

音响是指在影视剧作品中除语言和音乐之外所有声音的统称。它能够在作品中起到增加生活气息，烘托气氛，扩大视野，赋予画面以具体的深度和广度等作用。

（三）声画关系

假设一个人两次站在同一座天桥上，分别处于不同的心境：一种是在焦急而兴奋地等待与好友的见面；一种是他失业了，心情低落，犹豫着要不要离开这个城市。桥上车来车往的声音都是一样的，但是人物的心情不同，以人物的主观感受来处理两个情境的声音，就能从听觉的角度来表现人物的内心。前者汽车的噪声可以压低，后者汽车的噪声可以拉高，以强调人物内心的烦躁和周围环境的不和谐。

以上例子可以说明声音是具有主观性的，观众往往不会轻易察觉到。音效能够塑造一种气氛，给观众带来某种感受。

声音与画面具有以下三种关系：

1. 声画同步

声画同步是指声音与画面按照现实的逻辑相互匹配而产生的一种效果。在这类声画关系中，画面居于主导地位，声音必须与画面结合在一起才有意义，必须与画面相匹配才能发挥作用，就是指观众所看到的和听到的是同步的，声源即在画面中。

2. 声画分离

声画分离是指在电影或电视剧中画面和声音相互作用但是又各自独立的一种结构形式。在影视作品中，声画分离技巧使观众即使没有看到形象也能理解故事，并且能激发观众的想象力，使场面显得含蓄隽永。这一种声画关系能够分别表达不同的内容，各自独立发展，在形式上不同步、不合一，但是两者又彼此对列、彼此配合、彼此策应，分头并进而又殊途同归。

3. 声画对立

声画对立是视听媒介中一个极其重要的视听关系，是指声音和画面不是按照现实逻辑配合，而是意念上相呼应的关系，或者是现实与心理的呼应关系，这种手法往往能表达出更深的内涵，获得意想不到的效果。这种声音和画面形象不吻合、不同步甚至相互离异的蒙太奇技巧让二者在新的基础组合上获得了和谐和统一。它可以充分发挥声音的主观性作用，还能借此连接画面、转换时空。

声画对立的直接效果是突出了声音的作用，使其从依附于形象的从属地位中解放出来，成为独立的艺术元素，强化了声音与画面形象的内在联系，使其更具感染力，从而丰富了电影和电视剧的表现手段。

二、影视语言的语法功能

在影视作品中，一幅画面并不能表达出真正完整的意图，它的意义必须要放在一系列活动的画面中才能确定。比如，我们在画面上看到一个黑洞洞的枪口缓慢抬起时，并不知道创作者要表现什么，只有随着画面的流动，看到了拿枪的人，冷酷的面孔，枪里的火光，倒下的人影，我们才恍然大悟，原来他是在杀人。这就需要组合一系列的声音和画面来讲述，那么，画面和声音在组合的时候绝不能随机随意，必须遵循一定的规律和方法，这就是影视语言的语法功能。

影视语言在进行组合的时候有一个建筑学上的术语被引用，这个术语就是法语 montage，被翻译为蒙太奇，引申为电影上的剪辑和组合，表示镜头的组接。

镜头之间的排列、组合和连接，会将摄制者的主观意图体现得十分清楚，每一个镜头都不是孤立存在的，它的形态会和与之相连的上下镜头发生关联，而不同的关联就会产生出连贯、跳跃、加强、减弱、排比、反衬等不同的艺术效果。另一方面，镜头的组接不仅起到了叙述镜头内容的作用，而且还会产生各个孤立的镜头本身未必能表达出的新的含义。比如在电影史上第一次运用平行蒙太奇尝试创作的格里菲斯，就将一个被困在荒岛上的男人的镜头和一个等待在家中的妻子的面部特写组接在一起，让观众产生了一种新的特殊的想象，从画面中感受到了"等待"和"离愁"。

电影大师爱森斯坦有一个蒙太奇理论，他认为 A 镜头加 B 镜头的组合，不是两个镜头的简单相加，其效果是二数之积甚至更多，会表达出一个崭新的内容和概念。比如，一个画面——妇人，另一个画面——丧服，这两个画面都可以用实物加以表现，而这两个画面组合在一起形成的"寡妇"这一身份的认知则不是实物能够表现出来的东西，而是一种新的表象，新的概念和形象。

运用蒙太奇可以使镜头的连接产生新的意义，这就极大地丰富了影视艺术的表现力，从而增强了影视艺术的感染力。在进行艺术创作的时候，编导们必然会在作品中融入自己对社会、对人生、对美的理解，蒙太奇手法在很大程度上为他们的自我表达提供了可能性，但是这种创作中的主观性是不能违背现实的真实性和人们的欣赏心理的。所以，影视剧的镜头组接要以人物或观众的视觉或思想为基础，在满足叙事的准确和生动外，还需要考虑画面的视觉效果。

对于一个编剧来说，有了一定的生活阅历和对生活的观察和思考后，需要做的就是把自己的感觉按照现实本身及人的视觉习惯表现出来，把故事讲清楚是最关键的，而编剧们创作出的剧本在画面的组接上往往正好暗合了蒙太奇画面结构的规律。

（一）镜头的组接

镜头组接的目的是再现生活，表达创作者的意图，所以在影视剧中，通过镜头的组接可以达到以下效果：

1. 选择与取舍

通过景别、角度及组接的运用可以突出表现对象中主要、本质的部分。

2. 集中与概括

通过组接可以使一些内容集中、强化，可以进行对比、概括，赋予各镜头单独存在时不具有的含义。

3. 吸引观众注意力

可以在一段时间内让观众按照组接的顺序与逻辑逐个镜头、逐个画面地了解内容，从而起到引导、规范观众注意力，支配观众思想与情绪的作用。

4. 创造影视剧时空

镜头组接能够创造出与实际生活相似但不同以及现实中不存在的空间环境，能够在不同的时空中进行纵横飞跃，同时又能够对现实时间作出相同、延长、缩短以至停滞、重复的表现。

5. 形成不同的艺术节奏

镜头组接是形成影视剧节奏的重要因素。一般情况下，短镜头的组合能够形成紧张急迫的节奏，长镜头的衔接给人以平稳、缓和的感觉。

在影视剧中，镜头组接的方式一方面取决于剧情发展的需要，另一方面则取决于导演对剧情及影视剧整体创作风格的设想和把握。

一个懂得镜头和镜头组接的编剧写出来的剧本往往镜头感很强，有时候只需要在剧本上标明镜号、景别、技巧、音乐和音响等就能成为很规范的分镜头剧本，在拿给制片人审读时，清晰的画面感会让人对故事的把握更加清晰。

（二）场景的转换

在影视剧中，人物活动的主要空间就是场景，它由地点和时间的统一性来决定。随着故事的发展，场景也在不断地发生变换。场景转换的多少、快慢会直接影响影视剧的节奏。一般来说，节奏快的片子，场景转换也相对要快一些，节奏慢的片子，场景转换则慢一些。场景转换的快慢一般由编导根据剧情和整部片子的风格来把握。

三、影视时空艺术

影视艺术是时间艺术与空间艺术的复合体，它既像时间艺术那样，在延续时间中展示画面，构成完整的银幕形象，又像空间艺术那样，在画面空间上展开形象，使作品获得多手段、多方式的表现力。编剧和导演把现实生活中的时空经过分割、取舍后，又用各种手法（淡出、淡入、切换等）连接在一起而成为新时空。人物、情节就在这个时空中运动、发展，构成一部完整的影片。正是这种经过分割、取舍后重新组合成的"不连续的连续"，构成了一部影片。这种分切后重新组合形成的新时空，已经不同于客观现实的时空了，而是艺术时空。

但是，在以往的影视创作中，比较强调影视艺术作为时间艺术的观点一直影响着我们的创作方法。法国电影理论家马塞尔·马尔丹曾说："在作为电影世界支架的空间—时间复合体（或空间—时间连续）中，只有时间才是电影故事根本的、起决定作用的构件，空间始终是一种次要的、附属的参考范围。"在这种观点的指导下，长期以来，我国的故事片大多数都以叙述故事情节的发展来结构影视，它是一种线性的思维方式，是按故事情节开展的环境背景来考虑空间的。但影视故事与一般的故事是不同的，它必须以造型—空间的形式呈现出来，通过造型表现手段——光影、色彩和线条所组成的构图、色调和影调来叙述故事，抒发情感，阐述哲理。因此，更确切地说，影视艺术应是一种时空综合艺术。

（一）环境的空间营造

苏联的瓦斯菲尔德说："电影艺术作品中的时间——无论是天文学的时间或形象的、蒙太奇的时间——总是在空间里，在一定的纪实性的或假定的环境里实现的，影片的结构便是一个空间—时间的范畴。"

一部影视作品的空间营造应从整体上把握环境的氛围，选择典型的富有视觉冲击力的形象元素来构建一个具有整体感的空间构架。如影片《金色池塘》的外景环境造型是一所坐落在湖滨的别墅，风和日丽，绿林清幽，景色迷人，湖面上洒满了金色的阳光，给人一种和谐的美，富有地域特征。这一环境的选择，揭示了现代人生活中老年人应该怎样面对新生活的问题，是向生活举手投降，还是与生活进行抗争，振作起精神，面对死亡并与之挑战。美国影片《鸟人》的环境造型也具有典型意义。"鸟人"因其以不愿与人交谈来抗争社会，被关在精神病院，他被安排在一间带铁窗的病房，窗外是广阔的蓝天，自由飞翔的白鸽，他身处的现实困顿和他心灵向往的自由天地从环境造型中鲜明地对比出来，环境的造型具有象征性的意味。

环境空间的营造要给人以物化情感的可能，空间环境能与人的情绪、心境吻合，人物的情绪就会自然而贴切地找到情感的外在物，内在的情绪便能在环境中延伸开来。影片《出租汽车司机》一开始拍摄了查尔斯一双清澈明亮、闪着青春和纯真但又并不欢快的眼睛，坐在车厢里的主人公查尔斯与川流不息、五颜六色的汽车以及路旁不断闪烁的五光十色的纽约夜间街景构成了一组组色调反差极大、光彩夺目的画面，通过这些美丽动人的画面空间的营造，影片导演把观众带进主人公的内心世界——单纯、质朴、孤独又勇敢，把当代人的迷茫和追求很好地表现了出来。

（二）空间的再现

影视摄影区别于其他艺术的主要特点就在于它讲究造型，以艺术的造型（画面）贯穿始终。那么在造型中如何在二维平面上创造三维空间，在这方面，影视摄影的先驱已积累了不少经验并形成了相关理论，例如，如何利用人的视觉生理映像的特点强化线条透视和影调透视现象，如何利用斜线及斜向排列的物体向远处的伸展和会聚来显示空间，如何利用多层次景物的逆光照明形成的丰富的影调层次来展示空间等，并通过影视特有的手段——运动摄影来改变空间的结构和位置，创造出一种真实动人的现场感，开拓空间的视野。如影片《小兵张嘎》中的一场戏，伪装成汉奸模样的罗金保带着嘎子走进院落，（镜头中景跟拉）他们钻进葡萄树下，（镜头跟移）然后曲里拐弯地走到小栅里，罗金保挪开堵在门上的一捆草，从一道门钻进去（镜头拉开成全景），他们爬上房顶，再从梯子爬到另一个院落里（镜头随之降下）……这一连串的运动镜头既揭示了当年神出鬼没的抗日游击队的一种神秘传奇感，又较好地再现了一种空间的真实感。

在画面上真实地再现空间，为表达情节内容、表现人物的活动及心理状态提供了可信依据。如影片《公民凯恩》中，用了诸多纵深镜头来再现空间，正如影片导演威尔斯所说："在生活中你看到的东西是同时尽收眼底的，在电影里为什么不能这样呢？"影片中当苏珊演出又一次失败企图自杀时，画面空间造型是这样安排的：前景是一只玻璃杯和一瓶毒药，中景是枕头上苏珊的面部，后景是房门和门下透过来的一线亮光，我们听到苏珊的喘息声和凯恩在门外拼命敲门的声音，这一空间的创造给我们一种既紧张又担心的心理感受。由此可见，画面空间的营造会产生一种非同寻常的奇特效果。

（三）空间的表现

摄影画面并不只是以再现真实的空间为目的。创作者们为了表现某种主观情绪，创造内心的视觉意象，还有意地利用各种摄影技巧改变人们对真实空间的印象，进行空间的变形，压缩多重空间的画面组合，来达到空间的表现性目的。空间变形拥有很大的表现性和情绪意蕴。如影片《黄土地》中曾多次出现翠巧在河边担着水桶向画面走过来，通过长焦镜头对空间的压缩，使人感到翠巧身后始终充满了黄河之水，感到黄河的温暖柔和以及她对翠巧的宠爱与主宰，使人物深深嵌入了黄河之中。影片《死神与少女》中产房的一场戏，摄影师运用小景深拍摄一排排刚刚降生的小生命，通过调节焦点，画面的清晰点由第一个婴儿逐次转向最后一名，产生一种飘浮感，犹如嫩芽破土而出。摄影造型空间的表现手段还能构成意象性和抽象性的影像形态。利用这种影像形态，主旨不在表现对象，而在描写心意，在"神"与"形"的关系上，舍"形"求"神"，即"舍像求意"来着重表现强烈的主观情感，同时还渗透创作者的主观情感判断。如美国著名影片《现代启示录》，一开头就用了一组意象性的表现手法，黎明前的越南丛林，天空中有一丝亮光，伤感的男声独唱和伴奏的琴声从远处传来，然后又传来轻松疲倦的直升机马达声，两架直升机的滑橇缓缓掠过画面，这一"造型—空间"给人的情感刺激是异常强烈的，我们感到丛林里曾经遭到毁灭或者将要遭到毁灭，或者丛林里蕴藏着人类的噩梦。故事还没有开始，这里没有情节，没有动作，也不是故事将要展开的具体地点，而是通过摄影手段的隐喻性体现出的创作者对人类命运的担忧和伤感，以及对大自然抱着的怜悯之心。画面随后是直升机叠印上尉的头部，头顶冲着银幕下方，好像整个人类世界都颠倒了，上尉的眼睛注视着画外的人类世界，这究竟代表了谁的眼睛呢？是剧中人上尉的，还是创作者的，抑或是观众的？仿佛都是又都不是，总之这是一对注视着全人类的眼睛，再配以直升机的马达声，组成了一组极有抽象意味的造型—空间形象，这形象一经出现，就预示了影片的宏观视点。空间的变形实际上已经改变了物与人一般的空间比例，达到某种视觉上的强调和暗示。

综上所述，影视剧中时间与空间的组织与运动是影视艺术的重要特征。影视剧通过声音和画面直接作用于观众的视听，因此，银幕上出现的一切都必须是看得见、听得着的艺术形象。这就要求影视剧作家在创作构思时先在自己的脑海里出现鲜明、具体的视觉和听觉形象，用影视语言来构思和创作作品，对于剧作家来说，要用画面进行思维，用文字进行表达。在影视剧中，画面永远在真实的时空之中流动，要让人感觉到时空的流动，这种时空的延续就要与对现实的感觉相同。

四、影视语言的特性

影视语言有着特殊的规律，它不同于小说、散文、诗歌，也不同于广播语言。影视语言是按照影视音像的特殊要求灵活运用的，不需要完全遵守作文的章法。在影视语言中，词汇就是画面和声音，语法就是蒙太奇。把许许多多画面和声音通过蒙太奇组接起来，就形成了影视剧的语言系统。在影视剧中，最小的语言单位是镜头，若干个镜头组成场景，若干个场景组成一部完整的影视剧。

谈到画面的特性，可以把画面与文字的功能进行比较。文字和画面同样都是作为一种艺术的语言，都是表达人类思想和感情的媒介，但是它们之间有什么区别呢？当我们试图把一幅画面转化为用文字来表述的时候，或许就能真切地体验到这两种语言在表现力上的差异。

如面对冬季湖边的景色，可以这样描述：他在未名湖边漫步着，任凭阴冷的寒风吹拂在脸上，冰冷的眼睛微微闭着，蔑视着前方，嘴角挂着阴冷而苦涩的微笑。眼前的未名湖也是一派苍凉，犹如他此时的心境。湖水结成了冰面，在阴冷的天空映照下，闪着清幽幽的光亮。湖边光秃秃的柳树东倒西斜地立着，如同一个个晚景凄凉的老人，那一根根低垂下来的枯枝在寒风中战栗。远处的博雅塔在苍茫的苍穹映衬下也显出了几分老态，那落寞的神态令人不忍目睹。面对眼前的景致，他不由得黯然神伤。曾几何时，这片湖光山色还是北大校园里最为风光、最有诗意的风景：在阳光下闪着粼粼金光的湖水，扯动着高塔的倒影，还有湖边的垂柳。在湖边的小径漫步着，清爽迷人的春风把一条条绿油油轻飘飘的柳枝送到你的眼前，轻拂着你的脸，犹如姑娘的吻，令人感到温馨。长椅上埋头苦读的书生，相依相偎的情侣，悠闲漫步的行人，都能使人产生无限的遐想……

这段景物描写中有情有景，情景交融，但是展现在我们脑海里的那幅画面却仍然是模糊不清的，那天空是怎么样的，那枯树又是怎么在寒风中战栗，那博雅塔到底是什么形状，它到底有多少层？所有这些，我们都无法从描写中看到，只能借助于我们的想象去捕捉它。而在画面中，这一切都是一目了然的。因此可以说，在展现客观现实的外在真实性方面，画面语言比文字语言有更大的优势。而在表现人物的内在感觉上，文字语言则显得更为自由灵活。譬如以上描述中表现人物看景时的感觉，在画面中只能通过画面意境的渲染、节奏的把握来体现，而这画面的意蕴本身又有着某种不确定的因素。文字是广义的，而画面却具有一种明确的、有限的含义。画面从不表现"房子"或"树木"，而是表现"某座特别的房子""一棵特定的树木"。

同样用文字来进行自我表达，影视剧作家的思维与小说家、散文家的思维是完全不同的，影视剧作家在写作时脑海里出现的是一幅幅的画面。对于他们来说，时空的概念必须是明确的，在写一场戏的时候，必须明确故事发生的时间和地点，在组织戏剧冲突的时候，也要考虑场景方面的因素。

与文字不同，画面给人的感觉是直观的，但这不会减少画面本身的内涵，通过画面构思的创意，艺术家能够创造出某种适合表达个人意念的意境来，这种意境中所蕴含的意味经常是难以言表的，这就是我们经常所说的画面的冲击力。

影视语言本质上是由运动着的画面构成的，表现运动正是画面语言最主要的特色，也使它具有在现实的时空中表现现实的可能性。正是这种运动使最早的受众在看到树叶在微风中摇晃或一列火车向他们直冲而来时惊叹不已。此外，音响也是画面的一项决定性元素，因为它补充了画面的表现，重现了我们在现实生活中看到的周围的全部空间。可以说，画面拥有现实的全部（或几乎是全部）外在表现。

但就画面的含义而言，画面本身具有一种模棱两可性，也就是说，可以有好几种解释。由于电影工作者能够去组织画面的内容，或使我们从一个不同寻常的角度去看画面，画面就能使乍看起来只是简单再现的现实产生某种鲜明的意义。透过一个拳师叉开着的双腿中间去看他的对手，就明显地表明后者处于劣势，一幅倾斜的构图说明混乱的精神，一个乞丐站在糕点铺的橱窗前面就有一种远远超越简单再现所具有的含义。

因此，影视画面有着一种内在的辩证法：乞丐和糕点铺建立了一种辩证法，它是以画面之间的各种关系为基础的，也就是说是以影视语言中最基本的概念——蒙太奇为基础的：一盆汤的画面，一具女尸的画面和一个微笑的婴孩的画面分别通过蒙太奇同演员莫尤兹金冷漠的面部镜头相接后，似乎就表现为贪馋、痛苦与温柔，这就是著名的"库里肖夫效果"。

此外，影视画面给人的感觉始终是现在时的。由于画面是外在现实的一种片段性表现，所以它在我们的感觉中是现状，在我们的思想意识中是当时发生的事：时间的间隔只有我们介入了某种判断后才出现，只有这种判断才能使我们将某些事件作为往事去确定，或者去肯定剧情中的不同镜头的时态。

五、影视语言的功能

影视语言作为人类思想交流的媒介，它既有纪实功能，同时又具有表意功能，还能创造出艺术美感。

（一）纪实功能

影视语言最大的魅力在于它能够通过活的影像把现实生活的真实面貌完整地记录下来，通过活动的画面给我们提供真实的感觉。

影视画面对物质现实的复原，其真实性是通过观众的幻觉感觉到的，有人把摄影机比喻成人类的眼睛，人类用眼睛能看到的东西都可以被它记录下来。而从受众的角度来说，银幕是观看外部世界的一个窗口，透过这个窗口，能够看到蓝天、白云，能够看到瀑布、溪水，能够看到壮丽的大自然景观，也能看到人生的悲欢离合。

影视语言是展示时空的艺术，通过人们的幻觉，能够让人物和事件在时空中流动，因而创造出了一种"完整的写实主义的神话，这是再现世界原貌的神话"（巴赞《"完整电影"的神话》）。

（二）表意功能

影视语言的表意功能是通过声音和画面来实现的。画面是影视语言的基本元素，是影视剧中的原材料。就影视画面而言，编导通过影视画面来表达自己的意念。

然而真正的艺术是创作者心灵的外化，在艺术作品中所描写的现实只不过是创作者心灵的载体。在创作过程中，编剧选择什么样的题材，描写什么样的人物，构置什么样的情节，导演对整部戏的风格把握，对演员的挑选，对服装化妆道具的要求，摄影师对画面构图的选择，对景别和摄影技巧的运用，都凝聚了他们对人生、对艺术的理解和把握。这样，我们就能解释，为什么同样一个题材，在不同的剧作家笔下会有截然不同的处理；同样一个剧本，经过不同的导演之手会给人不同的感觉；而同样一幅画面，在不同的摄影师或摄像师的拍摄中也会有不同的意境。

（三）审美功能

语言作为人类思想交流的媒介，人们往往只注意到它们的表意功能，却容易忽视它们的审美功能。就文字而言，其形体自身便具有美感，因此才有我们所说的书法艺术。一般来说，文字形体的美丑对其表意功能并无任何妨碍。而在影视剧中，对画面美的追求与其表意功能却有着直接的关系。

文学具有审美功能，小说家和散文家往往把自己对美的感悟通过文字的结构及它所创造出的意境和所表述的内容表现出来，这种美感要在阅读时通过我们的想象才能够实现。而影视画面的美却是直观的，它直接通过画面的造型、色彩和线条直入我们的视觉，美也好，丑也罢，都是一目了然的。影视艺术家对画面美的追求是执着的，在许多影视作品里，我们看到，每一幅画面都像一幅画，那么精美。但是影视毕竟不同于绘画，它是以活动的画面来展示这种美的，这种美也应该体现在其整体结构上。

在许多人看来，编剧的职责只是提供一个好的故事情节，把对话编好一些就够了，这其实是一种误解。一个好的编剧不仅要会编故事，同时也应该对镜头语言有深刻的理解。与小说家不同，影视剧作家是用画面来进行思维，他要做的是把故事用一个个的画面连接起来，他不仅要把故事编好，同时还要注意画面的美感，否则就可能破坏整部片子的意境，从而失去其内在的意蕴。

【实训】

观看微电影《调音师》，填写以下分镜头剧本表格：

镜号	景别	技巧	内容	音乐	音响

第二部分　写戏就是写冲突

【知识目标】

1. 了解写作剧本的前提条件。

2. 体会剧本中连续紧凑的戏剧冲突。

3. 掌握写作中戏剧冲突的设置方法。

4. 了解并学会分析戏剧冲突的两种基本形态。

【能力目标】

1. 区分清楚叙事和故事的形态。

2. 了解影视剧的类型化创作策略。

3. 运用矛盾冲突法写作故事的梗概。

【案例导入】

看下列故事梗概，思考创作者的问题是什么？如何调整修改？

三年

　　人生中有很多的三年，三年的时间不长不短，有的人觉得过得很慢、有的人又觉得过得很快，在荷尔蒙萌动的青春里，尤其当你心里还装着一个人时，那三年，似乎只有用煎熬来形容。

江晓和陆蟠坐在经常去的咖啡厅里谈天说地,不知道是谁无意提起了大学时的时光,两人都陷入回忆,那几年很多人都称之为青春,似乎青春就是勇敢的、偏执的,可以肆意地浪费生命。

她们都还记得去大学报到前的那份欣喜和期待,她们从同一所初中到同一所高中,后来又是同一所大学,让别的同学羡慕不已。

她们都不知道大学会遇到什么样的人、什么样的事,会面临什么样的选择。

直到有一天,江晓在偌大的校园里遇到了赵弈程,开始了属于她的青春。

江晓几乎天天拉着陆蟠去学校寻找赵弈程的身影,陆蟠总是边骂边发牢骚,但是也不得不陪着她去。那时候的友谊单纯而美好,不含一点杂质。

那时候江晓还不懂爱情是什么,只是因为喜欢,就偏执地做着一些感动着她自己的事情。那时候的感情简单但是也复杂,总是想要拥有却又担心失去,不是害怕而是因为想太多。

再回首,经历的一切似乎都只换来一抹淡淡的微笑。曾经那么小心翼翼地把一个人放在心底,为他做许多傻事,只盼一点点交集。年少的我们,定格在青春的岁月里。

"那时候的我真傻。"江晓说。"是啊,真傻",陆蟠接话道,两人对看一眼,哈哈哈……最后都笑得喘不过来气。

第一单元　写作的前提

文学创作指作家为现实生活所感动,根据对生活的审美体验,通过头脑的加工改造,以语言为材料创造出的艺术形象,形成可供读者欣赏的文学作品,它是一种特殊的复杂的精神生活的产物。剧本创作也是同样的道理,是创作者对一定社会生活的审美体验的形象反映,既包含着对生活的审美认识,又包含着审美创造。

一、强烈的兴趣

兴趣对剧本创作有着极其重要的作用，它既是创作的重要动力，又是作品内容的重要因素。在创作的过程中，剧作者必然会对一些人物和事物流露出同情和喜爱，而对另一些人物和现象会表示出厌恶和反对，他势必会透过作品的形象对生活作出评价，显示出自己的态度倾向，并以此去感染读者。

初学者在写作之前，首先要思考的是关于被表现对象的：我要写什么？我能写什么？用这个"什么"来催发自己强烈的创作欲望和冲动，每次写作，都是一次对生活的热情拥抱和冷静思考。每个人并非生活在真空之中，在步入写作之初，首先要开阔生活的视野，一定要从自己对人生的切实感悟出发，占有足够的写作材料，然后才能进入写作过程，同时激活自己的艺术想象力，以弥补感觉经验储备的不足。题材选择不以某一种剧作元素的概念为要求，可以是写一个人物、一个事件、一种人物关系、一种心态或是一个场景等。

剧作家在进行创作时需要保持一颗童心。所谓童心，就是童稚般纯洁无瑕的心灵，最好是能用孩子的眼光去看世界，对一切充满好奇。因为艺术就是一种创造美的行为，而美与善是连在一起的，一个人只有在心灵纯净的时候才能真正感受到美。剧作家不需要像哲学家一样把世界和人生看得很透，看透了人生，想象力也就被束缚住了，而没有了幻想，也就很难对外部世界产生兴趣和美感了。

二、表达的欲望

剧本创作和现实生活有着很强的贴近性，其写作是源于生活又高于生活的，需要写作者投入自身生命的热情。尤其是影视剧本的创作，生命意识深处的创作冲动能使其创作出的故事更具生活的质感。这种创作的冲动也就是一种表达的欲望，是写作者必备的基本写作素养之一。

《毛诗序》中说："情动于中而形于言，言之不足故嗟叹之，嗟叹之不足故永歌之，永歌之不足，不知手之舞之，足之蹈之也。"这就是对强烈的表达欲望的外在化的描述。也印证了西方的游戏说，即艺术来源于内心的创作冲动。

"我有时逃开自我，俨然变成一棵植物，我觉得自己是草，是飞鸟，是树顶，是云，是流水，是天地相接的那一条横线，觉得自己是这种形体，瞬息万变，去来无碍。"法国浪漫主义作家乔治·桑在《印象与回忆》中谈到了自己在写作时的自我体验——关照心灵、深入感知。这正是一种写作者的内觉，也是一个写作者应具备的基本素养，影视剧本的写作相对于其他类型的文学写作而言，是年轻而新颖的一种写作类型，写作者深层的内觉体验是不可或缺的。正如贺拉斯在《诗艺》中所言："你要我哭，首先你自己得感到悲痛。"这就表明在写作中，尤其是在影视剧本创作中，要将情感进行外化性的表现，深厚的积淀和深层的情感感受是必不可少的重要素养之一。

作为一个编剧，如果缺乏表达的欲望、创作的冲动，而一味沉溺于过分功利的简单文字复制中，也就很难创作出有品位的剧本。

三、类型的确定

影视剧的类型是伴随影视剧创作的市场化而产生的，在市场经济条件下，影视剧作为商品必须要适应市场的需求。而观众在长期的观赏过程中对某类题材或某种风格的影视剧形成了相对稳定的欣赏趣味，由此形成了潜在的市场。

类型片以"公式化的情节、定型化的人物、图解式的场景"的特征在好莱坞于 20 世纪 30 年代诞生，发展到今天，类型家族可谓种类繁多，如西部、犯罪、侦探、恐怖、科幻等。具体到每个类型，剧作都有相应的技巧、特征、套路。在类型片当中，尤以好莱坞戏剧式结构的影片最为显著，普遍遵循着"开端→发展→高潮→结尾"这一布局。同时，如果我们将整部影片视为一个大系统，将大系统当中的开端、发展、高潮、结尾视为子系统，又会发现在每一个子系统当中，也包含开端、发展、高潮、结尾，在子系统当中的这些因素又可以继续分割下去，因而形成了不同规模的叙事单元。在这些叙事单元当中，小的冲突推进子系统的故事发展，进而又形成大的冲突推动大系统故事的发展，冲突成为故事向前发展的动力，伴随冲突推进的是人物关系的平衡状态被不断打破。冲突的层层推进、各种平衡的不断打破成为影片的核心动力，而且在整个叙事体系中，由于功能上各系统当中冲突的强度和力度都有所不同，因此形成了影片的节奏和韵律。

以西部片为例，西部片在场景、人物、情节、价值观等剧作元素方面具备以下特征：电影的价值观（主题）往往表达善必胜恶、替天行道的观念。空间上是一个封闭的小镇，恶人或者恶势力占领控制的强权秩序，人物有平民、警长、妓女、贵妇、淘金客、复仇者、逃犯、流浪汉、嬉皮士。西部片还往往围绕着英雄和坏蛋的较量出现必备情节：小镇上的人受到坏人欺负，英雄挺身而出，英雄与坏人终极对决，英雄在结尾离去。随着新好莱坞思潮的出现，新兴资本的介入和电影技术的新发展，类型片在20世纪90年代后进入了全新阶段。今天，类型片借助新媒体和全球化的浪潮在全世界已经耳熟能详。这些类型不断翻新、循环、跨界，在具体创作中形成了不同的创作策略。

四、写作的维度

对于初学者而言，在早期的创作实践中不妨先研究类型，选择一种自己感兴趣的类型加以研究。结合写作实践和前人研究简单总结一下类型片的创作策略，可以从以下几个维度进行学习。

1. 仿造

直接临摹类型作品，这种情况往往出现在类型片传播路径受阻的特定时间段内。比如，黑泽明电影武士片《用心棒》，被意大利导演赛尔乔·莱昂内改成了西部片《喋血黄沙》，当时便引起了轰动，但这种行为在创意为王、作品版权日益受到尊重保护的当代，"仿造"策略不得不以一种商业形式出现，这就是翻拍。近些年，环球公司买下了韩国电影《老男孩》的翻拍权，马丁·斯科塞斯执导的《无间行者》斩获奥斯卡奖，都可以说是类型片仿造策略下的实践。

2. 套用

有意识地借鉴其他成熟的类型片的剧作特征，创作本土特色题材，表达自己的文化观念，这是目前中国电影界比较流行的类型剧作策略。比如《白日焰火》成功套用了好莱坞黑色电影中蛇蝎美女、硬汉等人物形象，城市死角、酒馆等空间造型，偷窥、监视、追踪等侦探片桥段。同时，这部片子还出现了中国文化中经常出现的痴情郎与负心汉；东北当下的场景如溜冰城、澡堂、洗衣店、小饭馆、煤矿……可以说好莱坞黑色电影被成功地中国本土化了。

再比如高群书将中国抗日期间国共两党斗争的锄奸历史题材打造成了《风声》，这是套用了悬疑推理片的路子；冯小刚关注中国底层，把一个农民工拿钱回家过年的题材打造成了《天下无贼》，这是沿袭了强盗片的路子；《夏洛特烦恼》的出现更是类型片套用语境下的鲜活案例。

3. 移植

近几十年，好莱坞利用政治层面扩大好莱坞电影生存的空间；通过对电影产业链的投资控制电影市场院线与产品开发；通过媒介宣传来培养观众的好莱坞式趣味；在创作上吸收全世界的优秀班底，推动好莱坞的创作技术革新，利用他者素材拉近文化亲近性，这就是所谓的好莱坞策略。而在类型剧作观念上，好莱坞开始移植，即吸收同类型片中的核心创意和经典剧作元素。《黑客帝国》围绕着太极招数建造了故事的高潮情节，《杀死比尔》的女主人公穿上了李小龙黄色的衣服，大秀暴力美学。同样，在近几年中国电影的实践中，本土创作者也不甘示弱。当各种戴面具的侠客在《蝙蝠侠》出现时，甄子丹扮演的"黑衣侠"也来到了民国打鬼子，而宁浩《无人区》的许多桥段来自好莱坞的《U形转弯》《决斗》《老无所依》等经典影片。与整体的类型套用观念不同，类型移植可以看成是相近类型系统内部语言符号的位置移动，如动作片和武侠片。类型片的移植，只是拿来主义，本质上类型的核心没有变，如好莱坞《功夫熊猫》走的是典型武侠片路子，传递的却是欧美文化中崇尚的勇敢、正义、和平的精神。

4. 混合

尝试不同类型的元素搭配，甚至多种元素的杂糅，用加法的方式创作故事这种观念首先出现在类型观念发展较为成熟的阶段。《超越套路的剧作法》认为"混合类型应用于近几十年来最惊人和最重要的电影中"，如果成功运用，混合类型会得到互补的效果，让观众更有新鲜感。在中国当下创作中，这也是一个非常流行的剧作观念，《催眠大师》开头的一系列灵异事件是惊悚片的标签，医生不断的追问、质疑是推理片的标签，而到了结尾主人公站在走廊里看星星却是成长片的路子。

5. 再造

在固有的类型题材之上进行新剧作方面的挖掘、加工，融入时代元素，形成新的类型。再造是一种既依附已有类型，又超越已有类型的继承创新式的剧作观念。如好莱坞早期的西部片《平原奇侠》，牛仔除暴安良和这些年流行的科幻片《变形金刚》中英雄拯救人类的主题套路基本没有多大区别，好莱坞早期的强盗片《疤面煞星》与后期的黑帮片《美国往事》同归于尽的结局有着极其相似的关系，可以说，前者的故事母体滋生了后者。

6. 反写

创作者以一种逆向的思维来挑战类型片表达的固定价值观，刻意违背某种类型电影固定的叙事模式，比如强盗片中的主人公大多数是自作自受的坏蛋，可到了《雌雄大盗》，主人公邦妮和克莱德却让观众充满同情。西部片中的牛仔、警察大多数是不畏强权的代表，城镇被看成是文明的力量，可是《正午》中即将退休的警察局长却发现这个西部城镇中的人是多么自私自利，就像《圣经》中的索多玛城。警匪片中的警察往往是身手敏捷的格斗高手，可《冰血暴》里追踪坏蛋的却是一个挺着大肚子的孕妇警官。

类型片的反写往往发生在特定类型发展的成熟期或者晚期——新好莱坞就是这么诞生的。另一方面，反写往往和作者风格有关——融入创作者的喜爱，有着强烈的艺术风格，比如王家卫的武侠片《东邪西毒》。

用创新的意识去打破类型框架，形成了不同的剧作策略，可以为类型创作带来新鲜的思路，对于剧作者来说，掌握最基本的故事类型套路、技巧，在此基础上进行创新，是一条可靠的路径。

【实训】

一、 训练目标
通过训练，学生能够明白创作前生活和思想的积淀的重要性。

二、 训练要求
1. 讲述一件近期发生在自己身边、给自己带来一定情绪震动的事情，要求讲述清楚事件的来龙去脉。

2. 观看影片《魂断蓝桥》，写出该片子的类型，并分析其类型要素特征。

三、 训练提示

训练学生对生活的观察和思考，并且能够建立类型意识。

第二单元　"戏"的产生

所有的艺术都是艺术家通过模拟外在的现实生活表达自己生活意念的一种方式，从这个意义上说，艺术是对现实生活的模仿，但是又不等同于现实生活。现实生活的丰富性是艺术所不能比拟的，而艺术里的生活因为注入了艺术家的思考而显得更加生动和充满灵性。

在我们的影视剧创作中，观众到底要看什么？是"相似""相像"的现实生活，还是充满幻想的对现实生活进行的拔高？影视剧到底要靠什么来吸引观众？这是每个编剧和制片都在思考的问题。

艺术不可能照搬生活，它是对生活的提炼。在艺术作品里，什么样的生活才是有意义的，影视剧中什么样的事件才会吸引观众，这是需要我们不断思考的。现实生活其实是由很多枯燥无味并且毫无意义的琐碎事件构成的，它无情地消耗着我们的生命。对于大多数观众来说，也许正是因为厌倦了这种琐碎的没有意义的生活才坐在电视机前来寻找另一种生活，他们希望看到一种不同于现实且有意义的生活。所以，对于艺术家来说，要么从枯燥无聊的生活中挖掘出常人难以寻找到的意义，要么把枯燥的现实生活加以提炼，使之能够具有梦幻色彩。

面对纷繁复杂的现实生活，许多初学者都会感到茫然无措，他们要么找不到切入点，要么缺乏对现实生活的提炼和把握能力，往往会把生活写成一部流水账，之所以如此，是因为他们缺乏对生活的把握能力，不懂得什么叫"戏"。

在影视剧中，真正吸引观众的是引发对人物命运的关注及那些能够表现人物性格的事件，所以在电视剧中创作者经常有意识地在人物命运发生变化之际突然切断，让观众迫不及待地等待着接下来的故事产生。情节，其实就是指那些能够表现人物性格并对人物命运产生影响的事件。

现实生活其实就是由许多枯燥而无意义的琐碎事件构成的，譬如我们每天要吃饭、洗脸、上厕所、睡觉，这些都是我们所必需的生活，在大多数情况下，这种生活是枯燥的，没有任何意义，但是艺术的目的就是要使这些枯燥乏味的生活变得有意义，所以艺术家经常要学会无事生"非"，这个"非"就是"戏"！比如，某个人在公共汽车上碰到了令自己怦然心动的漂亮女孩，而这次邂逅从此改变了他的人生，这样的生活就有了非同寻常的意义，也就有了"戏"。

所以，创作者在写每场戏的时候首先要想到的是这场戏里要发生怎么样的事件，这些事件对人物性格及其命运会产生怎么样的影响，如果没有事件发生，那么这场戏就没有往下写的必要。

"戏"在很大程度上是由戏剧冲突产生的，有了冲突才会促使人物去行动，由此而展示出人物性格及命运的变化。

布莱希特认为戏剧的对象是人，每一部戏剧作品都把单个人置于特定的情境中，给予一定的条件和刺激，使其把定向化的内心生活处理为行动，以完成自我表现的行动。因而戏剧不仅是对人的行动进行最为具体、最为直观的艺术模仿，而且也是对人的内心生活进行直观外现的艺术表现。

在这段话中，布莱希特揭示了戏剧冲突产生的几个因素：首先是人物，这是行为和事件的主体，在影视剧中所谓的冲突说得直白些就是人与人之间的冲突，尤其表现为人物性格间的冲突；其次是情境，所谓的"特定情境"是指能够让人发生冲突的情境，这里所说的"一定的条件和刺激"其实就是一种利益关系，这种利益关系能够诱发人物内心的情感欲望，并将之外化为行动，由此而产生戏剧冲突。这就是说，富有性格的人物和能够引发人物情感欲望并外化行动的特定情境是形成戏剧冲突的两个重要因素。

一、人物性格

在剧本创作中，人物性格的差异越大，对立性越强，发生冲突的可能性就越大，冲突的激烈程度也就越高。我们所说的冲突，其实就是矛盾的对立，或者性格的对立。很明显，两个性格对立的人在一起远比两个性格相似或相近的人在一起更容易发生冲突，所以创作者在写每场戏的时候都会考虑：让哪些性格对立的人物碰在一起，以便能更好地在他们之间制造矛盾冲突，这种冲突化为言语和行动就成为影视剧中的情节。一般来说，在影视剧中，每个人物都有他的对立面。善良的对立面是邪恶，美丽的对立面是丑陋，刚强的对立面是阴柔，正直豪放的正面人物身旁总是潜伏着阴险狡诈的势利小人，而残暴者身边往往会有一个性情温和的人物存在，负心汉背后站着的是忍辱负重的女人。没有这样的性格对立，就难以引发尖锐的矛盾冲突。

比如影片《秋菊打官司》里对秋菊和她老公庆来两个人物的性格塑造就很有特点。庆来表面上温良恭俭让，可实际上对人苛刻，而且嘴碎，嘲笑村长家没有儿子，直抵别人的痛处，被村长踢伤，这是冲突的起因。受伤后庆来的内在性格特征就表现出来了，先窝着，在家里养着，对亲人喊冤，自己毫无行动，不出头也不表态，一方面看秋菊替自己讨公道，一方面观望事态发展。而一根筋的秋菊就认一个死理，就是要讨一个说法，让村长赔礼道歉，于是她挺着越来越大的肚子，拖着一车又一车的辣子，从村里告到县里，从县里告到市里。这样两个人物的成功设置博得了观众的认同和喜爱，也成就了这部影片。整个故事就是人物性格在不断推动情节往前发展。

在电视剧中，性格对立所引发的矛盾冲突表现得更为明显，如《激情燃烧的岁月》中，偶然的机缘使一个共产党军队中的草莽英雄石光荣和小资产阶级知识分子出身的文工团员褚琴相遇，从个人修养及性格方面看，他们完全是不同类型的人物。石光荣出身贫苦农民家庭，很早就成了孤儿，靠吃百家饭长大，性格粗鲁豪爽，身上带着兵匪之气，打起仗来如同疯子一般。而褚琴是小知识分子出身，又是文工团员，追求小资产阶级情调，这样的两个人本来是不大可能走到一起的，但是命运偏偏要把他们拴在一起，于是矛盾冲突就一波接一波地袭来，可以说，剧中的每一场戏都是围绕着二人的性格冲突来展开的。有时候，性格相同或相近的人在一起也容易发生冲突，石光荣和儿子石林在性格上很相像，个人意志强烈、性格倔强、好胜心强、不肯服软，这就使得父子俩虽然心底相互思念、相互尊重，却又心灵相隔长达十余年。

影视剧作品同一切文学艺术作品一样，以刻画人物塑造典型形象作为自己的中心任务。离开人物形象的塑造，即使故事编织得再离奇曲折，自然环境描写得再优美别致，也不可能拍摄出好的影视艺术片。全世界每年生产的影视艺术片，以数万计，而能够载入影视艺术史册的实在是寥若晨星，绝大多数影视片只是昙花一现，便销声匿迹了，其根本原因就在于这些影视片的编导把主要精力用于编织故事，制造悬念，玩弄影视技法，却忽视了人物形象的塑造。大凡经得起时间考验的优秀影视剧，其中都有一个或几个塑造得十分有性格的人物形象。

二、情境

影视剧中的情节构思就是把有性格的人物放在一个又一个不同的情境中去进行考察，看他们在这样的情境中会说什么样的话，做什么样的事情，由此来表现他们的性格，推动人物命运的发展，所以，情境的设置至关重要。

何谓戏剧情境？戏剧情境就是促使戏剧性产生、发展的条件，它包括三个因素：一定的人物关系、重要的事件、特定的环境。比方说，你看见某人在倾盆大雨中淋成了落汤鸡，这远比看见一条湿漉漉的街道更富于表现意境。再假设在倾盆大雨的街道上，跑过来一对淋成落汤鸡的兄弟，而弟弟在哥哥的追赶下又恰巧不小心掉进路边的流泥井里，他呼喊井边的哥哥救他上去，哥哥拿着绳子要弟弟讲出一个秘密才肯救他。这里，特定的环境是流泥井，特定的人物关系是兄弟俩，重要的事件是那个秘密。这三方面的条件便构成了促使人物积极行动起来和促使戏剧性很快产生的戏剧情境。故有人给戏剧情境下定义，说它是戏剧的情势与境况，是剧中人物生存与活动的特殊环境，它促使人物产生行为动机，导引人物行动的刺激力和推动力的滋生，在情境中把握人物的生命活动。

东北"黑土地戏剧"代表作家杨利民说过两段令人难忘的经历：一次他家里来的一位女客人上厕所，正巧厕所门锁坏了被关在里面出不来，他在门外急得满头大汗，仍拧不开锁，恰在这时，屋外传来了夫人的脚步声，焦急万分中听到夫人的脚步声越来越近，他突然悟到，咦，这儿没有冲突，可却有令人提心吊胆的悬念呀，这不就是很生动的戏剧情境吗？还有一次，他在煤气灶上煮了一锅粥，夫人买了件新衬衣叫他试衣，他穿上衬衣很合身，便高兴地想点火抽烟。夫人说：我去厨房为你煮粥。他这时忽然闻到厨房飘出一股浓浓的煤气味，原来那锅粥溢出来浇灭了灶上的火，如若此时他点火抽烟，夫妻俩就没命了。吓出一身冷汗的他事后一想，这儿也没有冲突，可是这人命关天的紧张气氛不也构成了扣人心弦的戏剧情境吗？一秒钟的惊讶，三分钟的悬念，关键是这种情境能够引起观众对人物命运的关注。

戏剧《等待戈多》也是一样，没有冲突，但有情境。迪伦马特创作《贵妇还乡》时首先想到的也是情境：一个报仇的女人还乡来了，这个情境的展开产生了丰富的戏剧性，使其成为一部享誉世界的好戏。剧作家正是通过戏剧情境的妙用，将这种精神世界努力开掘出来，使全剧抒情性与戏剧性实现了较完美的结合。

情境是影视剧中戏剧冲突产生的基础，情节的产生就是不断地把各种各样的人物一次又一次地推到新的情境中去，不同的情境会对戏剧冲突产生不同的影响。

情境在设置时又分大情境和小情境，情境的大小是以事件的大小来进行划分的。一般来说，一集电视剧中总会发生三至五件较大的事件，在大的事件里面又会套进一些小的事件。

以著名编剧邹静之先生的作品《花事如期》为例，这是一部花费了三年时间酝酿创作的一部典型的极具戏剧性的小剧场戏剧。创作借鉴了古典主义戏剧"三一律"（时间、地点和事件的整一）原则，讲述一个夜晚发生在都市大龄女青年海伦家里的海伦与快递员青子之间的故事。故事开头表面看来并无新意，借身份落差展现生活在都市的人的生存状态和情感状态，但故事并未按我们想的那样千篇一律地进行，其戏剧的叙事情境是造成其独特戏剧冲突的主要点。

在这部戏中，戏剧情境促使人物产生戏剧动作，形成戏剧冲突，同时也是构成戏剧情节的基础。大情境有三个事件，第一个事件是海伦精心打扮后在等待男友的求婚，但是希望落空，等来了快递员送来的两块麻将"白板"（拜拜之意）。第二个事件是海伦想要自杀，但是却停电了。第三个事件是停电后的一番交谈，快递员青子谈难忘的初恋。海伦同意在快递单上签字，但是却拿出手铐将青子铐在床上，要让青子见证她的死。在掀起戏剧高潮时，青子说出"我在两年前就认识你了"，下面的事让绝望的海伦真切感受到了一丝生的留恋，原来别人眼中的自己是一个传奇式的存在，海伦终于放弃轻生的念头。整个故事的核心戏剧动作就是一个要为爱而死，一个极力挽留。

在情境设置中，有一种方法是为了让戏好看，不断地把人物推向一个又一个的困境之中，让人物在困境中去选择、去行动，从而更完满地表现出自己的性格，也更加能够引起人们对主人公命运的关注。尤其是在影视剧中，因为剧情过长，想要牢牢吸引观众的注意力就更加需要有强烈的故事性，所以不断把人物推向困境，不断促使矛盾激化，人物性格和命运也随之发生变化。也正因为如此，很多人把这当成写戏的诀窍，在写戏时有意无意给人物设置出许多合理或不合理的困境，所以早些年韩剧中的车祸、落水、患病、失忆等，种种人生困境主人公都会遭遇到，这就成了一种创作的套路，反而影响了它的艺术性。

其实对于真正有功力的剧作家来说，他并不会特意去考虑人物在顺境还是在困境中，也不会为了组织矛盾冲突的需要有意把人物不断推向困境之中，而只会按照人物性格发展的内在逻辑性去把握住人物并合理地为他们提供特定的情境。在现实生活中，人们并不是总处于困境中，那种不顾事物发展的内在规律，人为地为人物设置困境的做法是不可取的，也是违反艺术创作规律的。

三、人物与情境的关系

在影视剧中，人物与情境的关系是不可分离的：一方面，人物的性格只能在特定的情境中得以表现，两者的结合才能产生出情节；另一方面，情境是人物表现自我的舞台，不能表现人物性格和命运的情境是没有意义的。一般而言，剧中提供的情境的好坏，对剧中人而言，最关键的就是看能否激发出人物内心的欲望，并产生出行动。

启蒙主义理论家狄德罗把"情境"视为戏剧作品的基础，他认为，戏剧情境是由"家庭关系、职业关系和友敌关系"构成的。这也就是说，人物关系在戏剧情境中占有中心地位。"人物就是情境"是高尔斯华绥对戏剧中人物设置的肯定。这也揭示了人物在戏剧情境中的重要地位。戏剧情境是对戏剧中矛盾的人物关系及其作用的一种概括性描述。而人物与人物的关系也是情境中最具有活力的因素。因为人在戏中是最基本的因素，只有完整地表达出具体与独特的人物和人物关系，这样的戏剧才会吸引人。若把作品的情节线比作建筑物的骨架，那么人物则是联结纵横交叉的骨架的支点。戏剧情境是事件的主体主导，它的构成的重要因素包括人物的出现及其所构成的复杂关系。如果戏剧离开了人这一支撑点，那么事件就会不成立，作品就不会存在。毫无疑问，事件在戏剧情境中起到了最基础的作用，而人物及其关系又是事件的核心。

例如曹禺在写《雷雨》之前整整花了五年的时间进行构思，而执笔写只用了半年时间。其中，他一直在竭尽全力琢磨人物，设计人物之间的典型关系。曹禺说他最初只是对其中的几个情节、一两个人物有一种复杂而又原始的情绪，这是他写作的最初兴趣，由此可以看出人物关系是他创作中首先要抓的点。纵观曹禺的整个创作过程，人物关系的网状化、人物之间的情感纠葛、人物的心理、性格和命运的互相牵制和影响，形成一种独特的情境是他善于运用的一种组织写作的方式。

《雷雨》中八个人物的关系错综复杂，家庭血缘关系是主要的线索，以爱情关系为核心，又交织着劳资、主仆与阶级关系，由此形成了多组复合型的三角关系，织造了一张巨大的感情网。这种人物关系的巧妙安排使剧中的各种矛盾紧紧扭结成一个整体，任何一个人物的一个行动都可能牵一发而动全身，更容易发生戏剧冲突，于是剧场性便得到了发挥。通过作家的探索，深刻的阶级内涵蕴藏在人物的特定关系中，而不同于一般的爱情关系设计。

通过曹禺的作品，我们不难发现他的成功在于很好地利用人物关系的存在来组织戏剧情境。在戏剧中，人物之间的各种关系往往牵扯到家庭、亲友和职业等，而且戏剧中各人物的关系都交织纠缠在一起。这种复杂的关联性，将人物的功能最大化，使戏剧冲突更容易走向集中与尖锐，达到强化剧场性的最佳效果。戏剧作品的客观推动力是情境，它能使无形的人物心理活动转化为具体、有形的动机，最终形成具体的行动。与此同时，事件和人物关系的作用力又反作用于人物的行动，进而推动情节的发展。因此，编剧在创作过程中一定要注重对戏剧情境的设置，巧妙地编排人物关系，促使作品具有观赏性的冲突，产生强有力的效果。

四、36 种境遇

意大利剧作家卡罗·葛齐曾经宣布，世界上只能有 36 种戏剧境遇。德国的席勒不相信，欲找出更多种，但是费了很多时间，还是寻不到 36 种。后来法国的乔治·普尔梯引证了 1000 部戏剧、200 部诗歌小说，也说只有这么多了。他说，人生的滋味尽在这里了，它像海水一样潮起潮落，编织了历史的永恒，构建了人生的终极。人类从与猛兽徒手肉搏的时代，到那无穷无尽的遥远未来，或在非洲森林的林荫里，或在柏林人行道的菩提旁，或在巴黎大街的路灯下，都逃离不了这 36 种境遇。

卡罗·葛齐所举的 36 种境遇，一种是在行动中、人与人的外部冲突中产生的，如："求告"有求告的人与权威者，"救援"有不幸的人与威胁者，"复仇"有复仇的人与作恶者；另一种是在思想或感情发生变化的过程中产生的，像"疯狂""鲁莽""悔恨""因为错误而生的嫉妒"等。也有纠缠人际关系，如"悔恨"就有悔恨者与悔恨者的对象，"疯狂"有狂者与被狂者伤害的人。

（1）机遇：千里马遇上了伯乐，灰姑娘遇上了白马王子，张生艳遇崔莺莺。机缘巧合，是一种掷骰子的游戏，落出来的数谁也不能预先猜到。阿甘遇上了美国 20 世纪 50 年代以来几乎所有的重大事件，上了越战前线，参与了开启中美外交新纪元的乒乓球比赛，成为猫王最著名的舞台动作的老师，无意中启发了约翰·列侬创作最著名的歌曲《想象》，还在长跑中发明了 20 世纪 80 年代美国最著名的口号。

（2）求助：求情，求援，求救。向朋友求救是一回事，向敌人求救是另一回事。如向冤家求援去对付共同的敌人；向魔鬼祈求宽恕自己的罪行；向仇家替自己的亲人去求情。苦命的姐姐被诊断出得了绝症，需要亲属捐骨髓，在这迫不得已的情况下，她不得不向中断联系 20 年的妹妹求救，而妹妹自私自利，教子不当，并且正在焦头烂额的时候。出于一个自私的动机，妹妹带着两个"问题"儿子来了，她需要灵魂的求助。

（3）救援：英雄救美，是故事片老掉牙的情节框架。一面是飞奔的铁骑，一面是即将行刑的刽子手，也是电影蒙太奇的最初启蒙。现代"蝙蝠侠""超人"永远充当救援行动的主角。辛德勒怀着赚钱发财的目的，来到纳粹囚禁和屠杀犹太人的集中营所在地科拉阔。最初，他招募犹太人做工是出于他们工资低廉，可以赚取更大的利润的考虑。但随着法西斯的暴行越演越烈，他很快由不自觉转为有意识、有步骤的救助行动。那架老式打字机打下的每一个姓名都是从屠杀场上救回的一条性命。"救一个人就是拯救整个世界"，辛德勒费尽周折的救援活动，充满神话般的传奇。

（4）竞争：这是一种新的伦理道德，新的职业精神。新生代不怕竞争，怕不竞争，怕英雄无用武之地。竞争的升级是战争。战争有四种：军事战争、权力之争、商战、情感战争。如今又加上了法庭上的斗智、骨肉间的竞争、两种不同势力的竞争、人与兽的斗争等。无论正义的还是非正义的战争，都大量运用了阴谋诡计，在进行智慧、知识、人格的较量。改革也是一场战争，《乔厂长上任》《花园街五号》《赤橙黄绿青蓝紫》《新星》，运用权力排除障碍，解决那些盘根错节的旧势力。

（5）反叛：人和神的斗争。神代表比个人强大的力量，与神作对表示向不可抗拒的权威发起挑战，如社会、团体、上级。震撼人心的道德力量和阴沉、沉重的命运气氛。个人的意愿永远斗不过世俗的清规戒律，就像鸡蛋碰石头不会有好下场一样，最大的敌人是自己。

（6）复仇：仇恨能激起人超常的行为。惩恶扬善，伸张正义，通过报恩复仇的过程，充分展现主人公的大智大勇，表现正义、人格、金钱和智慧的力量。《基督山恩仇记》《书剑恩仇录》是复仇，《大宅门》也有许多恩恩怨怨的事。又如昆德拉的《玩笑》也是一个复仇的故事：一个学生干部，因遭冤枉被放逐，若干年后，他遇上了当年算计他的那人的妻子，千方百计把她引诱到手。他以为自己报了一箭之仇，但发现此时的她却正是那人想抛弃的对象。

（7）追逐：追星，追时尚，追逐声色犬马，追着把满头黑发染上一撮黄发，追男人，追女人，追杀仇人，还有追捕犯人，还有在被人追捕中去追捕别人。《亡命天涯》男主角的太太被人谋害，现场证据似乎铁证如山地证明是男主角所为，他被判死刑。在押解途中，火车撞上了囚车。他乘机逃出来，他要去找出真正的凶手。一面是警察在追捕他，一面是他要查寻和抓获真正的凶手。

（8）绑架、抢劫：绑架、抢劫是犯罪片的主要情节之一。通常情况下，绑架、抢劫涉及三个方面：一是绑票者内部；二是被绑架者和他的家庭；三是警方和侦破者。三个方面可以组成各种关系和矛盾。《上海绑票案》中老奸巨猾的绑匪头目如何策划和组织那场轰动上海的绑票大案，以及如何安排逃逸，处处领先警方一步，成了戏中的精彩之笔。《赎金风暴》在第一次拿钱换人失败后，被绑票者的父亲突然宣布将百万赎金变成赏金，一下子激起了三个方面的急剧变化，从而打破了此类情节的老套路。案情公开，被绑架者的家庭由被动转为主动；警方一下子被打乱了侦破步骤，而且遭到了舆论的压力；绑架者内部为那笔赏金，也起了内讧。

（9）奸杀：一种暴力行为。潘金莲、武大郎与西门庆的故事，首先有不合适的婚姻，然后有不安分的奸情，最后毁灭的不仅是武大郎。

（10）诈骗：铁怕落炉，人怕落套。任何人进入别人设计好的圈套，踩进没顶的陷阱，都是一件可怕的事情。商界的尔虞我诈似乎更加司空见惯，使得经常上当的"上帝"们一说起就谈虎色变。不过，有时候有的骗局会产生意想不到的效果。有一位乐器推销员到了一个小镇，第一件事就是搞得人们心神不宁，然后大声疾呼为了救救孩子，要尽快组织少年乐队。他让有结实下巴的学吹小号，把吵架的四人组组成四重唱组，还拼命追求镇上唯一的音乐教师，目的是堵上她的嘴。音乐教师不吃这一套，她查询到这位推销员根本不是什么音乐学院的教授，但她不得不承认小镇上的孩子们自从有了乐器后，焕发出从没有过的精神面貌。最后，孩子们穿着制服，拿着自己的乐器，摆好演出的架势。一个音符也不识的推销员，接过音乐教师的教鞭，绝望地指挥起"G大调小步圆舞曲"。虽然这乐曲从未被这样糟糕地演绎过，但小镇的居民却感到这是他们有史以来听到过的最美妙的音乐。

（11）冒险：打破常规，有与众不同的想法和进行实践的勇气。勇气比行为更重要，生活中有许多人连得罪人的事也不愿做，更不要说去主动追求风险，因此带有冒险精神的历险、惊险片一直是影视海洋的热潮。

（12）不幸：幼年丧母、成年丧父、中年丧妻、老年丧子，谓人生四大不幸。在作家的笔下，不幸像条带鱼，一条死咬着另一条，屋漏偏逢连夜雨，船迟又遇打头风。《贫嘴张大民的幸福生活》中，父亲因锅炉爆炸丧生；母亲得老年痴呆症；大嫂初恋时被人抛弃；二媳妇与人偷情；大妹嫁不出去，嫁出去后不能生育；小妹的男朋友光荣殉职，本人也患白血病……各自的磕磕绊绊，集中了一般市民在日常生活中的种种不幸。有人说不幸是财富，没有遭受不幸经历和人生磨难的人，缺少一种人生最宝贵的情感体验。如果这样理解，不幸确实是作家的财富，但不是当事人的财富。

（13）灾祸：人在家中坐，祸从天中降，灾祸始终是能激起创作激情的境遇。《泰坦尼克号》中铁船一沉再沉；《绝世天劫》飞来了一块像得克萨斯州那么大的陨石；《天地大冲撞》一块像曼哈顿岛大小的陨石要撞上地球；《地球反击战》干脆是外星人入侵；冲天的《龙卷风》和火山爆发时的《天崩地裂》，还有汇合百年罕见的《完美风暴》，除了卖弄科技技巧外，还应做到戏剧势能充足，爆发力强。它的关键在于使人类进入一个考验灵魂的美妙时刻：大难临头，林中鸟是否各自飞？

（14）壮举：一种非凡的神力。飞跃太空是壮举；一个弱小的女孩在双目失明的情况下，能将字母与大自然联系起来，最后成为著名作家，这也是一种超凡力量。壮举是英雄的行为。一个玩游戏机长大的军人，驾机去执行轰炸任务，回来说，够刺激，像上游戏机一样。一个将军对此的回答：这是新的英雄。

（15）革命：一种挣脱束缚的激烈行动。推翻一个腐朽的政权，进行一场制度的改革，为了改变没有自由、公平的社会，它无法避免个体在革命大潮中受到伤害。牛虻在革命经历中纠缠更多的是个人的命运，是他与父亲蒙太尼里、与恋人琼玛之间的个人痛苦。日瓦戈医生无法忍受革命后的新秩序，而使他送命的却是他与拉拉的爱情。作者描写革命中人，常常把笔落在社会、战争与人性、人情的冲突上。

（16）恋爱：爱不仅在恋人之间，而且在父子之间、母女之间，甚至在朋友、同事之间。但恋爱只能在恋人之间。一个人的恋爱史是他一生中最辉煌的乐章之一。恋爱在艺术宫殿里始终是一种神圣的行为，是一出充满欢乐和痛苦、希望和绝望的宗教神秘剧。爱情好像是一只小鸟，它顽皮任性不听话。真正的爱，按其根源应当是完全任意的，纯粹自由的。没有规则，没有格局，其过程好像一出悬念迭起、峰回路转的心理剧。虽然今天有些人已经把恋爱作为一种最时髦的游戏，抛弃了其崇高的精神价值，仅仅注意性的本能，但一旦陷入，仍然不能自拔、不能抵抗爱真正的魅力。有人认为爱是一种稀缺的东西，所以它永远有市场。问题是写得太多了，写得油了，没有了那种小心翼翼和惶惑的心理。

（17）不成功的爱情：A 爱上 B，但是 B 不爱 A。A 设法让 B 爱上了自己，而 A 却不爱 B 了。这其实不仅有关爱情，人物不管是处于爱情还是处于友谊、事业中，不论是与战火中的盟友，还是与相依为命的亲人，不论是对待所学的专业，还是擅长的特技，都可能会有心理错位。

（18）恋爱被阻：因为门第、地位、财富而不能结合；因为仇人从中作梗而不能成就婚姻。或爱恋一个仇敌，爱恋一个与他或她身份不相称的人，相爱的人因为失去理智不会觉得有什么不对劲，而清醒的旁观者却低估了情感的作用。也许是阻碍恋爱的人过于理性。但不管怎样，恋爱被阻是最伤心、最令人难以释怀的痛苦，而阻碍恋爱是人性中最残酷、最艰巨的战争，而且没有输赢。

（19）偷情：增加了一个调情的过程，多了一些乱伦、奸淫、道德败坏和失去善恶观的爱。《安娜·卡列尼娜》中那场轰轰烈烈的偷情，在情欲的背后反映出更深层的社会内容。《钢琴课》中高雅的琴弦古韵和原始的人性之欲，同样对人的本性有着不可抗拒的魔力。

（20）寻找：一个雨天，一辆急驶的小车撞到了一个行人，为了逃避责任，司机逃跑了，被丢下的行人终因没有得到及时抢救而闭上了眼睛。受害者的孩子为了讨个公道，在事故发生地举了一个木牌：寻找目击证人。人们一旦失去了真诚和责任，还能找得到朋友吗？同样是驾车撞人致死，电视剧《承诺》中的司机走进死者的家庭，养老扶幼，与年轻的寡妇结合，承担一个男人的责任。他在寻找自我、寻找信任，也在找寻真正的爱情。过去和未来，寻找一切失去的和渴望的，作者在寻找主题。

（21）发现：发现所爱的人不清白；发现一桩罪恶。树上落下了一个苹果，牛顿发现了万有引力定律，知道了地球围着太阳转。一天，天上掉落下一块伪造太阳的照明设备，主人公发现他生活的小岛原来是个虚假的世界，是一个安装了五千多台摄像机的摄影棚，他身边的每一个人，包括他的父母和妻子其实都是演员，共同上演着一出供人欣赏的戏。他进一步发现自己竟成了这部电视连续剧的主角，他生活的分分秒秒都在向全国直播，他已经不明不白地演了30年的人生喜剧。

（22）释谜：早上四条腿，中午两条腿，晚上三条腿，谁能猜得透"人"这个谜，尤其是"女人"这个谜呢？女人喜欢"释谜求婚"：《图兰朵》中的公主规定求婚者必须解开三个谜，否则就要受到死的惩罚。《威尼斯商人》中的波希雅有三个匣子让求婚者挑选：金匣的铭文——你选择了我就得到了荣誉；银匣的铭文——你选择了我就得到了财富；铅匣的铭文——你选择了我就要准备抛弃你的一切。正因为人生存在着一连串的谜，需要寻找解释之道，所以才使人们觉得生活苦乐参半。

（23）取求：也是逃避，逃避喧闹就是追求安静，逃避无序就是讲究完美。不过，取求是一种积极的行为，虽然在现实中你要你得不到的，你得到你不要的。有时候，明明是要的，但因为你得到了，也就变成了你想抛弃的；有时候，完全是不需要的，但因为你没有，也就成为你花费心血追求的目标。在追求的过程中，或用武力强夺，或用智力诈取，或用巧妙的言辞去打动。

（24）野心：正面理解有雄心壮志、壮志凌云、积极进取、丑小鸭变成白天鹅。消极方面有贪得无厌、浮躁不安、蠢蠢欲动、癞蛤蟆想吃天鹅肉。野心勃勃的人很容易转化为恶魔，有野心的人对付阻碍他实现野心的人往往不择手段，穷凶极恶。电影《角斗士》中的太子，听闻父亲有将王位外传的意图后，弑君夺位，诛杀功臣。首先有太子的野心，然后才有角斗士的复仇。

（25）牺牲：为了正义而牺牲生命；为了骨肉而牺牲自己的幸福；为了所爱的人牺牲自己的前途。牺牲是一种奉献。《儿女情长》《咱爸咱妈》提出一个相同的问题：当你的家人有需要的时候，你是否愿意为他们牺牲你的时间和利益？

（26）丧失：人得到的一切都是以丧失为代价的。财聚人散，财散人聚；情场得意，赌场失意。当你得到亲情、爱情、信仰、荣誉、尊严、事业的时候，也许正在丧失无拘无束的自由，丧失青春活力。当你跨入老年的门槛时，你还必须主动地抛弃对子女的权威，抛弃各种各样的暂时性的权力，放弃身体健康和生命永存的幻想，戏剧性就在被动丧失和主动放弃之间产生。

（27）误会：一个女儿为了救父亲，主动勾搭警察局长。家人和外人不知道她为何这样干，他父亲也不愿说出真相，看着别人任意地羞辱自己的女儿。女儿几次想吐露真情，但在看到了父亲的自私和卑劣后，也无意再去揭露事实。这也是一种误会。

（28）过失：一种错误的行为，像离了轨道的列车，总是在有意或无意之间给自己和他人带来伤害。谁能没有过失，尤其是年轻人在社会上学步的时候，难免一个跟头接着一个跟头。所不同的是，幼年学步跌倒后，有大人上前拉一把，而成人有过失时，他人很少能理解，所以青春年代的过失就成了美丽的忧伤和痛苦。

（29）重逢：冤家路窄、破镜重圆、骨肉离散后的重逢，都会给人带来极大的情绪波动。《雷雨》的戏核是周朴园与鲁侍萍三十年后的再见面。诗人陆游与表妹唐婉相爱，被陆母活活拆散，数年后两人重逢，陆游又写下了《钗头凤》，表妹读诗后忧郁致死。有一个富家子弟双目失明，绝望之际得一年轻女佣的悉心照料和鼓励，重获生活的勇气。后来富家子弟发现自己爱上了那个女佣，但那女佣就在他卸下蒙在眼睛上的纱布，即将恢复视力的一刹那悄悄离开了。富家子从来没有见过那女佣的面貌，即使那女佣站在他面前，只要她不开口，他绝不会知道她就是自己心爱的姑娘。碰面居然不相识，于是，他俩的每一次重逢，就成了观众的兴奋点。

（30）磨合：一群人去执行任务，坚守一个据点或攻克一个山头，由于各人的背景不同，相处时抱怨不休，在执行任务中，他们渐渐磨合，最终拧成一股绳。《保镖》是一个爱抛头露面的歌星和一个寡言少语的前总统保镖的磨合。

（31）疯狂：为了情欲的冲动而不顾一切，毁坏了自己的前途和幸福；听到所爱的人的不幸，因失望和绝望而发作蛮性。

（32）鲁莽：轻信是一种鲁莽，粗心是一种鲁莽，遇事不作深入的理性思考，也会被人说是鲁莽。鲁莽会导致他人的不幸，也会给自己带来羞辱，如《三国演义》里的张飞。鲁莽也会产生喜剧效果，如《水浒传》里的李逵。

（33）嫉妒：嫉妒者，挑起嫉妒的人，还有被嫉妒者，构成了嫉妒的人际纠纷。奥赛罗为恶意的造谣而生嫉妒，因嫉妒杀害了自己的爱妻。美狄亚因为丈夫看中别的女人，毒死了丈夫的新欢，还亲手杀死自己与丈夫生育的两个儿子。

（34）悔恨：后悔总是来不及的事，早知今日，何必当初。没有人没有经历过这种感情。

（35）恐惧：俗话说，鬼吓人不要紧，人吓人半条命，恐怖的关键：他人是地狱。《沉默的羔羊》几乎记录下人类所有的恐惧和恐慌：高智商的食人者和剥人皮的变态狂、遭人绑架、身陷深井、尸体上的巨型昆虫、被看不到的人追赶、失去他人对你的信任，还有门在背后被人关上，黑暗的屋里有一双戴着红外线视镜的眼睛，他手里拿着凶器。他撤除受害者的最后防线，使其在攻击面前毫无防范能力，潜伏着一种窥视邪恶的强者侵犯毫无保护的弱者的快感和弱者被侵犯的恐惧感。

（36）滑稽：实质是一种反常行为和逆反思维。老鼠玩猫很滑稽，人斗不过老鼠很滑稽，大人物被小人物耍了也很滑稽。当人与环境不适合，当人际关系颠倒错乱时，这个世界就会很滑稽。其实，有许多司空见惯的事，如果能换一个角度去看，或头向下看，不仅能看到滑稽，而且会产生许多意想不到的效果。

【实训】

1. 影视剧创作是否必须遵循一定的剧情模式？

2. 36 种戏剧境遇中，"复仇"在《伊万的童年》中是如何发挥模式本身的作用的？

3. 为什么"骨肉间的报仇"这种模式，在影视中一直从真人戏剧《哈姆雷特》延续到动画片《狮子王》，再到电影《夜宴》等，这种模式具有什么样的优势和特点？

第三单元　"戏"的形态

在很多人看来，所谓的戏就是戏剧冲突，人物关系越复杂，冲突越激烈，就越有戏，也就越能吸引观众，所以在写戏的时候就把人物关系处理得很复杂，尽可能地把人物的命运牵扯到一起，让他们相互搏杀，斗得你死我活。其实，"戏"并不完全都是建立在戏剧冲突的基础之上的，人物发生冲突的时候可以出戏，没有发生冲突的时候同样也会出戏。按照我们的理解，所有能够表现人物性格的语言和行为都可以看成是戏，而人物的性格并不是只有在戏剧冲突中才能表现出来的，有时候没有我们所理解的那种冲突，同样也能出戏。因此，我们把"戏"的形态分为两大类型：外在冲突和内在冲突。

一、外在冲突

外在冲突是指表现为行为、语言上的冲突。冲突的表现离不开人物。我们将其分为人物与人物之间的冲突，人物与环境之间的冲突两种。

（一）人物与人物之间的冲突

1. 个人与个人的冲突

不同个体因为兴趣、爱好、习惯、修养、人生观、价值观等诸多方面的不同，常会产生冲突。个人与个人之间的冲突是不同人物之间的冲突最常见的形式，因为这种冲突最容易组织情节，最能凸显人物性格。比如影片《人在囧途》中，老板与民工在"春运"期间不期而遇、结伴回家，有钱、有品位、有"小三"的老板和直率单纯、一穷二白的讨薪民工形成巨大的冲突，两人贫富悬殊，性格、作风反差极大，阴差阳错地撞在一起后，冲突不断，使得剧情妙趣横生。

2. 个人与群体之间的冲突

由于观念立场、生活经历、学识修养、思想境界、现实利益等因素的差异和矛盾，个人与群体之间往往会产生冲突。一般来说，个人是这种冲突的塑造对象，群体往往作为陪衬。比如电视剧《大宋提刑官》中，主人公宋慈呕心沥血破案洗冤，与腐败朝廷的各级不法官员进行斗争。但是最终，担心引起朝臣大乱的皇帝却将宋慈花两年零六个月搜集的八大箱记载有官员不法行径的证据证物付之一炬。显然，这就是个人与群体的冲突，以个人之力对抗腐败的君臣群体，是独木难支、孤掌难鸣的。

3. 群体与群体之间的冲突

群体与群体之间的冲突通常表现为不同阶级、不同阶层、不同派别、不同集团、不同势力之间的较量。历史类、战争类影视剧中常会出现群体与群体之间的冲突，如电视剧《三国演义》《东周列国》《大秦帝国》等。

在群体与群体的冲突之中，既能塑造群体形象，也能塑造个体形象，但是个体形象始终是为群体形象服务的。

（二）人物与环境之间的冲突

环境包括自然环境和社会环境，人物与环境之间的冲突也分为两种。

1. 人物与自然环境之间的冲突

这种冲突主要表现为自然环境对人类生存的威胁、人类对自然环境的改造和征服。灾难片、历险类影视剧大多表现这种冲突。

自然灾难类影视剧的代表作很多，比如《群鸟》《后天》《2012》《日本沉没》等。

自然历险类影视剧有《鲁滨孙漂流记》《荒岛余生》等。

2. 人物与社会环境之间的冲突

社会环境是由人来造就的，人物与社会环境之间的冲突本质上还是人与人之间的冲突。

以获得第72届奥斯卡金像奖最佳影片、最佳导演、最佳男主角、最佳原创剧本奖和最佳摄影五项大奖的影片《美国丽人》为例，片中主人公莱斯特·伯哈姆已近中年，工作和家庭生活都很不顺畅。为了改变自己的生活方式，他首先把原来的老板炒了，并在辞职书上狠狠地骂了老板一通。之后，他在街头找了一份自己认为很快乐的工作。而旁人对此并不理解。再后来，他吸毒、偷偷和女儿的同学约会，干了许多常人无法理解的事情。最后，他死在了邻居的枪下。主人公试图通过改变自己的生活方式来反抗现代社会对人的"异化"，却最终被现代社会所吞噬。

二、内在冲突

内在冲突主要表现为思想和价值观念的冲突，是一种内在的心理冲突。比如当一个剧中人面临着两难选择的时候，或者摇摆不定于激烈冲突着的欲望的时候。譬如：两个曾经相爱的男女在电梯里邂逅，也许两人并不说话，也不看对方，但是在沉默之中其实发生着剧烈的冲突。

西方现代主义电影热衷于表现此类冲突，诸如阿伦·雷乃的电影代表作《广岛之恋》、费里尼的代表作《八部半》、伯格曼的代表作《野草莓》等。在田纳西·威廉姆斯的作品《夏天和迷雾》中，阿尔玛渴慕屈从于内心的性召唤，无奈，她天性中被压制的传统意识又阻碍着她。

内部的矛盾也通常由戏剧的外部矛盾来展现。比如在菲利浦·巴里的《假日》中，主人公内心的两难境地是通过他同时仰慕两姐妹的外在行为得以展现的。姐妹中的一位代表着稳定但比较平淡无趣的传统生活；而另一位则是飘忽不定，充满冒险激情的生活的象征。

戏剧冲突的表现形态取决于剧情发展的需要，相对而言，那些生活流风格的写实影视剧多注重内在冲突的设置，而很多类型剧，尤其是警匪、武侠剧则多采用外在的冲突设置。

【实训】

观摩影片《三傻大闹宝莱坞》，记录下影片中的矛盾冲突点，并且按照"戏"的形态进行分类。

第三部分　如何塑造好人物

【知识目标】

1. 了解塑造人物性格差异的方法。
2. 熟悉人物关系搭置的技巧。
3. 明白设置人物弧光的重要性。
4. 掌握塑造人物的思维流程。

【能力目标】

1. 学会写作人物小传。
2. 学会在压力中塑造人物的方法。
3. 能够设计出复杂有"戏"的人物关系。
4. 能够绘制出人物关系图谱。

【案例导入】

毕业那年

人物小传:

吴小宇:男,22岁,普通工薪阶层出身。大四求职中。大智若愚又流里流气。成天嘻嘻哈哈,爱开玩笑,对自己喜欢的人特别仗义,爱憎分明,如果不喜欢谁就直接写在脸上,广交朋友。特别大男子主义,特别爱面子，为了面子可以违背自己的原则底线。暗恋心仪的女生白露华许久，但是不敢表白，眼睁睁看着心中的女神被好友何鑫给追走。吴小宇发誓一定要找一份高薪工作，成为有钱人。

何鑫：男，22岁，妈宝男，长相不错，家境优渥。自小成绩就不好的他一路跌跌撞撞跟在好友吴小宇屁股后面混进了一所不入流的大学。宅男，不爱出门，大多数时间宅在家里睡觉和打游戏。唯一爱好是摄影。闷骚，在常人面前不爱说话，在好朋友面前活泼过头。在强势老妈的帮助下追上了校花白露华。

白露华：校花级人物，脾气好，温柔，有气质，但是对待感情有些优柔寡断。

故事梗概：

吴小宇和何鑫是从小一起长大的好朋友，连小学、初中、高中都是一路同学上来的，其貌不扬但是才智过人的吴小宇却在高考中发挥失常，而自小成绩就不好的何鑫，却一路跌跌撞撞地跟在好友吴小宇屁股后面混进了一所不入流的大学。自从进入这所不入流的大学，两个人就开始了他们堕落的混沌生活。大学四年，吴小宇成天嘻嘻哈哈，爱开玩笑，虽然广交朋友但是爱憎分明，对自己喜欢的人特别仗义，而不喜欢谁都直接表现在脸上。何鑫每天就知道在宿舍里睡觉，打游戏。在常人面前不爱说话，在好朋友面前又活泼过头。而他唯一的爱好就是摄影，喜欢没事就在家待着拍拍这儿拍拍那儿。吴小宇有一个暗恋许久的女生，是校花级人物，脾气好，又温柔，还有气质，名叫白露华。因为吴小宇是个特别爱面子的人，他为了面子可以违背自己的原则底线。所以就算喜欢很久了，他却迟迟不敢表白。最后，眼睁睁看着自己心中的女神被好友何鑫给追走。临近毕业，一无所获的吴小宇，看着身边的同学都找到了自己满意的工作，而自己却接连被拒。另一方面，他又看到最好的朋友何鑫带着自己心中的女神在他和同学们面前高调示爱，心中郁闷不已。在毕业晚宴上，当看到周围的同学都一个个事业、爱情双丰收的时候，他彻底受不了了，接受不了这样的打击。因此他喝了很多的酒，神志不清，最后醉酒大闹毕业晚宴。

但是，事情却没有想象中的那样简单……

第二天早上，醒来后的他被警察带走，警方指控他杀人，被杀害了的那个人不是别人而是他的好朋友何鑫。吴小宇锒铛入狱……虽然吴小宇很是不解，这一夜到底发生了什么，自己为何会杀死好友，但是警方手里的证据却都指向他。

15天后，一名警察走到吴小宇待的牢房，打开房门对他说，你可以回家了。吴小宇虽然知道自己并没有杀害何鑫，是冤枉的，但也很好奇到底发生了什么，这时一个熟悉的身影与他擦肩而过，他回头看了看，惊呆了，那人竟然是何鑫的妈妈……

后来他通过警察的描述才知道实情……

原来何鑫的妈妈在无意中得知，何鑫并不是她的亲生儿子。从何鑫小的时候起，她就特别疼爱他，要什么都满足他，但是他竟然不是自己的亲生儿子，因此她对他产生了恨意。一想到自己的付出，就特别的气愤，甚至萌生了想要杀了何鑫的念头。但是，她一直都没有找到机会下手。直到有一天，她得知吴小宇喜欢校花白露华，碰巧在何鑫的房间里看到了这个女孩的照片，便猜到自己的儿子也喜欢这个校花。向儿子询问后，她得到了和自己猜想一样的答案，就帮助儿子追到了校花。为了计划的完美实施，她策划了那场毕业晚宴。到了毕业晚宴的时候，正好看到吴小宇喝多了，大闹晚宴，她认为时机成熟，开始了作案。当何鑫因为酒中的毒药倒地不起时，正好吴小宇走到何鑫的身边，说到为什么你要这样对我。就这样阴差阳错，吴小宇成了杀人凶手，何鑫的妈妈完美地隐藏了自己的嫌疑……

思考：

1. 人物的性格是否有典型特征？
2. 人物的行为逻辑是否符合情理？
3. 如何修改调整？

第一单元　人物性格的差异

人物性格往往要通过人物关系才能体现出来，对于剧中的主人公来说，他周围的每一个人都代表着他性格中的某个侧面，所以在剧中为主人公设置出合理的人物关系对于塑造人物性格、组织戏剧冲突及情节构置都是至关重要的。

戏剧冲突首先表现为欲望支配之下人物性格的冲突，所以人物性格之间不仅要有差异性，而且还要含有完全相互对立的因素。正如世界上没有两片完全相同的树叶，世界上也没有两个性格完全相同的人，不同性格的人在一起就容易产生矛盾冲突。所以在塑造人物时重视人物性格的差异，深究其性格形成的内在原因，并赋予其典型性格特征就显得尤为重要。

一、人物溯源

普希金在评论拜伦的作品时说：拜伦在他的戏剧中"只创造了一种性格"，这就是他自己的性格。他把自己的特性赋予了主人公：对某个人物他赋予了自由的骄傲，对另一个主人公赋予了憎恨等。其实拜伦剧作中的主人公在最好的情况下就是诗人自己的性格体现。其实不仅是拜伦，每个创作者都会在自己笔下的人物中留下自己的影子，无论这个人物的外表或品行与自己相距多远。创作者在这里扮演着全能演员的角色，他用自己的心灵去揣摩每个人的心思，并迫使自己扮演这样的角色。当他写一个坏人的时候，他会通过想象把自己品性中的邪恶释放出来，加以放大；当他在写一个女人的时候，他会尽量地用想象把自己变得柔弱和温情，而这样的想象总是建立在个人性格和生活体验之基础上的。

剧作家在写每个人物时总会自觉或不自觉地把自己的生活体验和思想融入作品，这也是艺术作品的生命力所在。创作者面对自己笔下人物的时候，会试图与之进行对话，希望与之产生心灵的沟通，他在多大程度上深入到人物的内心深处，取决于他对人性的理解程度。他对人性的理解越深刻，笔下的人物也越有典型性。

在创作过程中，创作者的思想也会受到客体的局限，一方面并不是每个人物都能充分承载作者本人的个性及思想；另一方面，由于个人知识、性格及生活阅历的局限，创作者不可能把握好所有的人物。一般情况下，创作者更能够把握那些性格及思想与自己接近的人物。

二、人物典型性格的塑造

对人物形象的设计，既包括人物角色的基本特征，如性格特征、心理状态、身份地位、神情外貌、言行举止等，又包括人物角色所处的时代与情境。两方面是辩证统一、密不可分的。人物必然处于特定的时代之中，也总是处于各种不同的情境之中，时代与情境也塑造着人物形象。

（一）性格和心理

冯梦龙在《醒世恒言》中写道："江山易改，本性难移"，而瑞士心理学家卡尔·古斯塔夫·荣格在《荣格的智慧：荣格性格哲学解读》中则指出"性格决定命运"，所以，创作者在塑造人物形象时首先要着眼于其性格。

以电视连续剧《大明宫词》为例，编剧郑重在塑造人物时首先定位的是其性格。他说："每一个人物都事先定好一个基调，正如画的底色。人物在这个基调上起伏变化，但万变不离其宗。比如太平公主，爱而不得，终生寻找——复仇、爱和死。而四位皇子也根据其性格进行定位，一个是同性恋'弘'，一个是偏执狂'贤'，一个是道学者'旦'，一个是窝囊废'显'。其实历史上有许多人，人是一代代轮转的，灵魂却很相似。我们把每个人的性格都铺陈发展到极致，即使写反面人物也有他自圆其说的世界观和作恶的充足理由，这样人物就完备了内在逻辑，写起来就自然而然了。"[1]

人物的心理活动也是其性格的体现，影响着其言行举止，而人物的一举一动也必有其心理动机。曹禺之女、著名的编剧万方曾说："我不想在作品中评判什么，这一点算是遗传了我父亲；他对每个人都怀有悲悯之心，哪怕是《雷雨》里的周朴园。每个人做事都有自己的理由，写作者，只要找出这些理由，而不要恣意评判，生活本就无法评判。"[2]

对于人物心理的视觉化展现，我们可以直接通过镜头画面来呈现其联想、回忆、幻想、梦境等心理活动状态，也可以通过运用抒情蒙太奇乃至人物独白

---

［1］ 徐虹，郭晓虹.《大明宫词》很诗化——访《大明宫词》编剧郑重、王要［N］. 中国青年报，2000-04-17.
［2］《万方：生活本就无法评判》，来源：北京文艺网.

来完成。

人物性格是复杂的，人物心理也是复杂的。美国剧作理论家罗伯特·麦基就曾探讨过好莱坞编剧和中国编剧对人物处理的方式。以动作片中的人物为例来说，在中国不论是女神还是恶棍，都有一种道德上的纯洁性，一个如此纯粹的人会很难让观众感同身受，因为如此纯粹的人很难让观众对他产生"移情"的效果，没有办法连接起来，观众可能会很崇拜、欣赏他，但是绝对不会通过移情作用来认同他。但是好莱坞的人物角色通常都有复杂性，超人也好，蝙蝠侠也好，都是双重人格，他们也是普通人，观众能够从他们身上找到共鸣。这可能就是为什么在观众的印象中，明知道好莱坞大片是假的，但是看起来也觉得很真实，而中国的真人真事拍摄出来，明明是真实的，但是仍有虚假的感觉。

（二）时代与情境

常言道："环境塑造性格。"对人物角色的设计离不开对其所处环境的描绘。正如法国启蒙思想家狄德罗在《论戏剧艺术》一书中说："人物的性格要根据他们的处境来决定。"具体而言，则要考虑两个方面，即人物所处的时代和人物所处的情境。

首先，对人物形象的塑造不能超越其所处的时代背景。

比如在电影《赤壁》中，人物角色的塑造就脱离了他们所处的时代和情境。著名的编剧芦苇认为《赤壁》最本质的问题就在于导演对三国时代的精神气质把握不够，他认为《赤壁》剧情太疲软，人物塑造苍白。三国是个风雨飘摇、生死攸关的时代，但是剧中人物却给人以过家家的感觉，比如当曹营八十万大军逼近时，东吴主要军事领袖周瑜却还在给母马接生，此类情节就完全脱离了那个时代的精神。

而在徐克导演的系列电影《黄飞鸿》中，对人物形象的时代性就处理得很好。把对主人公黄飞鸿的塑造放到了清末中国与西方的政治冲突与文化冲突的背景之下，置于当时新与旧、传统与现代的时代矛盾之中。结合这一背景，作品的主题思想也就不局限于正与邪、侠义与罪恶的冲突，而是将人物放到时代大潮中去开拓新的审美意义。片中，黄飞鸿深受中国传统文化的熏陶，却也目睹着古老中国的积弱不振；在汹涌来袭的西方文明和思潮面前，他有困惑、有纠结，也有自卑、有抵触；他提倡以新文明来救中国，却也固守传统的家国情怀。

其次，对人物形象的塑造不能脱离其所处的具体情境。

法国小说家左拉在《论小说》一书中说："要使真实的人物在真实的环境中活动。"比如在影片《战略特勤组》中，就设置了这样一个情境：前美军特种部队炸弹专家史蒂芬宣称在美国的三个城市中分别安放了三枚微型炸弹，以此威胁美国政府放弃"侵略政策"。美国本土危在旦夕。FBI反恐部门女探员海伦负责调查此案，而军方也介入其中，并授命谈判专家亨利来对史蒂芬进行审讯逼供。三个人物在这场生死攸关、利益纠葛的谈判中各据立场、针锋相对。亨利肩负拯救之任，其逼供手段极端残忍严酷，而政府高层的纵容更使其有恃无恐。海伦反感如此惨无人道的非法手段，但要解决核弹危机，拯救无辜群众，又别无他法。而疯狂的"恐怖分子"史蒂芬要求美国政府满足其要求，也自有一番道理。其实，史蒂芬未必疯狂，亨利未必残忍，海伦也未必就是"妇人之仁"，但三个人物都处在"核弹危机"的具体情境中"不得已而为之"。

（三）身份与地位

人物的身份与其所处的地位，都会对其性格的形成产生影响，会形成相应的心理状态并体现在其言行举止之中。而人物身份与地位的设计同样要结合其所处的时代与情境。

例如，在系列影片《黄飞鸿》中，黄飞鸿的四个弟子——林世荣、梁宽、牙擦苏、鬼脚七都是底层出身，但是因其本身的身份职业与社会地位的不同，性格特征与处事作风也就迥异。

比如林世荣，以杀猪卖肉为生，原隶属于刘永福统率的"黑旗军"，后来成为佛山民团的骨干成员。因而他最疾恶如仇，好打抱不平又行事莽撞。梁宽是乡下农民出身，在清末的中外压榨下破产，只得进城谋生。他的身上既有农民的狡黠与圆滑，又有贫苦人的耿直与善良。而牙擦苏是南洋华工的后代，从海外回乡，见多识广。他受过西方文明的洗礼，思想相对开放，但海外漂泊无依的经历又使他显得自卑又怯懦。鬼脚七原是京城的贫苦车夫，又混迹在黑恶帮派里充当打手，显得亦正亦邪。混迹黑社会的经历，使他性情乖戾，处事易走极端，但是贫苦人的出身，又使他保有善良的本性，重情重义。

（四）神貌与言行

"神貌"是指人物角色的神情状态和外形容貌。人物的神情状态往往可以传递人物的心理状态，展现出人物的性格特征。而对人物外貌的描写，一般在剧本中应尽可能简略，着重描述的是人物身上的内在精神气质。

"言行"是指人物的语言和动作，是剧本中人物描写的重点。其实，人物的动作可以分为外在动作、内在动作、语言动作；我们通常所说的"动作"都是外在动作，语言动作是指人物的语言，而内在动作则是指人物的心理。

言行在塑造人物性格特征时十分重要，所谓"唇枪舌剑""伶牙俐齿""人言可畏"，都是说明语言的作用。说好人物的性格语言，便能言如其人，呼之即出，人物语言的性格化，不但能通过语言折射出人物的身份、文化素养、生活经历、社会地位，而且观众也能通过语言的外延，去引申思考社会背景。所以语言的功能绝不仅局限在语言本身的指向上，而且还能外化出让人思索的理念来。

每个人都会使用本民族的语言进行交流。然而不同的人使用同一种语言说话时，却能反映出各自的不同性格。例如有的人说话慢条斯理，有的人说话颠三倒四，有的人说话粗声大气，有的人说话细声细语，有的人说话直不楞登，有的人说话结结巴巴，有的人说话幽默风趣。

人的性格同他的出身、地位、学识、经历和他所生活的地域环境都有关系，形成性格的因素是多方面的（其中包括遗传基因）。一个人的个性是由多个方面综合而成的。这集中表现在一个人对事物的稳定的态度与稳定的行为方式上。这就是语言个性特征和性格特征的关系。

比如，某个人是急性子，某个人是慢性子，表现在语言形态上是有明显差异的。比如谁家的孩子丢了，有人会着急得哭号，有人会急得喊叫，而智者会提出先报案再分头去几个方向寻找的建议。又如同对待家中失火的不同态度，反映出人物的不同性格一样。有人急着喊救火，有人喊着快把值钱的东西抢出来，甚至还会有幸灾乐祸说风凉话的人呢！也有人慢吞吞等着火烧，看着火烧说："反正我有财产保险啦，没关系，有人赔的。"

【实训】

　　一、 训练目标

　　完成剧本中人物小传的写作。

　　二、 训练方法

　　观看电影《贫民窟的百万富翁》和《三块广告牌》，为两部影片的人物写作详细的人物小传。

　　三、 训练要求

　　详细写作电影中主要人物的小传，并写作出人物分析报告，分条缕析。

第二单元　人物关系的搭置

　　不同性格的人物只有处在一定的社会关系中才可能发生矛盾，所以当人物变得鲜活起来以后，创作者必然会考虑怎样把这些人物合理地牵扯到一起，让他们发生冲突，演绎各种悲欢离合。

一、人物关系搭置的原则

　　在创作中考虑人物关系需要先把握住剧中的主要人物、次要人物和群像人物。主要人物是剧作者对生活的形象发现，是以深厚、坚实的生活积累为基础的，该人物必然处在剧本所描绘的各种现实矛盾的焦点上，是艺术提炼生活的结晶，体现为社会因素与美学因素的统一。次要人物不可缺少的艺术意义在于，在整个剧作的形象系列里，他们并不是消极地作为构成主人公生活环境的点缀，而是积极地参与到情节的运动中去，或者从多方面烘托出主人公生活环境的时代特征，或者从某一侧面开掘下去，揭示出某种生活的本质意义来。而出于特定的生活题材的启示，剧作者有时需要用群像式的人物设置和剧作构思来刻画艺术形象，以扇面式展开的生活真实提示社会矛盾，呈现出现实脉搏的跳动。

所以在人物关系的搭置中，要处理好以下的关系。

（一）主要人物与次要人物的关系

在设置人物时，要考虑到人物间性格的差异性和对立性。如果有两个人物性格很类似，缺乏发生冲突的可能性，那么最好删减其中的一个。

比如在电视剧《铁齿铜牙纪晓岚》中，编剧本想在乾隆和纪晓岚、和珅中间塑造出一个福康安，以区分之前《宰相刘罗锅》中的三角关系，形成一个四角关系。但是事实上福康安却因为性格的差异性和对立性不足，在戏中找不到自己的位置，所以这个人物会经常莫名其妙地消失，尤其在后半部，几乎看不到他的影子。

（二）围绕主要人物来设置次要人物

在创作中，很大程度上，次要人物是为主要人物服务的，每个与主要人物发生关系的次要人物都是为了刻画其性格的某些方面的。一般情况下，在创作时都是先出现主人公，然后再去想他周围会有怎样的人，甚至可以说某种程度上次要人物是从主要人物身上衍生出来的。

（三）建立合理的人物关系

从写戏的角度来说，人物关系越复杂越容易出戏，但是有一个必须要遵循的前提就是不能违背生活本身的逻辑，否则就会失去其真实性。比如曾经播出的一部电视剧中，男主人公后来发现他深爱的女孩竟然是自己的亲表妹，而他又被自己的亲嫂子深深地爱着。最后他爱的表妹死了，他的嫂子也因为他的缘故与他哥哥离了婚。这样的人物关系看上去很复杂，但是却显得很不自然，也很不真实。

二、常见搭置方式

通常我们将人物配置的方式按照主要人物的数量来进行搭置，有独秀式、双子式、对立式、三角式、群戏式五种。

（一）独秀式

独秀式是指影视剧中只有一个主要人物。这个主要人物在剧情发展中"一枝独秀"，居于绝对中心地位。人物关系上呈现众星拱月之势。次要人物可以闪耀自身的光芒，但是不能喧宾夺主，遮盖主角。

人物传记类影视剧往往采用独秀式的人物搭置方法。比如央视播出的电视连续剧《李小龙传奇》，就是以李小龙这一主要人物为绝对核心，以其钻研和弘扬中国武术的行为为主线，运用50集的篇幅来演绎其短暂人生的传奇经历。

（二）双子式

双子式是指影视剧中存在两个主要人物，这两个主要人物在剧情发展中"相映成趣"，共同居于中心地位，甚至形成两条并行的情节线索。

双子式中的两个主要人物之间的关系是多种多样的。最常见的是情侣关系，如夫妻或恋人。比如陈可辛执导的《甜蜜蜜》，讲述了男主人公黎小军与女主人公李翘之间绵延十年之久的情感故事。两人同一年乘坐同一班火车从内地来到香港，各自展开生活。在十年间，两人相遇、相识、相恋，却始终不能走到一起，本以为此情难继，却在命运的安排下再次重逢。

爱情故事中多用双子式的人物搭置方法。此外，双子式也可以是父子、父女、朋友、兄弟、伙伴、姐妹关系。

（三）对立式

对立式就是指在影视剧中塑造两个相互之间明显对立的主要人物形象，两个人物在戏份上平分秋色、不相伯仲，都应该在剧中有出色的表现。比如美国影片《盗火线》中，塑造了警官汉纳和劫匪麦考利两个有血有肉的主要人物形象。警官汉纳意志坚强、能力超群，但是个人生活极为不顺，他的烦恼和痛苦使观众心生同情。而劫匪麦考利举止文雅、风度翩翩、重情重义，极富男性魅力，丝毫不像凶残的暴徒。这两个人物之间存在着天然的对立关系，共同推动剧情的发展。

在许多影视剧中，主要矛盾冲突的双方有明显的正义与非正义之分，往往对立人物也可划分为正面人物和负面人物。

（四）三角式

三角式是指影视剧中存在三个主要人物，这三个主要人物在剧情发展中相互制衡，"鼎足而立"，共同居于中心地位。例如电视连续剧《宰相刘罗锅》《铁齿铜牙纪晓岚》等，三个主要人物各自为政、冲突不断，能够极大地丰富影片情节的戏剧性。

（五）群戏式

群戏式是指影视剧中的主要人物角色超过三个，这些主要人物在剧情发展中"八仙过海"，往往形成多线叙事的格局。

一般来说，主要人物每增加一个，剧中的矛盾冲突就会复杂一重，在剧作上也就需要更多的表现空间，所以主要人物的设置要遵循逻辑，不能一味求多，否则容易造成作品结构松散杂乱、剧情矫揉造作。而群戏式创作的最大难点在于要让每个主要人物都有戏，都能够立得起来。

比如国产主旋律电影《建国大业》《建党大业》等，电视连续剧《奋斗》《与青春有关的日子》《欢乐颂》等，都采用群戏式的人物搭置方法。

【实训】

1. 观看影片《闻香识女人》，重点分析其中法兰中校和查理在威利家中用餐这场戏，找出这场戏的主控者，并分析其中的交际过程。

2. 分析大卫·凯普编剧的影片《世界大战》中主人公雷·费瑞尔的人物设置，并为其设置一场戏来表现其糟糕的婚姻生活。

第三单元　压力设置

在影视剧中，往往需要把人物放置于压力之下，这样才能看出人物性格的某些方面，这也是戏剧冲突产生的必要条件。

往往可以从以下几方面进行压力的设置。

一、物质环境

物质环境主要是指人物的居住条件及周围的生存环境。在影视剧中，它经常是构建戏剧冲突的重要元素。比如电视剧《贫嘴张大民的幸福生活》，如果不把主人公放置在北京大杂院那样的生存环境中，或者张大民一家不是生活在那样狭小的空间里，电视剧中所有的矛盾冲突都不会发生。所以，创作者在塑造人物的时候，必须考虑为人物设置生存环境。

二、社会地位

社会地位是指人物在社会中所处的政治地位和经济地位，主要包括人物的职业、职务及各种社会关系。

在影视剧中，主人公的职业设定并不是随心所欲的，有时候职业的设定对于塑造人物性格及展开剧情有着至关重要的作用。在现实生活中，职业对人的生活及性格都有很大的影响，有些职业会使人享受平淡而乏味的生活，如教师、医生、公务员等，而有些职业则可能经常把人的生活推入惊涛骇浪之中，如警察、律师、商人等。从戏剧的角度来讲，很显然在从事后面这些职业的人中间更容易发生戏剧性的冲突。

三、生活境遇

生活境遇是指某些偶然性的因素或事件造成的人物的生活状态，从剧作的角度来说，人物处于困境之中更有利于制造戏剧冲突，而这种困境经常是由恶劣的生活境遇所引起的。一些偶然性的事件如骨肉分离、疾病、死亡等都会使人物的生活境遇发生变化，命运也会因此而改变。

【实训】

1. 观看电影《为奴十二年》，自选一场戏，分析其情境设置。

2. 阅读莎士比亚戏剧作品《罗密欧与朱丽叶》，分析第三幕第一场戏的情境设置。

第四单元　人物弧光

好的故事不但揭示人物真相，而且还在讲述过程中表现人物本性的发展轨迹或变化，这就是人物弧光。

人物弧光作为编剧塑造人物的一种创作技巧，一直深受好莱坞的欢迎。因为在人物弧光的背后，往往代表着一个人物性格的多面与复杂，显现着人物与环境、人物与他人、人物与自己的种种冲突。如果一部两小时的电影或20集的电视剧中，主人公从头到尾没有丝毫变化，那么这个人物多半是乏味和失败的。只有那些有性格发展的角色，才显得立体多维，贴近现实生活。特别是在成长、励志、赎罪题材的影视作品中，人物弧光更是不可缺少的。

一、改变性

改变包括两个方面：好的方向的发展和坏的方向的变化。

人物的发展就是指人物在转变态势上呈现出上升或者前进的趋向，终极方向一定是"正面信息"。比如：一个人物之前看问题很偏激，但是随着经验的累积和环境的影响，他看待问题全面了，那么可以说这个人物有了发展；但是如果这个人物之前看待问题就已经比较全面了，同样随着经验的累积和环境的影响，结果他看待问题不仅全面而且更加通透深刻了，那么这个人物也发展了。所以，"发展"可以是好上加好。

以哈姆雷特这一人物形象为例。

故事开始时，从大学回家参加父亲的葬礼，哈姆雷特心情极度悲伤和迷茫，希望自己死去。但是，他的真实性格在他选择采取这个行动而不是那个行动的过程中得到揭示：哈姆雷特父亲的"鬼魂"声称，他是被哈姆雷特的叔叔——当今国王克劳狄斯谋杀的。哈姆雷特的选择揭示了他极度睿智谨慎的天性，他极力克制自己不成熟的冲动和鲁莽。他决心复仇，但必须等到他能够证明国王的罪恶之后，这一深层的天性和人物的外部面貌发生冲突，即使不是完全相反也是相互对照的。我们感觉到，他并不是表面上表现出来的样子。他不仅悲伤、敏感和谨慎，在他人格面具之下还隐藏着其他的品质。

在揭露了人物的本性之后，故事便开始给他施加越来越大的压力，令他作出越来越困难的选择：哈姆雷特追寻谋害父亲的凶手，却发现凶手正跪地祈祷。哈姆雷特可以轻易杀了国王，但是他意识到，如果国王在祈祷中死去，他的灵魂就可以升入天堂。所以，哈姆雷特强迫自己等到国王那"注定要永坠地狱的灵魂幽深黑暗不见天日"时，再把他杀死。

待到故事高潮来临，这些选择已经深刻地改变了人物的本性：哈姆雷特步入了一个平和的成熟境界，他那敏锐的感悟力已经成熟，变为智慧。

同时，人物弧光并不局限于人物向着好的方向发展，也可以由好变坏。如《教父》里的迈克，开始时，他还是一个讲道德、有规矩、品格纯正的人，但在故事的结尾，他既失去了亲人，也失去了原有的品格，变得卑鄙无耻、冷酷无情。他甚至杀害了自己的手足，最终成为新一代的"教父"。

二、动态性

人物弧光最具价值的地方就在于它让人物性格处在动态之中，而不是静止孤立的。受到外界环境和内在人格的影响，人的价值观、性格、对事物的认知态度、思想不会一成不变。从偏激到公允，从犹豫到坚定，从逃避到面对，从妥协到抗争，从懦弱到勇敢，从自卑到自信，从幼稚到成熟等，这些都是能够在现实生活中真切发生的。

比如在电影《这个杀手不太冷》中，在影片开始时，呈现在观众面前的是一个有着利落身手和冷酷形象的杀手，他喝着同一牌子的牛奶，按时锻炼身体，照料他的万年青，坐着睡觉，生活克己，单调冷漠。但是随着小女孩对他生活的介入，里昂的世界里开始有了笑声，有了乐趣，有了牵挂，有了爱。

三、渐进性

人物弧光之所以叫"人物弧光"，首先是因为人的生活有起有伏，有高潮有低谷，没有谁的变化发展是一条直线，也没有人会遵循一条直线生活，所以会用弧型来比喻弧光。其次，弧，表示会有起点和终点，人的发展变化会形成一条轨迹。没有人的变化是一蹴而就的。所以在塑造人物弧光时，最常遇到的错误是，剧本中人物的发展变化和成长不是渐进的，而是突变的。

比如，"有人批评了他们或者是他们认识到了错误，于是他们立即改正过来。再不然就是他们受到一次震动，在一夜之间彻底转变了。"这种情况可能出现，但是，更普遍的情况是"人们一点一点地改变，从暴躁到耐心，从胆小到勇敢，从憎恶到相爱，是渐进的过程"。艺术来源于生活，在现实生活中，身边熟悉的亲人或者朋友，他们的改变也并非在一夜之间完成。所以在剧作中，那些充满人性张力的角色，在追求各自目标的旅途中，他们的遭遇与经历会使其成长与改变，但那会是一个爬楼梯的过程，是一个经历波峰和波谷的过程，是一个从量变到质变的过程。

【实训】

1. 分析电影《罗马假日》中男女主人公人物弧光的设置。
2. 分析电视剧《甄嬛传》中主人公人物弧光的渐进性设置。

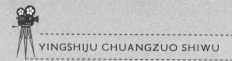
第四部分 构建故事结构

【知识目标】

1. 了解剧本创作中叙事角度的重要性及其分类。

2. 了解结构和情节的区别和联系。

3. 了解关于结构的划分依据。

4. 掌握结构的划分方法。

【能力目标】

1. 辨析影视作品中的不同叙事角度。

2. 掌握至少一种叙事方式。

3. 分析影视剧的情节点和情节线。

4. 具备布局的意识。

【案例导入】

一条狗的使命

人物小传：

方然：空巢青年，都市白领，大学毕业后独自在大城市打拼。为了能在这座钢筋水泥筑成的都市扎下根，她拼命地工作，经常加班到深夜独自一人回家。在这座陌生而又冰冷的城市，她渴望着被关爱、被呵护。但是当她终于拥有了自己梦想的一切后，却发现遗失了当初的美好。

于子恒：和方然同年，普通都市白领，孤身在大城市奋斗，当初被方然的善良打动。是一个十分理性的理工男，书呆子气十足，有些时候不太理解方然的细腻感性，但是深爱对方。

故事梗概：

方然沿街找寻走失的狗，夜已深了，于子恒拿着衣服追着让方然披上，被方然断然拒绝，两人发生激烈争执，于子恒气愤之下拂袖而去，留下方然一人在寒风瑟瑟的街头。

方然伤心欲绝，这时一阵"喵呜"声传来，一只黑猫咬住方然的裤脚。她跟着黑猫走进了飘着馨香的甜品店。画家看着神情憔悴、头发凌乱、眼眶红红的方然，给她端来了一杯芳香四溢的奶茶和一份刚出炉的肉松卷，默默地坐在了她的对面。

方然谢过后，刚吃了一口肉松卷，眼泪就毫无征兆地滚滚落下："以前'黑锅'也喜欢吃肉松卷，但是我把它弄丢了……"

画面闪回到了方然大学毕业时，刚找到工作的方然雄赳赳地在搬家，她在单位附近的小区租了一套房子，饥肠辘辘的她刚买了一个肉松饼，正准备大快朵颐时，看见一只全身黑色的流浪狗过来，善良的她把饼留给了狗，结果一群狗都拥了过来，而这只狗却闪到了一边怯懦地看着，方然看着心生同情，转身又去买了一个饼准备回来给黑狗，但是却找不到它了。

小区里有好几只流浪狗，黑狗是新来的，所以经常被欺负。小区常驻的几只流浪狗性格特别温顺乖巧，会跟小区里的人讨巧卖乖以换来人们的投喂。可那只新来的黑狗太不一样了。一身黑不说，还总是扬着头，也不向人们摇尾巴，就连别的狗在它旁边吃东西，它都不看一眼。一来二去，方然觉得这只狗太有意思了。

有一天晚上下雨，方然看见黑狗瑟缩在墙角时突然心生怜悯，让她想起了同样是孤身一人在大城市打拼的自己。于是方然走进便利店买来了香肠和牛奶喂黑狗。从此以后，方然一进小区，黑狗就跟着她，直到把她送到家门口。虽然方然已经是个大人了，可令她觉得不好意思的是自己还是有点怕黑，这下好了，有了黑狗的陪伴，这段回家的路方然感觉安心很多。从此以后她每天都买点食物来喂黑狗，黑狗负责护送方然回家。方然也不是没动过收养黑狗的心思，可不知道为什么方然总觉得这只黑狗跟一般的狗不一样，它有自己的想法，方然怕把它关进房子里会让它没有自由，而且她白天去单位上班，狗独自在家也很寂寞，不如就像现在这样也很好。

一段时间后，方然那天晚上为了赶完一个项目加班到十点半。像往常一样，方然喂过狗，狗陪方然回家的路上，突然一个戴黑色帽子的男人冲了过来，一把抓住方然的包。方然下意识地捂住包，那歹徒竟然掏出了匕首。正在这时，黑狗一阵狂吠，朝歹徒冲了过去，咬住歹徒的腿不放，歹徒疼得大吼，将匕首朝黑狗刺去，刀扎在黑狗身上，血瞬间涌出，可黑狗仍然毫不松口。这时，方然和狗凄厉的声音引来了保安和其他人，歹徒拼命挣脱后逃跑了。方然抱着浑身是血的黑狗疯了一样往宠物医院跑，最终救回了狗。

从此以后，方然就把黑狗接回了自己家，亲手给狗带上了红颈圈，给它取名"黑锅"。每天早上，"黑锅"会送方然出门，晚上会伸长脖子等着方然回家。因为家中每晚有"黑锅"的等待，方然尽量减少了加班的次数。

后来，方然被家里人催婚，她经常出去相亲，可是每次回来都会抱着"黑锅"唉声叹气，抱怨自己嫁不出去老了可怎么办，"黑锅"总是用头蹭方然安慰她。直到有一天，方然带了一个男朋友回家，她脸上每天洋溢着笑容。

没过多久，方然和男友于子恒结婚了。她带着"黑锅"搬进了新家。"黑锅"和新主人快乐地生活了一段时间。但是于子恒有点小洁癖，碍于方然和"黑锅"感情深厚，也没说什么。

后来方然怀孕了，于子恒沉浸在快要当父亲的狂喜中，但是怕宠物对孕妇有影响，坚决要求送走"黑锅"，方然因为这件事和他大吵一架。一天，于子恒趁着方然在外出差就把"黑锅"送人了。方然回家后刚得知这一消息马上就出门找那家人，准备把"黑锅"要回来。那家人却告诉方然说，"黑锅"刚被送来的那两天不吃不喝，几天后趁着他们开门说话的空当就跑了，他们没找到。

方然又伤心又气愤，连着几天吃不下睡不着，甚至向公司请假，每天一大早就在外面到处找"黑锅"。心痛和劳累击垮了怀孕的方然，方然流产了。

这天，方然又在外面找"黑锅"，一遍遍呼唤着"黑锅"的名字，一直找到天黑。她跟着黑猫第一次来到了甜品店，主要就是想在这个店子里再找寻一下"黑锅"。

画家听完方然的倾诉，询问她为什么不去动物收养中心找找，方然从回忆中醒来，说自己去过，并没有找到，画家神秘地笑了，让她明天再去找。方然看着画家坚定的眼神，一下子充满了希望，她看着窗外拿着衣服正在寻找自己的于子恒，脸上露出了幸福的微笑，用力向于子恒挥手，准备呼喊他进来喝杯美味的奶茶，但是画家告诉她，不是所有的人都能看到并且进入到这家甜品店的。

方然带着甜蜜的微笑走出甜品店，来到焦急的于子恒身后，挽起他的胳膊，于子恒一脸受宠若惊的表情。

第二天上午，动物收养中心，方然和于子恒远远地隔着笼子看见了"黑锅"，"黑锅"兴奋地向他们扑了过来……

思考：

1. 该剧本的故事线是什么？
2. 划分出该故事的结构布局。
3. 如何修改能够让该故事结构更加精彩？

第一单元　叙事角度与叙事方式

从叙事学的角度来说，讲述一个故事，首先遇到的问题就是谁在讲述故事，从哪个角度在讲述故事，这是建构一个文本最基本的前提。对一个故事的叙述采用不同的叙事视角，其结果会截然不同。

一、叙事角度

在影视剧创作时，剧作者可以采用两种叙事的角度：一种是全方位的视角，另一种是单一的视角。在前一种情况下，剧作者担任全知全能的上帝角色，任何时间、任何地点发生的事情，都能看见，都能写进去。在后一种情况下，剧作者必须受到单一视角的限制，所叙述的剧情不大能超越剧中叙事人的所见所闻。

（一）全知视角

全知视角，又称为零视角，是指影片叙事中，叙述者不是影片中的人物，不参与事件进程，但是又无所不知。这种叙述视角视野广阔，视角转换灵活自如，可以自由地出入时空，不受主客观条件的限制。这种视角是传统故事所采用的最常见的方式，在好莱坞经典影片中更是屡见不鲜。

如获奥斯卡最佳影片奖的《冲撞》，是以一种全知视角模式呈现给观众的，在观看这部影片的时候，观众仿佛伫立街头，不动声色地去注视街头一角发生的事件。这部影片中的一系列小事件取材于日常生活，影片中的故事天天上演，但将这些小事件组成一部电影之后，观众会对种族歧视、亲情之爱、童真的美好、人性之善等有更深刻的感悟。

（二）限知视角

限知视角由于视角相对狭窄，更适用于一些线索单纯、情节简单，且带有抒情意味的影视剧。视角的主体可以是剧中人，也可以是旁观者，在剧中往往担任了叙事者的角色，有时还会在剧中穿插一些旁白和独白。这些旁白和独白有时是为了补充剧中的情节或故事背景；有时是剧中人发表对某人某事的看法或者抒发情感；有时则是表现时空上的跳跃。观众会在叙事者的引领下一步步地深入到情节中去，并受其情绪的感染。

如果说全知视角是全方面表现影片中的事件的复杂性因果关系、人事关系和兴衰存亡的形态的一种手段，那么限知视角便是使影片对世界感觉精致化和深邃化的一种标志。在当代电影中，以这种限知视角作为叙事电影的组织者和故事的讲述者的影片相当普遍，如《广岛之恋》中的女记者，《谁说我不在乎》里的孩子小文等。这些具有限知视角与特征的叙事人，表明了一种与所叙之事的关系和态度，并因此影响和制约着接受主体即观众的视野和态度。

二、叙事方式

（一）顺叙式结构

顺叙式结构，按照时间的先后顺序来展开叙述，线索清晰可辨，时空转换自然，能够给人井然有序之感，便于观众接受和理解。

比如，获第56届威尼斯国际电影节金狮奖的电影《一个也不能少》，就是典型的顺序式结构。其主要讲述了14岁的农村少女魏敏芝到一所贫穷的小学代课，她向原来的老师保证"一个学生都不会少"，并在代课期间践行着这一诺言。当班上一名学生因家计困难而辍学到县城打工时，魏敏芝和她的学生绞尽脑汁筹集车费进城寻找这名学生，其间历经艰辛，最终寻回这名学生，并引起了巨大的社会关注。该片故事完全是在"现在时空"中展开的，配之以顺叙式结构，对于一部故事简单而又感人的纪实风格作品而言，可谓是相得益彰。

（二）倒叙式结构

倒叙式结构，通常采用回忆的方式，由"现在时空"转换到"过去时空"，时间安排从后向前，便于省略过程，突出重点，也易于表现人物的主观感受和内心情感。

比如，美国电影《拯救大兵瑞恩》就是由第二次世界大战老兵詹姆斯·瑞恩的回忆结构而成的。片头的"现在时空"中，老兵瑞恩来到了安葬第二次世界大战阵亡将士的墓园，接着通过他饱含悲情的双目，时空转换到了第二次世界大战中的"诺曼底登陆战役"，故事的主体在"过去的时空"中展开。

瑞恩是第二次世界大战期间的美国伞兵，被困在了敌人后方，他的三个兄弟全部在战争中死亡，如果他也遇难，家中的老母亲将无依无靠。美国作战总指挥部知道了这个情况，毅然决定组织一个小分队前往救援，其中包括米勒上尉和翻译厄本。然而，敌方危险重重，他们一路上随时在与死亡打交道。他们非常怀疑，到底值不值得冒着八个人的生命危险，去搭救一个人。大家一路辗转寻找瑞恩，对于这次搭救行动，有人不满，有人热忱，有人好奇。大家一次次闻到死神的气息，最终瑞恩被救出战场，而拯救小队的战士们却相继牺牲。

片尾再次转回到"现在时空"，墓园中的老瑞恩沉浸在无限的哀伤与怀念中，影片以老瑞恩的一个军礼终结。

倒叙式结构打通了现在与过去两个时空之间的界限，使影片故事更易于感染当代的观众。

（三）串联式结构

串联式结构是指影片中有三个或三个以上故事的叙事空间，各个叙事空间相互完整和独立，它们在叙事过程中没有互相穿插地呈现，是一个叙事空间呈现完后接着呈现另一个叙事空间的结构形式。

如《爱情麻辣烫》由五个小故事"声音""麻将""玩具汽车""十三香"和"照片"，外加一条名为"结婚"的贯穿线索组成。这些小故事全都是封闭式的，每个故事里的人物都在各自的时空环境和人物关系中独立生存。此故事与彼故事之间，没有时间、人物和事件上的关联。影片的五个小故事虽然各自独立，但是它们却是通过一个主题即现代都市人的爱情生活来构筑的，由此产生以"一线"串"五珠"的结构形式特征。

（四）套层式结构

套层式结构俗称"戏中戏"结构，是指在原本剧情中"套"上一个与剧情或剧中人相关的"戏中戏"。这段"戏中戏"本身是一个完整的时空，但又是剧情或剧中人所处时空的一个组成部分。

在这种结构中，包含的故事是框架，内含的故事是核心。这种空间结构形式大都出现在大倒叙电影中，如《红高粱》《我的父亲母亲》。这种结构形式又可以称为"子母型"，其叙事空间的结构方式通常是影片的开始和结尾是"母"故事的叙事空间，而影片的中间是"子"故事的叙事空间。以《我的父亲母亲》为例，"母"故事是儿子回家为父亲奔丧，"子"故事是父亲和母亲的恋爱往事。

（五）交错式结构

影片中有两个或两个以上的故事，各个故事的叙事空间之间可以互不相关，也可以有关联。每个时空的情节都形成了相对完整的情节线索，但在组织结构时将每个时空中的情节都打散为几个段落来进行交错安排。这种结构可以是"现在时空"与"过去时空"之间的交错，也可以是"现在时空"之间的交错。

这种多时空交错展开的时空结构方式不必拘泥于情节本身发展的线性关系，而便于在重要的情节点上集中笔墨。一般情况下，每个时空段落中的情节不宜过长；如果叙事在某一时空停留过久，势必会影响另一时空叙事的连续性。

如美国故事片《教父2》，就并存着两个相互交错的时空。相对于《教父1》，该片既是前传，又是续集。片中，"过去时空"所展现的是黑道家族第一代"教父"维托的"创业史"，"现在时空"所展现的是维托的小儿子、第二代"教父"迈克的"守业史"。影片将两个时空的故事情节切割叙述、交错展开，各自具有独立的情节线，从而形成遥相呼应的内在戏剧张力。

再如格里菲斯的《党同伐异》中，四个故事的叙事空间是完全不同的，但是四个叙事空间又互相交错地穿插呈现。

（六）重复式结构

重复式结构是指对同一时空中的人物和事件进行"回环往复"的叙述，而其叙述的角度不同，从而构成一个完整的故事。在剧中往往会出现一些重复的情节，而这些重复的情节中的内容可能不同，甚至是矛盾的。其意义已不在于叙述的过程，而在于叙述的方式，可以在叙事上形成层次感，从而调动观众进行理性的思考，产生回味无穷的思辨意义。日本电影《罗生门》、德国电影《罗拉快跑》、国产电影《英雄》等，都采用了重复式结构。

比如日本电影《罗生门》，该片通过樵夫的回忆来讲述一桩命案：一个武士和他妻子路过荒山，遭遇了不测。妻子被侮辱，而武士惨遭杀害。凶手、妻子、借武士亡魂来做证的女巫，都各有说法。真相只有一个，但是各人提供证词的目的却各有不同。为了美化自己的道德，减轻自己的罪恶，掩饰自己的过失，人人都开始叙述一个美化自己的故事版本。于是，发生在同一时空中的同一事件被叙述了四次，却各不相同。该片借此揭示人性中丑恶的一面，探讨人的不可信赖性和不可知性。再如《罗拉快跑》中罗拉在短短的20分钟内，通过幻想故事多次重复呈现固定的叙事时空。

观看伊朗影片《小鞋子》，思考：

1. 该片的故事线。

2. 该片的人物、目标、阻碍、行动。

3. 该片结构的表现技巧有哪些。

第二单元　线　索

无论是小说、电影，还是电视剧，要讲好一个故事，就要把故事的线索理清楚。情节的各种要素，当它们孤立存在的时候，只不过是一些散乱的材料，像一些零散的珍珠，虽然闪光，却构不成装饰品。只有用一条精美的线把它们串起来，才能光彩夺目。如何把线理出头来，把珍珠串起来，线索起着极其重要的作用。所谓线索，就是把情节的诸种要素贯穿起来的脉络，对影视剧来说，这一点显得尤为重要。因为影视剧比小说更讲究故事性，情节往往较为复杂。倘若线索不清晰，就可能导致叙事混乱，结构失去平衡。

首先，线索的确立必须服从于主题的需要，为体现主题服务。老舍《茶馆》中，与裕泰茶馆有关的人和事很多，线索不止一条。比如秦仲义这个民族资本家的命运就可以成为一条线索，有正义感的爱国旗人常四爷的经历和命运也可以成为一条线索。有人曾建议老舍用康顺子的遭遇和康大力参加革命为主线，去发展剧情，这也是一条线索。可是老舍说："那么一来，我的葬送三个时代的目的就难以达到了。拖住一件事去发展，恐怕茶馆不等被人霸占就垮台了。"所以老舍确定以茶馆掌柜王利发的命运为线索，来反映三个时代的风云变幻和历史变迁，埋葬三个时代，这条独辟蹊径的线索，有力地体现了剧作的主题。

其次，线索的确立还应以人物性格的塑造为依据，也就是说要选择最有利于体现主人公性格的线索。人物性格是通过行动体现出来的，而人的行动绝不是无目的的，它是由人物性格发出，受人物性格支配的。比如曹禺的著名话剧《雷雨》，看起来矛盾错综复杂，实际上是以繁漪的行动为情节主线的。繁漪是一个受过"五四"思潮影响的资产阶级女性，追求个性解放、爱情、自由。因而不甘忍受周朴园这个假道学、伪君子的淫威，她的一切行动都是由这种独特的性格追求支配的：她不顾一切地爱着周萍，当她发现周萍爱上四凤以后，为重新得到他，就不顾一切地跟踪周萍。看到爱情已无法挽回，她便无所顾忌地揭露一切。一系列的行动引发出她与周朴园、周萍、四凤、周冲等人各种难以启齿的矛盾，这些矛盾推动情节向前发展，最后导致周鲁两家意想不到的悲剧。可见，繁漪这个人物的行动在剧中是牵一发而动全身，决定着整个剧情的发展的，使《雷雨》的情节复杂多变而又层次分明。

线索的确立还应该考虑影视剧的艺术个性，符合影视剧的艺术特征。电视剧的情节线索总的来说，大体有单线与复线之分。单线指一条线索贯穿始终，情节比较单纯，人物也不多，脉络很清晰，观众很容易领会。复线，指除一条主要情节线索外，还有若干条副线，相互扭结交织。

有的影视剧里有两到三条线索，这种情况下往往几条线索平行发展，最后通过人物关系把它们连接起来。如电视连续剧《天下粮仓》中有两条平行发展的线索：一条围绕刘统勋和米汝成来写，故事的地点主要在京城，写上层官僚之间的争斗；另一条围绕米汝成的儿子米河来写，故事的地点在南方，写地方官吏的腐败及米河的人生及爱情经历。除了米河是米汝成的儿子这种关系之外，两条线索之间其实并没有太紧密的联系，米汝成下狱也好，升官也好，对米河的人生并没有造成太大的影响。直到米汝成去世，这对父子才见上面，两条线索也才合到一起。

影视剧的结构和小说的结构有着很大的区别，在长篇小说里，叙事并不受时空的限制，即便同时发生的故事，也可以分开来叙述。它经常可以用一章或几章的篇幅来讲述一条线索里的故事，再用另外的章节写同时发生在另一条线索中的故事。而在影视剧中，倘若有两条或两条以上的主线及其副线，那么这几条线索集中发生的故事都要照顾到，从这点上说，小说的结构是平面性的，而影视剧的结构是立体性的。所以在影视剧里经常可以看到，往往是几条线索中的情节按照时间或逻辑顺序相互穿插并行发展。各主线中的情节在每一集所占的分量也不大一样，往往在这一集中以叙述这条主线的故事为主，另一集则以叙述另一条主线的故事为主，在这种情况下要特别注意保持影视剧整体结构的平衡性。

在设立影视剧主线的时候，如果有两条以上的主线，要考虑这几条线索之间的平衡关系。既是主线，就应该贯穿于故事的始终，这就必须考虑各线索所涉及的情节分量，倘若一条线索中的故事不到一半就已经完结，到了没戏可做的地步，就可能造成结构上的失衡。

【实训】

以《手机的奇幻漂流》为题目，自定主题，安排线索进行故事的创作。

第三单元　布　局

众所周知，电影剧作是一剧之本，而剧作的核心是故事的结构布局。

罗伯特·麦基这样定义结构："结构是对人物生活故事中一系列事件的选择，这种选择将事件组合成一个具有战略意义的序列，以激发特定而具体的情感，并表达一种特定而具体的人生观。"结构是影片的组织排列方式和叙事框架，是一项系统工程，是表达导演风格和主题思想最有力的手段。

对故事结构进行微观透视，可以看到这样一个链条：节拍→场景/事件→序列→幕→故事。节拍是最小的结构成分，是动作与反应中的一种行为交流，比如动作是有人敲门，相应的反应则可能是有人来开门，也可能是被拒之门外。节拍之间具有明显区别的行为，比如上一个节拍是两人愉快地聊天，下一个节拍则可能是两人在激烈地争吵。一个又一个的节拍构筑了场景的转化。场景是指某一相对连续的时空中通过冲突表现出来的一段动作，表现重要的价值变化，比如生死、爱恨等。理想的场景即是一个故事事件。一系列活动能否写成场景，关键在于时空是否统一。一系列场景则构建成序列，传达具有决定意义的变化，一般为二到五个，每个的冲击力递增，最后达到顶峰。幕是一系列序列的组合，以一个高潮场景为其顶点，导致价值的重大转折，比序列更为强劲。一系列幕便构成最大的结构：故事。故事渐次发展成一个最后的故事高潮，从而引发出绝对不可逆转的变化。

通常，我们将故事结构分为戏剧式结构和非戏剧式结构两大类。非戏剧式结构不以事件的因果关系连接，而以性格、情绪、心理状态等连接。典型的代表作品主要有《一条安达鲁狗》《八部半》《野草莓》《重庆森林》等。而戏剧式结构又称传统结构，往往围绕一个主动主人公而构建故事，这个主人公为了追求自己的欲望，在一个连贯而具有因果关联的虚构现实中，与主要来自外界的对抗力量进行抗争，直到出现一个绝对而不可逆转的变化而结束的闭合式结局。

戏剧式结构多表现单一主人公在线性时序上，追求欲望时与外在世界的冲突，它强调事情是如何发生的，强调逻辑上的因果关系。一般而言，故事提出的所有问题都会得到解答，激发的所有情感都将得到满足。《火车大劫案》《七武士》《菊豆》《霸王别姬》等电影史上的力作大都符合戏剧式结构设计。

戏剧式结构，简单概括就是生活平衡被打破之后，中间发生了一系列有意义的事件，导致价值的变化，直到生活平衡重新恢复。其中往往包含着起、承、转、合，即一条开端、发展、高潮、结局的线索，促使全局大高潮的到来。其情节紧张激烈又曲折有致地向高潮推进。如下图：

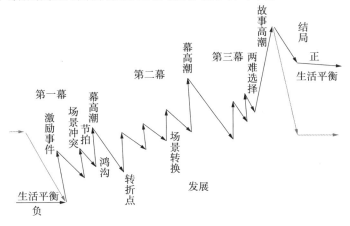

一、开端

戏剧式结构的电影往往以一个激励事件为开端，揭示作品的总体情况和基本冲突的发端，说明时间、环境和提供的情况，以及有关的主要冲突。

激励事件是故事讲述的第一个重大事件，是一切后续情节的首要原因，使其他要素开始运转起来。"激励事件必须彻底打破主人公生活中各种力量的平衡。"接下来的情节就是主人公以适当的方式对生活平衡被打破作出反应，使其恢复平衡。

如电影《大白鲨》中，一条鲨鱼吃了游客，她的尸体被冲到海滩上，警长发现了尸体，这就是一个典型的激励事件，因之引出警长与大白鲨搏斗的一系列惊险情节。

二、发展

影视剧的发展是占据作品大部分的突变部分，主要表现性格的不断发展和形成，矛盾的不断推进和冲突的不断加剧，由冲突而出现鸿沟，由鸿沟而出现转折点，从而形成由场景到幕的情节发展。发展部分的矛盾处理往往留有余地，留下悬念和伏笔，使矛盾在高潮到来之前总是处于运动状态，使冲突不断积累，鸿沟不断扩大，直到高潮部分才使矛盾发展到顶点，闭合鸿沟。

故事发展的内在动力就是鸿沟。人物的动作对应着一种反应，从而形成故事的最小单位——节拍。但由于内心冲突、个人冲突、人与外界冲突的客观存在，人物的主观期望与客观结果往往大相径庭，从而使期望和结果之间裂开一道鸿沟。人物会靠自己的意志力采取第二次行动，同样又会开掘出一道鸿沟，从而激发他的第三次行动，如此循环往复。"即使是在最最宁静、最最内在的场景中，这一系列动作/反应/鸿沟、新一轮的动作/出其不意的反应/鸿沟也会一个节拍接着一个节拍地使场景步步为营地直逼其转折点。"转折点意味着出现意义重大的变化，由此构筑出不同的场景、序列和幕。

一般而言，发展部分起码需要三幕才能充分展开故事，也就是说至少需要三个重大转折点才能达到故事主线的终点。占时多的幕往往下设次情节或设计更多的幕以避免一幕过于冗长。故事开篇的激励事件以及第一、二、三幕的高潮是一个三幕故事所要求的四个重大场景。比如《克莱默夫妇》中的四大场景分别是克莱默夫人离家出走；她回家要求得到儿子的监护权；法庭将儿子的监护权判给母亲；她将孩子还给克莱默。

幕由场景组成。故事的每个场景都可能会成为一个细微、适中或重大的转折点，对场景的分析是电影作品分析的重点。我们可以从四个主要的分析点切入。第一，确定冲突，找出是谁促使该场景的发生？为什么？有什么样的矛盾冲突？第二，将场景分解为节拍，找出动作与反应的交流，节拍之间以行为的明显变化来区分，节拍一个接一个地进展形成独特的节奏。第三，概述节拍，找出期望与结果裂开鸿沟的瞬间即转折点的位置，这也是三大冲突的爆发点。第四，比较场景开始和结尾价值的不同，是否有正负价值的转变？有什么意义？

以《唐人街》第二幕高潮这一著名的场景为例进行具体分析。私人侦探吉提斯开始并驱动这一场景，他拿到眼镜证据，自认为明白了事实真相，去找女主人公伊夫林对质并要把她交给警察。这中间既有男女主角各自的内心冲突，又有两人之间的冲突，把真相的展露推到了转折点。该场景可以分为以下节拍：①敲门/被卡恩挡住；②强行闯入/她期待他帮助；③探问真相/拒绝他；④他打电话报警/恐惧他；⑤拿出证据/否认他的推断；⑥追问真相/吐露事实；⑦放她走/带女儿离开。场景最大的鸿沟出现在第六个节拍中，案件侦查出现重大转折：凯瑟琳是伊夫林和她父亲乱伦后生下的孩子，克罗斯是在争夺孩子的过程中将马尔雷杀死的。吉提斯开始的愤怒随着鸿沟的闭合转化为对伊夫林的同情和怜爱，同时为第三幕高潮的到来做好了铺垫。

三、高潮

有一句好莱坞格言说："电影讲究的就是最后 20 分钟。"故事高潮是电影可以大做文章的一环，是全片的华彩乐章。

前面的幕高潮都是为故事高潮做积累，前面的悬念、伏笔也是为这一高潮做铺垫。高潮部分通过两难选择以及最后的行动来完成主要人物的性格塑造，解决故事中主要的悬念。对主人公两难选择施加的压力越大，他最后的决定和行动所代表的价值取向越有意义。如果高潮部分能够通过精彩的鸿沟设计带来出人预料的转折点，会让一个故事骤然走向辉煌的结局。

比如，在《卡萨布兰卡》中，里克在机场帮助赖斯洛和伊尔莎离开是影片的高潮段落。里克经过激烈的内心冲突，在个人爱情得失和反抗法西斯之间作出了艰难的选择，他拿枪逼着雷诺在通行证上签名，并在千钧一发之际，亲手击毙德国军官，最终里克被塑造成为一位坚定的反法西斯斗士，这一伟大的人物形象感人至深。

四、结局

当高潮过去，主要矛盾和主要悬念最终解决，主要人物的性格最后完成，故事重新出现了一种平衡和稳定，这便是结局部分。

有些影片根据具体需要在开端之前有序幕，在结局之后有尾声。影片虽然结束了，但故事可能还在继续，给人留下回味的空间。

戏剧式结构按照因果关系，把幕与幕之间，层层递进、合乎逻辑地连接起来，使之构成一个相互依存的严谨整体。为了营造情节的步步逼近，戏剧式结构的电影严格按照时空顺序，组织和安排故事情节。在某些必要的情况下，影片也运用倒叙、插叙，甚至闪回的手法，对主要情节作必要补充。如美国影片《魂断蓝桥》以主人公罗依在第二次世界大战时站在滑铁卢桥上的回忆开始，但中心故事却是叙述第一次世界大战期间，他和女演员玛拉的相识、相爱、离别、相见直至诀别的过程，依然遵循顺序的时空关系。

综上所述，分析戏剧式结构的电影，重点分析其激励事件、鸿沟、场景、高潮等要素。横向上按照开端→发展→高潮→结局的顺序展开，纵向上按照幕→序列→场景/事件→节拍的顺序深入，由宏观到微观，由抽象到具体地进行细致入微的分析。

附：《霸王别姬》结构范例分析

《霸王别姬》描述了程蝶衣、段小楼和菊仙三人之间奇妙的矛盾冲突及漫长的人生故事，通过描写他们的人生历程来凸现人性主题。《霸王别姬》是典型的三幕戏剧式结构的故事，主情节是程蝶衣对"从一而终"的戏剧理想的追求，次情节是程蝶衣与段小楼的爱恋、段小楼与菊仙的爱情，戏剧化地展现了程蝶衣痴迷于戏剧，却总也逃不出命运戏剧性安排的戏梦人生。

《霸王别姬》牵涉了中国半个多世纪的历史，历史背景与人物命运紧密相连。历史的兴衰更替，为人物的展开提供了特殊的意义和结构的依据。故事的发展以时空顺序为线索，开端是一个激励事件，之后三幕既相互独立又紧密联系地组织在一起，每一幕又分别由三个主要的场景序列推动情节渐次发展，随着场景的转换，程蝶衣的人生一次次地被推上转折点。情节简练清晰，冲突明确，时间相继，因果相连。

电影开篇的激励事件是"卖子"，妓女艳红将亲生儿子小豆子卖给喜福成科班学艺，领班师傅因他有六个手指而拒绝了，艳红就斩下了他的骈指。激励事件成为小豆子之后命运的导因，母亲把他的人生给框在了这个戏的空间里，使他的一生都与戏剧纠葛不清。母亲对小豆子身体的摧残也预示了他悲剧性的命运。

第一幕是学艺期，即小豆子的故事。主要写童年时小豆子和小石头等小伙伴们在科班学艺的经历。该幕依据给小豆子的童年带来的"决定意义的变化"，分为三个序列。每个序列突出写一个中心事件，分别是"小癞子之死""小豆子的性别转换""小豆子被张公公玷辱"。每个中心事件都有铺垫、有积累，逐渐推向高潮。比如"小癞子之死"这个中心事件之前有小豆子背错词遭毒打、两人出逃、两人在戏园看"盛世之音"等场景，环环相扣，使高潮场景——小癞子之死格外震撼人心。小豆子的价值观和人生选择也发生了重大变化，从最初的出逃到最后自觉回到科班接受惩罚，他建立了戏剧人生的理想，选定了矢志不移、从一而终的目标。在第二个序列中，小石头因小豆子唱错词而在他嘴里搅烟锅的事件，迫使小豆子强制转换对自己性别的指认，造成了他人性的扭曲。三个序列层层递进，直到小豆子被张公公玷辱时达到了幕高潮，最终完成了由小豆子到虞姬的转变。

第二幕是鼎盛期，即虞姬的故事。写的是程蝶衣对戏剧的痴迷，以及与段小楼之间的感情关系。两条次情节线索逐步展开，其间充斥着复杂而激烈的矛盾冲突，用三起三落来结构故事，形成节奏紧凑的三个小高潮——花满楼妓女菊仙的出现使兄弟"反目"；营救段小楼；营救程蝶衣。在程蝶衣的眼中，师兄不是小石头、段小楼，而是楚霸王，而他也不是小豆子、程蝶衣，而是霸王的虞姬，将其对戏剧的痴迷牵扯进现实生活中，引出了一段段恩怨。当菊仙出现，穿插进二人关系中时，段小楼接受了菊仙。于是在程蝶衣的期望与结果之间裂开了鸿沟，兄弟反目。程蝶衣面临着越来越激烈的内心冲突，以及与段小楼、菊仙之间的个人冲突。为了排解心中缺憾，他与袁四爷苟合；为了营救段小楼，他为日本人唱戏，却被段小楼唾了一口。他一次次的行动，却始终没能越过鸿沟，反而使鸿沟越来越大。虞姬没有了霸王，只能在虚无缥缈的烟雾中维系着自己的戏剧之梦。

第三幕是衰落期，即程蝶衣的故事。时间进入到解放后，虞姬也与旧的历史时代作别，回归到"本我"——程蝶衣的位置，因此第一个事件是"戒毒"，他期望与师兄和好，开始新的人生。但他与段小楼个性间的冲突以及人性的自我冲突注定了程蝶衣的愿望不可能实现。"京剧现代戏座谈会"事件，不仅使他受到责问和排斥，也使他失去了扮演虞姬的机会，这些又成为他之后命运的铺垫，他将面临又一次转折点。"文化大革命"中，"太庙公审"作为故事高潮之前的必须场景，成为浓墨重彩的一笔。小四一伙人的紧逼使程蝶衣和段小楼面临越来越大的压力，处于两难选择的困境。段小楼的最先妥协变成了程蝶衣的最大压力，因此在重压之下爆发了激烈的冲突。两人的相互揭发构成了这一场景最大的节拍。段小楼将程蝶衣揭发得"体无完肤"，在动作与反应的交流中，程蝶衣被激怒了。递进式的揭发过程反映了他心理急剧突变的过程："我揭发姹紫嫣红，我揭发断壁残垣"——"你丧尽天良，只剩下一张人皮了！"——"连霸王都跪下了，这京剧它能不亡吗？"他敬重和爱恋的霸王都跪下了，变成了小人，熊熊大火烧掉了京剧的行头也烧掉了程蝶衣"从一而终"的理想。程蝶衣发疯了。他把一腔怨愤发泄到菊仙身上，引出了故事高潮事件"菊仙之死"。

喧嚣至极必将沉寂，影片的结局，是程蝶衣11年后，在又一次与师兄段小楼排戏时拔剑自刎。"这是一个人对自己一生的突然了悟和突然决断，是对自己的戏剧人生及人生戏剧的最后完成。"由此，程蝶衣一生的戏梦故事告以终结，让人感慨万千。

总之，《霸王别姬》总体上是由三幕九个中心场景形成全片总体的故事结构。它不仅对戏剧进行形式上的模仿，而且对电影的叙事进行戏剧性改造，具体的结构方式上也借鉴了戏剧化的表现手法，使影片具备了一种戏剧性的节奏美。《霸王别姬》讲述了跌宕起伏的戏梦人生故事，呈现了沉沉浮浮的京剧艺人的多舛命运。影片的主题与戏剧化的故事结构获得了完美的统一。

【实训】

用戏剧式结构重新编写梁山伯和祝英台的故事，要求不改变原有的人物关系和故事结局。分析并写出开端、发展、高潮、结局四大要素，详细列出三个情节点，要不落俗套。

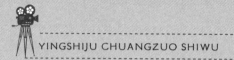

第五部分　情节设置技巧

【知识目标】

1. 熟悉悬念设置的类型。

2. 了解悬念与推理的区别和联系。

3. 了解悬念与视听的关系。

4. 掌握情节发展的基本表现技巧：误会、巧合、突转。

【能力目标】

1. 掌握悬念的构建、功能、作用以及相互关系。

2. 对悬念与推理这两个运转情节的元素做一些较为深入的比较和分析。

3. 掌握误会的设置方法。

4. 掌握巧合的设置方法。

5. 掌握突转的设置方法。

【案例导入】

观看希区柯克的影片《后窗》，思考并讨论：

1. 尖叫的女人究竟出了什么事？

2. 推销员为什么鬼鬼祟祟？

3. 为什么设计小狗刨土和被杀的情节？

第一单元 悬 念

悬念大师希区柯克曾有一个著名的"炸弹论":一列火车上有两名旅客在闲谈,一切都很平静。突然,一声巨响,桌子下面隐藏的一枚定时炸弹爆炸了。在爆炸的一刹那,观众受到了惊吓。在爆炸之前,我们只是听见了那两个旅客一段索然无味的谈话,没有任何离奇的事情。在爆炸之后,那突如其来的震惊并不能持续很长的时间。那么悬念是如何设置的呢?观众事先看到一个恐怖分子把炸弹放置于桌子下面,并且设定在一点钟引爆,还剩下 15 分钟。于是,两位旅客的闲谈变得特别引人注意,观众忍不住要告诉旅客,赶快逃吧,不然就没命了。前一种叙述方式下,观众只是在爆炸的 15 秒内感到震惊;后者却能给观众留下 15 分钟的紧张时间。

所以,悬念指的是可以保持观众较长时间的一种紧张期待的心理,它是一个心理学名词,这种心理活动是和故事中的人物事件密切相关的紧张心情,是由持续性的疑虑不安而产生的急切期待心理。

影视剧如果没有好的人物和具有吸引力的情节,几乎没有人能够坚持不懈地往下看,剧情是否有吸引力,是否能始终把握住观众的注意力,使戏剧冲突的发展具有扣人心弦的效果,关键就在于悬念的设置。

一、悬念设置类型

悬念的建立与构成是在电影本文与观众相遇之时实现的。如从宽泛的接受背景去审视,悬念应被理解为一种心理动因,一种观赏主体与叙事客体处于融合状态时强烈的期待心理。

我们对悬念类型的研讨,主要是指对悬念的构建、功能、作用以及相互关系的研讨。在不同风格的影片中,悬念机制的确立及其表现形式也各不相同。比如,在惊险片、侦破片、警匪片中,常以尖锐的戏剧性矛盾冲突不断带来的

"危机"，或"突然转折"带来的异常情势等，作为构建悬念的重要契机，给观赏者的情绪以强烈的刺激，令人紧张、恐惧、激动、惊悸，以引起观赏者的兴趣。而在言情片中，悬念则是由激情引起、由期待维持的。比如希区柯克的作品《轻浮的德行》（1928年）。《轻浮的德行》讲述了一位离婚的美国女子在法国南部遇到了一位年轻的英国男人，两人迅速坠入爱河并闪电结婚。但当男人把女子带回英国的家里时，面对的却是整个古板家族的质疑和挑战。在该片中，男主约翰向女主洛丽塔求婚时充满了悬念。约翰向洛丽塔求婚，她没有直接回答，而只是说了句："半夜12点我会在家里打电话给你。"接下来的镜头是一块手表，这块表是电话局女话务员的，此时，手表的时针指向午夜12点。女话务员正在看一本书，这时她的接线桌上亮起了一盏小灯。话务员将一个插头塞进去接通电话，准备重新看书，却不由自主地拿起听筒放到自己的耳朵旁。把书放下，她开始兴致勃勃地偷听电话里的谈话。这对男女在电话中谈论结婚的事，但并没有直接表现出来。在接线员身上担负着这样一个悬念：打电话的那个女的会同意嫁给接电话的那个男人吗？直到那个女的说"是"。接线员才松了口气。她的"期待感"结束了，和恐惧、惊悸无关，这里的悬念是由激情引起、由期待维持的。

所以运用悬念的得失，常常成为一部影视作品成败的关键。而悬念在影视作品中的运用是相当宽泛的，事业的成败、工作的得失、爱情的悲欢、生活的顺逆、亲人的聚散、家庭的安危、生命的存亡等均可构成悬念的契机。一般来说，如果好人陷入困境、遭受灾难，受到恶人的诋毁、攻击、中伤、威胁、陷害，就会唤起观众的同情，为其前途、安全和命运担忧，这样悬念便产生了。

许多类型片的故事情节，大都要靠悬念来维持和支撑。作为构成剧作情节的元素来说，悬念是一个统一体，但其内部机制又是多样的。

（一）观众知道的信息量大于剧中人

让观众知道剧中当事人不知道的事情，比如他将要遇到危险，甚至已经大祸临头，但对于此种危机与险情，当事人却被蒙在鼓里，一无所知，更无思想、行动上的准备和防范措施，这样，观众就会为剧中当事人的安全和命运担心，产生紧张、恐惧、焦虑的心情，期待他能解除危机，摆脱困境，从危难中脱身，获得安全。

在经典爱情悲剧《罗密欧与朱丽叶》中，蒙达犹家族中有个英俊少年罗密欧，而卡普雷特家族中有个可爱少女朱丽叶，他们在一次偶然的机会中相遇并相互产生好感，但是两个家族却有着尖锐的世仇。当两人相爱的时候，观众就会特别着急，为二人的爱情而揪心，仇人家的孩子怎么能相爱呢？但是剧中人却并不知晓，仍然沉浸在爱情的甜蜜中，悬念就此产生了，他们什么时候才会知道事情的真相，知晓真相后二人又会怎样？悬念这把钩子就一直牵引着我们去关注剧情的发展。

在侦探片中，此种方法也能发挥出重要的功效，比如影片《电话谋杀案》，该片讲述的只不过是一个极为普通的情杀兼图财害命的故事，但是经过悬念大师希区柯克的演绎和处理之后，则成了一部悬念丛生、惊心动魄且极具观赏性的影片。

该片主人公网球运动员汤尼因经济拮据，又发现有钱的妻子移情别恋，害怕她弃自己而去，于是萌发了杀妻谋财的念头。经过周密策划，汤尼雇用杀手来执行他的阴谋，并就执行过程中的细节给杀手作了详细的交代。这一切观众都了解得一清二楚，而妻子却被蒙在鼓里，丝毫没有察觉，更无戒备。这时，观众必然要为妻子的安全和命运担心，期待她能避开这场灾难，能摆脱死神的袭击，化险为夷，转危为安。

阴谋按照事先的策划在悄悄地进行。杀手按照约定的 11 点，提前 8 分钟赶到妻子的住处，并在事先约好的第五级楼梯的地毯下拿到了为他准备好的钥匙。他用钥匙打开房门，走到窗前，看了一下手表，距离 11 点尚有 3 分钟，于是他躲到窗帘背后，等待电话铃声响起。

这时在俱乐部里和朋友聚会的汤尼看了看手表，时针指向 10 点 40 分，距离约定时间尚有 20 分钟，故而又与朋友交谈起来。杀手从窗帘背后出来，看了下手表，显然时间已过，他又望了下电话，电话仍然不响，杀手开始着急，以为计划有变，于是向屋门走去。

这时坐在俱乐部里的汤尼又看了看手表，表上的时针仍然指在 10 点 40 分，显然表停了。他周密安排的杀妻计划出现了一个小小的差错，他向周围的人询问时间，大家纷纷告诉他，有的说 11 点 3 分，有的说 11 点 1 分。这里，导演有意将时间作了延宕和拖延。因为时间元素对构建悬念、增强悬念的紧张度是极为重要的。

当他得知和杀手约定的时间已过时，他立即起身去电话间给妻子打电话。他走到电话间，里面正有人用电话，时间本来已经晚了，而又有人在占用电话，因此令人更加着急。这里，观众反而会认同罪犯，期望他能快点打通电话，此处悬念给观众的心理压力太大了。

当屋里的杀手刚刚拉开屋门，正欲走出时，桌上的电话铃声突然响了起来。杀手握着门把手回头看了一眼桌上的电话，犹豫不决。至此，镜头戛然剪断。杀手是走掉了，还是返身回屋，观众不得而知。这里导演又安排了一个叠加悬念，令观众疑窦丛生。

此时，妻子屋中的电灯亮了，妻子从里屋走到外屋来接电话。她走到桌前，和平常接电话的习惯一样，背对窗户拿起话筒。这是她丈夫早已预料到的细节，这个位置为杀手勒死妻子创造了有利条件。妻子在接电话，杀手从窗帘后潜出，用丝巾勒住了妻子的脖子，这一切都和事先设计的一样，毫无差错。

杀手把妻子推倒在桌上，她拼命挣扎，杀手用力勒紧丝巾，此时气氛异常紧张，观众几乎透不过气来。眼看阴谋就要得逞，意外情况出现了，妻子在垂死挣扎时，在桌上摸到一把剪刀（事先已作交代，是她丈夫为她剪报纸时拿到桌上的），她手握剪刀用力向杀手的后背刺去，杀手猝不及防，反而送掉了性命。情势逆转，局面大变，悬念消解，角色互换，杀人者被杀，被杀者变成了杀人者。既出乎剧中人的意料，也出乎观众的意料。

至此，观众对妻子的担心尽释，但新悬念又起：丈夫将如何应付这一突变，收拾残局，又将如何将杀妻的阴谋继续下去。本来天衣无缝的杀妻计划，竟然出现了纰漏，仿佛计算机的预编程序出了问题，导致后面接二连三地出现程序错乱。可以说悬念迭起，情节越来越吸引观众。

导演把气氛收紧、放松、再收紧，使剧情越来越精彩。因为观众已经清楚丈夫整个周密的杀妻计划，所以就为剧中人的命运担心，期待她能够摆脱困境，从而产生悬念。

（二）观众知道的信息量小于剧中人

这种悬念的设置是对观众保密，即让观众和剧中当事人一样都不知道谋划的内容，都被蒙在鼓里，以此引起观众的好奇和猜测。在我国传统戏曲和章回小说中，常常运用这类悬念机制来推动情节的发展，吊起观众或读者的胃口，以吸引他们继续看下去。

例如，甲为乙献计陷害丙，甲只是对乙说"你且附耳过来"，于是乙走到甲的面前，甲凑在乙的耳边小声嘀咕几句，或者小声说"你只要……"。乙便点头称是，表示心领神会。究竟甲献的是何计策，只有剧中的甲与乙知道，观众与剧中的其他当事人都不知道。

但是，这类悬念引发的效果一般来说不够强烈，因为观众只是想急切知道或猜测甲献的到底是何计谋，而对丙的安全和命运的担心程度则相对减弱，期待感不强，虽能引发悬念效应，但张力不够，刺激不大。比如影片《全民目击》（2013），《电影世界》杂志曾这样评价该片："与一堆挂着悬疑旗号的国产烂片相比，《全民目击》从底子上已经领先了不止一个身段。用法庭戏的方式讲述一桩引发全社会关注的杀人悬案，题材上在国内已经有所突破，并辅之以扎实的悬念编排和剧情反转。"该片的悬念设置就在于给观众设下埋伏，垒起密室，让观众始终猜不到事实的真相，剧情一再反转，最后揭晓谜底，观众恍然大悟。

《全民目击》讲述的故事是：富豪林泰婚期将至，但是准新娘却惨死于地下停车场，林泰的女儿林萌萌成了最大嫌疑人。为洗清女儿的嫌疑，林泰不惜重金聘请国内顶级律师为女儿辩护，但是公诉方却是和自己有多年仇怨，想要将自己置于死地的检察官童涛。随着法庭质证的深入，案件的真相却越来越扑朔迷离，真正的凶手到底是谁，有怎样的阴谋，观众不得而知，真相始终隐遁在迷雾之中。

在整部电影中，获知真相最少的一方是观众，而剧中人物林泰才是整个事件的操纵者。最后谜底揭晓，真相大白的时候，观众获得的是恍然大悟的感觉，是知晓真相后的满足，与此同时还有林泰这个慈父形象赫然树立带来的温情。

《全民目击》中的悬念设置方法在国内影视剧中是很普遍的，它最后带来的效果是短暂的，是一种谜底突然揭晓后带来的满足感。因为在谜底揭晓前观众将更多的精力放在了梳理剧情、猜知真相上面。

（三）观众知道的信息量等于剧中人

这种悬念的设置和上述两种情况均不相同。它的设置是由客观情势的危险性和规定情境的尖锐性完成的。剧中的谋划者和观众都知道剧中当事人已陷入险境，安全受到威胁，连当事人自己也知道这一情况。但其后果如何，剧中人和观众则全然不知。而由此造成的恐惧感与紧张感却异常强烈，扣人心弦，刺激神经，故能把观众牢牢地吸引住。

比如美国影片《猎鹿人》（1978年），该片以越南战争为背景，讲述了三个过去经常一起打猎的好友在战场被俘后的不同命运，刻画了战争对人的肉体和精神的双重摧残。在越南战争时，宾夕法尼亚州三个年轻的钢铁工人迈克尔、史蒂文和尼克即将奔赴前线。在离开前夕，史蒂文与已怀孕的安吉拉结了婚，他们的婚礼也是这三个年轻人的告别聚会。婚礼结束后，三个人一同去打猎，迈克尔以神奇的枪法击中了一头雄鹿，但他仍神情抑郁，因为在他心中这就等于在拿生命做赌注。在战场上，他们三人没过多久就成了越南士兵的俘虏，越南士兵逼迫他们用左轮手枪玩"俄罗斯轮盘"，尼克被吓得半死，迈克尔却很镇定，他乘机抢了越南士兵的枪，与同伴一同逃出了俘虏营，但逃出来后大家又失散了。迈克尔和史蒂文回到了美国，史蒂文落下残疾，住在疗养院不愿回家，迈克尔虽然无恙，但精神上已不复当年，他与尼克的女朋友琳达同居。当迈克尔得知尼克还活着，并且住在西贡时，他来到了越南并找到了尼克。此时的尼克已麻木不仁，他在迈克尔面前玩"俄罗斯轮盘"，而这一次他饮弹而亡。

片中导演多次安排剧中人玩左轮手枪。三个同时参军的好友被俘，看守他们的越南士兵迫使他们和另一些战俘玩一场"俄罗斯轮盘"。方法是用左轮手枪装一颗子弹，然后转动轮子，推进枪身，在任何人无法知晓这发子弹是否顶上膛的情况下，当事人将枪口对准自己的太阳穴；然后参与赌博的人纷纷下赌注，为其生死赌输赢。赌注下完后，庄主即谋划人下令让当事人扣动扳机，是否碰上枪膛内的子弹则全凭运气。剧中的谋划者、当事人、赌徒以及银幕外的观众尽皆不知。客观情势和规定情境则异常紧张和刺激，此时观众对后果的期待心理被提升至饱和状态。后来，他们三人逃离了俘虏营，尼克沦落西贡街头，为生计所迫，他自愿充当职业轮盘赌场里的赌具，最终饮弹而亡，酿成了一场人生的悲剧。

这种异常紧张而又富有刺激性的场面是靠悬念机制维系的。在赌博进行过程中，枪膛内的子弹能否打响，当事人是死是活，对剧中的谋划者、持枪的当事人、周围的赌徒以及银幕前的观众而言，全都是未知数。每个人都处于紧张的期待情境中，持枪的当事人处于神经高度紧张的状态，因为他的手指扣动扳机后，响与不响，和他的生死相关；谋划者和赌徒对当事人的生死并不关心，他们期待的是赌局的输赢；而银幕前的观众则以紧张的心情等待枪响与不响的严重后果，又期盼当事人能渡过难关，转危为安。悬念的效应也由此而发挥到极致。

以上所研讨的几种悬念设置类型，仅是影视作品中最常见的、从叙述者的视点提出并加以论证的。但悬念的类型并不仅限于以上几种，它的构成与变化是多种多样的，否则就会形成固化的模式和套路。有才能的创作者总会在旧有的模式中寻求突破，开拓出新的内涵和境界。

悬念类型虽各不相同，但比较来说，以上述第一种对观众的心理影响最重，刺激最大，观众的反应也最为强烈；其余两种则略为逊色，刺激不大，反应较弱，观众的心理负担较轻。当然这只是相对而言，具体效果还要看对悬念类型的处理与运用是否得当。即使是老掉牙的故事和模式，只要能翻出新意，不重复别人，仍然能满足观众的审美快感，从而受到观众的欢迎。

毋庸置疑，悬念对观众接受心理的影响是显而易见的。观众到影院观影的心理准备可以说非常简单，不外乎寻求娱乐和刺激，获得审美的享受和精神的愉悦。但观众一旦进入剧情，关心起剧中人物的命运，有了参与意识之后，其心理状态就会变得极为复杂，而悬念对观众产生的心理效应则更为强烈。最为明显的是面对悬念的危机感，它可以促成观众的紧张、焦虑、恐惧、担心、猜测和期待，引起情绪上的剧烈变化，从而吸引观众的注意力，增强观众的观赏兴趣和欲望。在饱经心理刺激之后，得到一种审美心理上的满足。

二、悬念与推理

在影视剧创作中，长期以来情节剧占有一定的优势和比重。在情节剧中，尤以类型片（如侦破片、警匪片、惊险片等）为广大观众所熟知，而且具有相当高的票房价值和收视率。在这些类型片中，情节的发展和推动多依靠悬念和推理来维持和支撑，由此形成了两种独特的样式：悬念片与推理片。

一些较为深入的对悬念与推理这两个元素的比较和分析，有利于我们更好地把握和运用它们。

一般来说，人们对悬念与推理的认知，往往容易在观念上产生混淆，甚至把二者当作一回事。这是因为悬念与推理都指向一个悬而未决的问题，令观众疑窦丛生，在心理效应上使观众对人物命运的前景和事件发生发展的原因、进程与结果产生关切心情和期待感。如希区柯克的悬念片《电话谋杀案》《精神病患者》《西北偏北》等，根据阿加莎·克里斯蒂小说改编的推理片《东方快车谋杀案》《尼罗河上的惨案》等，都能刺激和唤起观众的观赏欲望，促使观众对剧中人物的安全与命运产生强烈的焦虑心情和期待感。

如果我们仔细加以比较和分析，则会发现悬念与推理有其根本的差异和区别。

悬念，是指编剧和导演利用观众对故事发展和人物命运前景的关切心情，在剧中设置悬而未决的矛盾现象，引发观众期待矛盾解决的心理。

推理，在逻辑学上是指思维的一种基本形式，是由一个或几个已知的前提推断出结论的过程。它大多以侦破犯罪案件为内容，但侧重逻辑推理分析。此类作品多按照逻辑推理程序结构故事，最后揭露案情，使之真相大白。罪犯在严密的论证面前，只好服输认罪。

两者的区别在于如下两方面。

第一，悬念是利用设置一些未知的情节来达到叙事的目的。故事的程序是由起因发展到结果，即由因至果。比如前面提到的希区柯克的悬念片《电话谋杀案》，故事的叙事脉络是：丈夫欲谋害妻子，经过他的周密安排，杀手于夜间潜入她的住房，他准时从外面给妻子打电话，妻子必然起身去接电话，此时杀手可从窗帘后潜出，用丝巾将妻子勒死。丈夫设计的杀妻计谋可谓周密至极，这样，观众不得不为女主人公的安全与命运担心，猜测未来发展的结果，期待女主人公能够免遭毒手，获得安全。悬念的张力随之产生，观众以紧张的心情期待它的后果。

推理则是已知事情的结果，去追寻既成事实的原因。如根据阿加莎·克里斯蒂原著改编的影片《尼罗河上的惨案》，多尔太太被谋杀已成事实，只是侦探要在众多嫌疑人中找出凶手。观众想知道的只是案件发生的原因和过程，以及凶手是谁。所以推理片的故事脉络是由结果回溯到原因。

第二，悬念与推理在故事展开的时态上有显著区别。悬念令观众关心的是情节未来发展的走向和结果如何，在时态上是现在进行时，因为事件仍在继续发生和发展。如在《电话谋杀案》中，当杀手把汤尼的妻子勒倒在办公桌上时，却发生了意料不到的情况，妻子在拼命挣扎时，无意中摸到了剪刀，她把剪刀刺进了杀手的后背，杀手当即死亡，情节的发展出现大转折。一个悬念刚刚消解，一个新的悬念又已形成。观众的兴趣迅速转向丈夫如何应付这种异常局面，期待下面的情节如何发展，后果将会怎样。

而在推理片中，主人公已经死亡、案件已经确立，人物的命运已成定论。观众已不再关心他的命运。只是关心导致事情结果的原因及发展过程，由此找出作案者或凶手，但事情发生的原因与过程都已成为历史。因此推理片在时态上要追踪和闪回过去，表现在时态上多为过去完成式。

第三，悬念片的事件和动作基本上是符合时序的，是按照时间顺序进行的，但是情节的进展又是无序的，常常会节外生枝，被偶然事件、异常行为、意料之外的突发举动打乱。《电话谋杀案》中，杀人者突然为被杀者所杀，而交给凶手的钥匙又没有按照预先约定放回原处，故事情节被突发事件打乱，呈现出无序状态，使人很难预料到事情的发展趋向，令人捉摸不透，由此产生强烈的悬念效果。

相比之下，推理片的动作和情节的演进与发展，则是按照严密的逻辑顺序完成的。但这种逻辑顺序却是逆向排列的，即由结果回溯原因。在悬念片中，观众虽知道当事人有危险，但会不会遇险或被害，则要看事件的进展才能知道结果，也就是说由诸多原因导致结果。在推理片中，观众早已知道当事人遇险或被害的结果，但不知道罪犯或凶手是谁，他又是怎样策划和谋害当事人的，以及阴谋策划和谋害的详细过程，这样只能由结果回溯原因。

第四，在悬念片中，事件正在发生和进行，人物的命运尚未完全显露出来，是个未知数，直到最后才能看出结果，所以观众的思想和情绪投入得较多。

推理片吸引观众注意力的更多的是推理过程中的逻辑趣味，而不是悬念片中悬念带来的心理压力。

悬念与推理虽然都能引发观众的期待感，但期待的指向大不相同。悬念的期待指向当事人面临的困境如何解决、暗伏的危机如何排除；而推理的期待则指向那些隐藏的细节如何被揭露、如何运用逻辑推理的方法。在推理片中，期待的指向通常要借助一位非常聪明的侦探或局外人来完成，如推理片《尼罗河上的惨案》中的侦探波洛就是这样的存在，没有他的智慧和严密的逻辑推理，案情是无法大白于天下的。情节是无法演绎的。在悬念片中，侦探对情节的演绎并不十分重要，如在希区柯克导演的《精神病患者》中，一位侦探刚露面不久即被精神病患者杀害，而情节并未因此中断。

希区柯克对悬念与推理也有他独特的认识与看法，他认为，在推理小说或神秘小说里，悬念是不存在的，神秘往往不包含悬念。希区柯克认为推理只有一种知性上的疑问，所以它只引起一种缺乏激情的好奇，而激情正是悬念所不可缺少的因素。

由此可见，悬念就是观众期待心理的加深和恐惧心理的增强；而推理则是"谜语"式的考验智力的猜测活动。

三、悬念与视听

希区柯克曾在接受特吕弗采访时说："我不在乎主题，我也不在乎表演。可我特别在乎电影一段段拍摄下来的胶片、声音和一切使观众惊叫的技巧元素……不是说教使观众激动，也不是了不起的表演或是观众对新奇的欣赏，观众的情感是由纯电影唤起的。"[1]

在电影中，从观众身上唤起的情感就是焦虑或惊悚，而唤起的方法就是通

---

[1] 弗朗索瓦·特吕弗. 希区柯克论电影 [M]. 严敏，译. 上海文艺出版社，1988：12.

过视听手段使观众置身其中，经历人物所经历的焦虑或惊悚，这点促使希区柯克的作品具备了高度的亲身经历性，正是它诱发了观众读解影像文本时的电影悬念，增强了观众感受焦虑或惊悚的强度和力度。比如希区柯克的影片《精神病患者》，导演运用视听语言来制造悬念。

《精神病患者》的结构安排很出人意料，开始是女职员玛里恩与情人幽会的场面，接着是她携巨款潜逃，然后是她夜宿汽车旅馆时被杀，最后是精神病患者的行为被揭穿。观众每看完一段情节，就仿佛身不由己地又登上了一级楼梯。其中"玛里恩在浴室被杀"一场戏是全片最摄人心魄的暴力场面。据希区柯克介绍，他为了拍这场戏，为得到45秒长的胶片，不同寻常地花了7天时间，并把摄影机的方位变换了60次。如果从老妇人入画算起，至杀人后老妇人出画，长约39秒，共33个镜头。平均每个镜头仅有1秒多钟，其中最短的镜头只有几格。这场戏时间之短、镜头之多、速度之快、节奏之高、拍摄期之长、构思之精密、艺术感觉之准确，都非同寻常，也充分显示了导演精湛的功力。这场戏没有对话，完全是靠动作和镜头语言表述出来的。

这种大景别、短镜头的蒙太奇结构带给观众的视觉冲击力是异常强烈的。它之所以吸引人，让人惊心动魄，完全是由画面影像的张力造成的。在杀人工具和手段的设计上，采用手刃拼刺，显得动势大、节奏高，更加残忍；同时把空间环境选在浴室里，空间狭小，人物正在淋浴，无处躲藏，更增强了恐怖气氛，令人看了更加惊恐、刺激。所以，画面影像的张力也能制造出悬念。

【实训】

1. 观看影片《盗梦空间》，对影片开场前三分钟内容进行概述，并分析其悬念的设置。

2. 观看电视剧《还珠格格》第一集，分析为什么剧情从皇帝庆贺重获爱女举行祭天酬神的仪式开始？

第二单元 误 会

一、误会与冲突

误会在影视剧创作中是一种经常用到的技巧，它具有编织故事情节、吸引观众的巨大魅力。

从字面理解，误会就是误信其意，错会其意；误解其事，错会其实；误识其人，错会其情；等等。简要概之，误会就是误解了事情本来的样子。它往往在当事人浑然不知，旁观者又一清二楚或略知一二的情况下发生、发展，造成错综复杂的矛盾，而且愈演愈烈，让观众提心吊胆或者捧腹大笑，因而兴味盎然，直至误会解除。影视剧情节最忌一览无余、平淡无奇。适当运用误会手法，可以使情节曲折有趣、丰富多变。

（一）"误会"能引起冲突

矛盾冲突，是生活中人与人之间关系的一种反映，它包含多种，有人与人之间的冲突、人与社会之间的冲突，当然还包括人物自身的冲突。误会能够引发冲突，可以形成一种悬念，误会一旦产生，观众的悬念也随之而来，并继续随着误会的发展而加深，随着误会的解除而消除。

比如在莎士比亚著名的四大悲剧之一《奥赛罗》中，引起巨大矛盾冲突的就是误会。故事发生在威尼斯公国，奥赛罗是一员战功显赫的勇将。他与元老的女儿苔丝狄梦娜相爱。因为两人年纪相差太多，婚事未被准许。两人只好私下成婚。但是奥赛罗手下有一个阴险的旗官伊阿古，一心想除掉奥赛罗。他想尽办法挑拨奥赛罗与苔丝狄梦娜的感情，说另一名副将凯西奥与苔丝狄梦娜关系不同寻常，并伪造了所谓的定情信物等。奥赛罗信以为真，在愤怒中掐死了自己的妻子。当他得知真相后，悔恨之余拔剑自刎，倒在了苔丝狄梦娜身边。

奥赛罗从怀疑苔丝狄梦娜不贞，到最后杀死她，这个误会实际上是《奥赛罗》最强的戏剧悬念。奥赛罗误会得越深，戏剧冲突就越强。

(二)"误会"能推进冲突

误会能推进或激化矛盾冲突，冲突有多种表现形式，有时候面对面的交锋或战争是一种。误会的技法是可以起到推波助澜的作用的。粗心大意、多疑猜忌、信息失真、挑拨、骗局、恶作剧都能造成误会，而环境、性格、情绪等往往是误会产生的根源。

莎士比亚的喜剧《第十二夜》就是一个很好的例子。该剧写了一对孪生兄妹西巴斯辛和薇奥拉，在一次海事中遇难失散，双方都误会对方已亡。妹妹薇奥拉被人救起后便女扮男装化名西萨里奥，投到公爵奥西诺的门下当仆人。她暗中深深地爱着奥西诺，曾几次向奥西诺倾诉衷情，可奥西诺误会她是男子一直未能领悟。奥西诺当时正热恋着奥丽维娅。他派薇奥拉前去奥丽维娅家中替自己求婚。不料，奥丽维娅一口拒绝了奥西诺，反倒误把薇奥拉当成男子，对她一见钟情。在这里由于误会不断加深，人物之间的关系越来越错综复杂，情节的戏剧性不断加强。不久，薇奥拉的哥哥西巴斯辛也遇救脱险，四处寻找自己的妹妹。又因身穿男装的妹妹和她的哥哥貌似一人，所以安东尼奥把薇奥拉误认为西巴斯辛，而骂他忘恩负义；安德鲁把西巴斯辛误认为薇奥拉，而挑起决斗；奥丽维娅把西巴斯辛误认为薇奥拉，而举行婚礼；奥西诺把与奥丽维娅结婚的西巴斯辛误认为薇奥拉，而嫉恨责怪……这一连串扑朔迷离、曲折多变、波澜起伏、妙趣横生的戏剧情节，都是由误会推动的。这出戏如若没有这些误会，戏剧情节的生动性和丰富性就将大大减色。

二、误会的设置

成语"阴差阳错"是一种典型的误会，我们的现实生活中也处处存在着各种各样的误会，而"误会"一旦发生，总不免要生出事端、引发矛盾，孵化出千奇百怪、曲曲折折的故事来，这就正好应和了戏剧冲突律和传奇性的需求。

(一)误会必须要真实

误会法的运用是否成功，首先取决于误会的产生或发展是否真实。因为误会往往是缺乏调查、偏听偏信、主观臆断而不辨真假引起的。

误会不外乎两种情形：一是误把真的当成假的，二是误把假的当成真的。无论哪一种情形，误会都是人的主观认识不符合客观实际的表现。虽然误会是这样一种违反客观真实的主观性的表现，但在戏剧中误会的产生和发展，切不可由作者主观臆造。误会必须真实。误会的真实性，要求把产生误会的必然性充分地揭示出来。我们知道，误会的产生总是带有极大的偶然性：它可能产生，也可能不产生，它可能在此时此地产生，也可能在彼时彼地产生。生活中必然的东西，往往是通过偶然的现象表现出来的。但是并非一切的偶然性都可以显现其必然性。在戏剧创作中，那种纯属杜撰、毫无逻辑的误会就给人以"假"的感觉，不可能具有可信性和真实性。因此，能否在偶然产生的误会中充分地揭示出它内在的必然性来，是误会真实与否的一个关键。

莎士比亚在悲剧《罗密欧与朱丽叶》中设置了这样一个误会：送信人约翰神父偶然遭遇意外，未能把劳伦斯神父的信准时交到罗密欧的手里；罗密欧又偶然听到朱丽叶已经死去的传言，立即赶往墓地，在朱丽叶的"尸体"旁饮毒而亡。罗密欧的这一误会，显然有很大的偶然性，但它又是必然的。为什么呢？首先，朱丽叶服下长眠四十二小时的药液，制造死亡的假象反对封建家长对她婚姻的包办，制造出让她父母产生误会的假象，也同样可以使罗密欧产生误会。其次，由于两个封建世家有着宿仇旧怨、械斗不断，所以罗密欧和朱丽叶尽管相爱但不能公开成婚，何况罗密欧又遭驱逐。在这对情人离居两地、难以相见、难以传递音信的情况下，误会的产生也非偶然了。再有，误会出在罗密欧身上也有一定的必然性，因为在罗密欧的性格中，还存有青年人对待爱情的冒失、急躁、轻率等缺点。所以，我们对罗密欧产生这一偶然性的误会并不感到虚假失真或不可信。

误会的真实性，还要求误会的产生、发展和解决应符合生活规律，力避人为的痕迹。比如，由于说话人和听话人之间的阴错阳差而造成的误会是戏剧中很常见的一种，若处理不当，这类误会很容易流于矫揉造作的"插科打诨"、卖弄噱头或无聊的"语言游戏"，真实性就一点也没有了，这样设计出来的戏剧效果也会大打折扣。

（二）误会要从人物性格出发

设置误会要从人物的性格出发，要和人物的性格渗透在一起，这样设置出的误会才会好看又真实。比如在莎士比亚的剧作中大量成功的误会，都注意遵循人物性格的内在逻辑，注意之所以在这一个人身上形成误会的独特根源。悲剧《奥赛罗》就是一个范例。奥赛罗对妻子苔丝狄梦娜不贞的误会是怎样在他"这一个"人身上形成的呢？莎士比亚把他塑造成了一个嫉妒的人，奥赛罗表面上是一个不容易嫉妒的人，可是一旦被人煽动以后，就会糊涂到极点。当阴险狡诈的伊阿古出自卑鄙的私利，施展种种伎俩，设下重重圈套，制造假"口供"、假"物证"，极力煽起奥赛罗的嫉妒心时，奥赛罗就上当受骗了。而且他对苔丝狄梦娜的爱始终是真挚的、深沉的。即使在有了误会之后，他仍是这样说："我要杀死你，然后再爱你。"在掐死苔丝狄梦娜之后，他称自己是"一个正直的凶手"，"因为我所干的事都是出于荣誉的观念，不是出于猜嫌的私恨。"奥赛罗有一个融合着深情和嫉妒的性格。他有一段自白，概括地说明了他的误会过程："我在没有目睹之前绝不妄起猜疑；当我感到怀疑的时候，我就要把它证实；果然有了确实的证据，我就一了百了，让爱情和嫉妒同时毁灭。"奥赛罗的误会，就是由他过于深情的爱和嫉妒的性格而产生的。

误会法在编剧中不可不用，也不可滥用。离开生活的真实，离开情节的合理，离开戏剧的矛盾冲突，离开人物的性格，纯粹为误会而误会，无疑是写不出好戏的。

【实训】

以《误发的短信》为题目，运用误会法写作一个小剧本。

第三单元　巧　合

车尔尼雪夫斯基说："偶然性乃是美不可缺少的属性。"[1] 偶然性存在于大量客观存在的事物中，影视剧作为对现实生活形象化反映的文学样式之一，必然无法忽视和回避它。现实生活中，每个人都可能碰到某些偶然的事情，这些事情往往可以成为其一生的重大转折点：骤迁于猝然之间或困厄于一刻之变；同某人的解近，既可能结成生死之交，亦可能成为一世对头；一见钟情式的恋爱，或许带来终生的幸福，或许铸就千古之遗憾；突如其来的天灾人祸，不期而至的生离死别，诸多千变万化，往往在一时、一地、一念之间的"阴差"与"阳错"中。而影视剧创作中的"巧合"，也就是利用生活中偶然事件来建构故事情节、组织戏剧冲突的方法。在创作中，巧合是一种常用的艺术手法，它可以把本来互不关联的人物、事件以一种独特的方式联系在一起，集中而强烈地反映社会生活中的矛盾和冲突，深化作品的主题，增强作品的故事性、戏剧性，使作品波澜起伏，让读者或观众在惊讶之余得到美的享受。在各类型的戏剧和影视剧中，"巧合"这一情节技法的使用可谓俯拾即是。

古希腊悲剧《俄狄浦斯王》若是没有"巧合"，俄狄浦斯怎么会杀父娶母呢？我国古典戏曲《双熊会》若是没有"巧合"，熊氏兄弟怎么会双双蒙冤入狱呢？俄国戏剧《钦差大臣》若是没有钦差将至时的"巧合"，怎么会引起那一连串可笑可恶的误会呢？我国戏剧《雷雨》若没有"巧合"，又怎么会发生那场惊心动魄的悲剧呢？其实，即便是那些更为接近生活常态的作品，也难免存在一些"巧合"的情节。《茶馆》是一出以朴素的现实主义风格著称于世的话剧，但其中那位被卖与太监为妻的女孩，于几十年之后初归旧地便遇上了仇人刘麻子的情节，不正是"巧合"吗？

---

[1]　车尔尼雪夫斯基. 美学论文选［M］. 缪灵珠，译. 北京：人民文学出版社，1957：43.

巧合可以造成强烈的戏剧冲突。《雷雨》中，若是没有亲生女或自家女佣的"巧合"，周朴园也许还会四平八稳地生活下去，隐藏着的各种矛盾也不会在短短的时间内集中爆发在一间客厅内。足见戏剧重"巧合"的倾向是为它的时空观念所决定的。"巧合"固然不是生活矛盾的本质内因，但它却是一剂强有力的"催化剂"和颇为有效的"聚光镜"，它使戏剧冲突的诸种因素集中凝聚，并以"激变"的方式展开。这种倾向较为突出地反映在"巧合"的运用原则上。早期的好莱坞影片在很大程度上就是运用戏剧"巧合"来编织故事情节的。

　　例如有着好莱坞经典叙事模式的《魂断蓝桥》，该片讲述了一个处处充满"巧合"的凄美爱情故事：第一次世界大战期间，德军又一次向伦敦发起空袭，上尉罗依在滑铁卢桥遇到了一群惊慌失措的人，正巧女主人公玛拉就在其中。罗依给他们指了防空洞的位置，人们发疯似的乱跑，玛拉却在奔跑时不小心摔倒了，为了捡起掉在马路上能带来好运的幸运符，差点被车撞的玛拉恰巧被罗依救下，二人相识，美丽的爱情产生了。部队放假48小时，罗依向玛拉提出了结婚的请求，玛拉欣然接受。玛拉和罗依在烦琐的结婚手续中四处奔波，但当他们兴高采烈地去教堂举行婚礼时，牧师却说"三点以后不举行婚礼，明天再来"，这个巧合不得不说真的令人捶胸顿足，更令观众们感到急不可耐，同时这与情节的发展也形成了直接的因果关系。影片中正当玛拉和罗依准备第二天再去教堂完成两个人的婚礼时，征召令突如其来，而罗依和玛拉的恋情就这样被搁置起来，没有了进一步的发展。当玛拉在罗依去战场后得知罗依的母亲要来见她时，她为了得到罗依母亲的好印象不禁拿出她和凯蒂仅剩的一点钱来款待罗依的母亲，本以为幸福已经降临到自己身上的玛拉到咖啡厅后却从报纸上得知罗依的死讯，瞬间玛拉的世界崩塌了。被剧团开除了的玛拉生无可恋，迫于生计，她做了妓女。这天，玛拉在车站拉生意时，正巧碰上了归来的罗依，罗依带玛拉回家了，罗依所有的家人都特别喜欢玛拉，但是她的过往却有人知晓，玛拉精神崩溃了，她给罗依留下一封信，回到了滑铁卢桥上，她决定结束自己的生命……由此可见，这部影片在情节安排、结构布局上，"巧合"的功效尤其独到卓著、不可或缺。

一、巧合的严密性

观众总是乐于寻求一个逻辑严密、有秩序的世界，所以编剧在进行创作时设置巧合就好像在设计并解决一道逻辑严密的数学题，围绕着某一个物件细节，因巧合而展开所有的人物和情节。

比如影片《疯狂的石头》中，那块有品质的"石头"是贯穿整个叙事的重要线索，所有的人物和故事都围绕着这块"石头"展开，所有因"巧合"触碰到这块"石头"的人物都会因它而和更多的人物"相遇"在一起，影片在一开头就把所有的人物介绍出来，似乎在告诉观众，摆出这么多组的人物，他们势必产生交集：包头边开车边和三宝闲聊，说"天上还能掉美元"，恰好谢小萌在缆车上失手丢下的易拉罐砸坏汽车的挡风玻璃。有这样一个巧合，才引申出后来包头的车与秦经理的宝马相撞，引来警察，也使接受交警盘查的道哥等三人能得以脱身。道哥等三个窃贼在飞机场正好偷了国际大盗麦克的箱子，这样的巧合，预示着这两个不同群体的窃贼之间从此便有了剪不断的联系，而影片也正是这样进行处理的，这两群贼从此有了关联，而且是妙趣横生的关联。巧合在这部影片中随处可见，包头与道哥、小军、黑皮三个窃贼居然正好租住同一家旅社的同一层楼，而且还是隔壁。一边房间里是包头和三宝在挂大殿的地图，以便更好地保护宝石；一边是道哥等在隔壁挂黑板，讲解自己的作案策略，这样的安排足以引起观众的笑声。包头发现翡翠被人动了，而恰好三宝出走，这样的巧合必定引起误解，误解随之引发了后面一系列具有喜剧效果的情节和场面。

充分利用各不相干的人物通过各种巧合联系到一起，多米诺骨牌似的连锁反应促进情节发展，这都是编剧精心设计出来的"巧合"，但是在时空、逻辑、情理中，都是身边可能会发生的不经意的小插曲，都是自然发展中的小意外。

二、巧合的关联性

巧合有时候也是一张能将世界联系起来的网，它能将所有人物与事物联系起来。比如获得了第78届奥斯卡最佳影片奖的《撞车》，编剧出身的导演保罗·哈吉斯利用自己炉火纯青的叙事技巧，以多种文化相互碰撞的洛杉矶为背景，向观众讲述了不同种族的人群对彼此的误解、歧视甚至仇视。但是在人们的愤怒、不甘和委屈之中，又适时闪耀着人性深处温暖的光芒，给人以继续前行的勇气和力量。

《撞车》时长113分钟，它所讲述的故事时长36小时，要在113分钟之内把一个发生在36小时之内的人物众多、线索烦琐的故事讲得完满，巧合技巧的使用功不可没。"撞车"是一场事故，它是故事的契机。两位男女警察在出"现场"回来的路上被追尾，从而引起了一系列"巧合"：当女警察与那位有亚裔口音的妇女发生口角时，男警察格拉罕姆则在路边发现了一只鞋，他陷入沉思。电影一个接一个的"巧合"由此开始，并且要在36个小时之内完成。首先是波斯人与女儿买枪时，与嘲笑他是"本·拉登"的白人店主发生了口角，因为争吵使随枪赠送的子弹成为一盒没有弹头的空炮弹，这为后来的情节埋下了伏笔。接下来是地区检察官里克的妻子无意识地怀疑黑人，从而诱发了这两个黑人抢劫他们汽车的行动；为防窃更换门锁时，里克的妻子又无端猜忌墨西哥锁匠丹尼尔，从而引发了与检察官的争吵；巧合的是这位锁匠在后面的故事中又要和买枪的波斯人发生一场冲突，白人警官瑞恩因父亲的疾病而迁怒于克斯汀，对她进行了性骚扰，巧合的是他又在另一场车祸中挽救了她的生命；抢劫检察官汽车的小偷不慎压死了一个中国人并抛尸，巧合的是当他良心发现时，正好有一车偷渡的亚洲人等待他拯救；好心的警察汉森搭载一个黑人青年却又误杀了他，巧合的是这个黑人青年就是电影开头那只鞋子的主人，也是发现鞋子的黑人刑警格拉罕姆苦苦寻找的弟弟。可以说，没有巧合，也就没有《撞车》。

【实训】
以《偶遇》为题目，运用巧合法写作一个小剧本。

第四单元 突 转

　　"突转"这一基本编剧技巧不仅符合客观事物的发展规律，也是影视剧对现实生活的经验总结。在日常生活中经常会出现这样的现象：在平淡的生活中，我们和某个人相处了很久，甚至会认为很了解对方，但是在一次突如其来的重大转折中，又会发现这个人有意想不到的一面，这就证明了我们以前的认识并不深刻、全面。影视剧往往也需要刻画人物性格、揭示人物心灵、塑造人物形象，但是与文学不同，它无法靠作者进行叙述、解释和提示，只能靠声音、画面，靠人物的行动来完成人物的塑造。

　　影视剧中的"突转"是剧情急剧变化的阶段，它可以加速人物行动的驱动力，把人物推向命运的严峻关头，使人物最大限度地打开自己的心扉，驱使人物的心理、形体积极行动起来，自然而然地奔向行动的终点。

一、突转的种类

　　"突转"有以下三种：情节突转、命运突转和感情突转。情节突转是指整个事态、情势发生突变，从而使情节转向相反方向；命运突转是指人物命运发生重大转折，或从顺境转向逆境，或从逆境转向顺境，或从不幸转向更大的不幸；感情突转是指剧中人因外来事件所引起的感情转机，或由爱转恨、由恨转爱，或由悲转喜、由喜转悲，影视剧中以上三种突转范例比比皆是。以上这三种分类很难绝对进行划分，往往三者相互依存，同时出现。高明的剧作家总是把三者紧紧拧在一起，形成巨大的戏剧旋涡，把突转当作开启人物心灵之门的钥匙，细致入微、淋漓尽致地刻画人物的内心世界，产生震撼人心的力量。在创作中，突转的设置往往是为了追求情节的曲折、跌宕，通常致力于叙述事情的发展过程。

　　比如古希腊悲剧《俄狄浦斯王》，这部作品采用典型的戏剧结构，一点点把惊天秘密透露给观众，经过一番追查，事实俱在，俄狄浦斯竟然是真正的凶手，王后羞愤自尽，俄狄浦斯刺瞎双眼，自我放逐。在最后一刻，剧情爆发，主人公由顺境转向了逆境，由万民景仰的国王变成了自我流放的盲人，瞬间摧毁了作品之前建立起来的王国，这样的逆向思维使观众在极大的震惊中得到了冲击的快感，人物命运与内心情感的冲突性也得到加强。"突转"是把全剧推向高潮的有力因素。

二、突转的原则

编剧在创作中运用"突转"时应遵循以下几个基本原则：

第一，对"突转"的设置。"突转"到底应该用于情节发展的哪一个阶段，应该根据每个剧作情节发展的具体情况来定，或前或后，或居于中间，常常有所不同，不能一概而论。

第二，"突转"应力求做到既出乎意料又在情理之中。因为一方面"突转"如果不能超出通常人们的意料，恐会落入平庸无奇之俗套，难以动人心魄，引人入胜；另一方面，"突转"如果不合情合理，则又可能会蹈滑稽荒诞之辙，无法令观众信服，这里要做到合乎情理，最关键的一点就是"突转"应以人物性格为内在依据。如果说人物性格的发展逻辑是"土壤"，那么"突转"便是生长于这片沃土之上的一株奇花。编剧如果脱离了人物性格发展的内在逻辑，为求"突转"而故意兜圈子绕弯子，其结果只能是弄巧成拙，背离艺术真实，其作品必然缺乏生命力。

第三，应当恰当处理"突转"与"铺垫"之间的关系。任何一种类型的影视剧，剧情的发展都呈现为由量变到质变的过程，其中就存在着"铺垫"，没有"铺垫"，也就难以有"突转"，铺垫是"突转"的前提与基础，"突转"是铺垫合乎逻辑的某种自然发展。

"突转"作为将全剧推向高潮的有力因素，它的冲击力越大、辐射面越广越好。这就需要选取有力事件，组织复杂的人物关系。

有力事件是指必须能够引起戏剧情态的陡转，把人物推向成败利害、生死存亡的严峻关头，促使人物产生新的行动，直至走向行动的顶端。引起突转的事件总是违背某一方人物的意愿：或把人物推上顶峰；或把人物摔入深谷；或使人物化险为夷；或在胜利即将到来之际把人物置于死地。

比如电影《推销员之死》主要讲述的是推销员威利·洛曼因年老体衰被老板辞退，深受打击；两个儿子一事无成，也使他十分懊悔。最后，为了使家庭获得一笔人寿保险费，他不得已而选择深夜驾车外出，自己撞车身亡的故事。

这部电影中促成"突转"的让主人公突然由大喜转为大悲的有力事件比比皆是，最重要的有以下几个：首先，比夫（威利的长子）上学期间，全家人都对他寄予了很高的期望，几乎全家人都认为他能上大学，甚至他穿的球鞋都印有"弗吉尼亚大学"的字样。但是他中学都没能毕业，还染上了偷东西的毛病。第二个"突转"是威利工作的突变。年老体衰的威利早已不适合每天开着车子跑码头搞推销了，巨大的工作和生活压力让他好几次险些出车祸，他准备让老板看在他是元老的面子上给他换份轻松点的工作，可事情最终的结果却出乎所有人的意外，老板不仅没有答应威利的调动请求，反而把他开除了。接下来是第三个"突转"，比夫在外面晃荡了十几年后，回到家中，耳闻目睹了父亲的衰老，家庭的艰辛，终于决定与弟弟哈皮一起做体育商品生意。父子三人终于又难得地聚到了一起，开始畅想美好的未来，威利甚至已经断言他的两个儿子肯定能征服全世界！但是，他们一点本钱也没有，他们决定向比夫的前老板奥利弗借钱，全家人自信满满地前去，结果情节的"突转"再次出现。比夫的借钱请求遭到彻底拒绝，尤其令威利失望的是，比夫偏偏在这时老毛病复发——他竟顺手牵羊从奥利弗的办公室偷了一支自来水笔出来。父子三人在餐馆的见面本该是个皆大欢喜的庆功晚宴，结果却是大吵大闹之后不欢而散。比夫与哈皮追着两位妓女走了，留下失望孤独到极点的威利独自一人面对这一切。这一天之内的几个打击（自己的失业、儿子的失败、晚餐的不欢而散）终于彻底击垮了这个风烛残年的老人。他最终选择了自杀，用自己的生命为儿子换回了两万元的保险赔偿金，该剧最终以悲剧结束。

"突转"还能组织复杂的人物关系，不仅指人物之间外化的社会关系，更重要的是指人物之间内涵的性格冲突。突然发生的事件造成情势的突转，促使所有的人物关系变得更加复杂，他们在复杂的关系网中相互碰撞、互相牵制，以他们饱含激情的行动撞击出巨大的艺术感染力。

比如曾获第61届柏林电影节最佳影片的伊朗电影《一次别离》，这部影片叙述的只是纳德和西敏离婚的普通家庭故事，但是能获大奖的成功之处就是编剧在平淡的故事叙述中蕴含张力，这种张力和转折正是"突转"的艺术，它运用"突转"组织了复杂的人物关系，影片在"突转"艺术的运用下，每个人物都在诚实与谎言、宗教与法律、信仰与道德等的冲突中备受煎熬，人性在挣扎中牵动无数观众的心。

西敏执意带女儿移民，纳德却坚持要照顾患病的父亲留守伊朗，眼看签证要到期了，西敏提出离婚。纳德只好雇用瑞茨照顾父亲。瑞茨已怀孕，为了补贴家用瞒着失业的丈夫来到了纳德的家。当纳德发现父亲被绑着双手躺在地上，几乎窒息时，情绪失控的纳德推了瑞茨一把，她摔倒在楼梯上而流产。纳德被起诉犯谋杀罪，于是两个家庭以及其他人都卷入了这场官司纠纷。每个人都为了自身利益说谎。一开始纳德否认自己推过瑞茨，并且说自己并不知道瑞茨怀孕。于是纳德女儿特梅的家庭教师贾哈伊夫人成了影响案情的关键点之一。在公平、诚实、良心、道德的舞台上，贾哈伊夫人也开始了精彩的人性表演。纳德的两个女邻居无意中也参与了这次表演，她们都说没看到纳德推倒瑞茨，这些证词对瑞茨夫妇十分不利，这时候家庭教师贾哈伊夫人受到瑞茨丈夫的威胁，面对《古兰经》发誓，她无法承受自己说谎带来的道德谴责，她去了法庭翻供，这次"突转"使纳德一下子从顺境陷入逆境，在法官的紧迫逼问下惊慌失措，并使他的女儿卷入了这场官司。特梅或许体会到了父亲的痛苦，或许为了家庭的完整，她平静地回答了法官提问，并"巧妙"证明了自己的不在场。就在观众认为瑞茨肯定胜诉，等待故事结局时，影片再次发生"突转"，这就是瑞茨的忏悔。原来在纳德推她前一天，瑞茨因寻找纳德父亲被车撞了，孩子因撞击而死亡。因为害怕丈夫发疯，瑞茨没告诉丈夫。眼看丈夫就要拿到大笔的赔偿金，也可以打发债主，瑞茨却没有快乐，因为信仰伊斯兰教的她相信罪恶的钱是不能要的，巨大的精神压力下她说出了真相。

影片中的三次"突转"，都使主人公的处境向相反的方向发展，剧情出现新的变化，超出观众的预料。每次"突转"都为平静的家庭故事注入丰富的内容，使得纳德、西敏和瑞茨的复杂关系显露出来，真相也始料不及地浮出水面，从而使影片叙述充满张力。

为了使"突转"富有陡感，可使用逆转手法加大突转的冲击力。如欲骑马奔向前方，就先催马奔向相反方向，一直走向万丈深渊，突然悬崖勒马，回马扬鞭，使马更快地奔向前方。在许多剧作中，要写胜先写败，败得一败涂、后退无路，然后再造成反败为胜的局势；要写悲先写喜，在欣喜若狂的巅峰，突然跌落到极度悲痛的深谷中……这种加大反差的写法，可以造成情节的大起大落、大开大合，随着人物命运的起伏，观众能够更容易感受到艺术的感染力。

【实训】

以《出人意料》为题目，运用突转法写作一个小剧本。

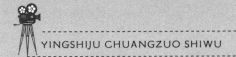

第六部分　对白之光

【知识目标】

1. 了解对白的重要性。
2. 掌握对白设计的方法。

【能力目标】

1. 学会运用对白来塑造人物形象。
2. 掌握运用对白来推动剧情。

【案例导入】

魂断蓝桥（片段节选）

罗依：你是个学生吧？

玛拉（笑）：啊——

罗依：这话可笑吗？

在他们身后的墙上贴着广告：国际芭蕾舞剧团招生。

玛拉（望着墙上广告）：正巧，我们学校——笛尔娃夫人的国际芭蕾舞剧团。

罗依：国际芭蕾舞剧团？那么说你是舞蹈演员喽？

玛拉：是的。

罗依：是专业演员？

玛拉：我看差不离儿吧！

罗依：你说……你会转圈儿什么的？

玛拉（自豪地）：当然，我还会滑步呢！

罗拉（不懂）：你说什么？

玛拉（小小地吹嘘）：我能够跳跃腾空打击6次，里琴斯基能够连续做10次。不过，这可是100年才出这么一个。

罗依：这对肌肉有好处！对肌肉有好处？舞蹈演员的肌肉就该像男人的喽！

玛拉：唔，不见得。我12岁就学舞蹈啦，我并不觉得肌肉过于发达！

罗拉：你是例外！

玛拉（很想引起对方对自己的尊重）：我像运动员一样锻炼……唔，我们生活有严格的纪律！

罗依：那么，你今晚还有演出吗？

玛拉：当然，10点钟开始。

罗依：我真想去看看。

玛拉：你就来吧！

罗依：可惜今晚上校那里有个宴会，我要不去那得有点胆子！

玛拉：你是回来度假的？

罗依：嗯，就要到期了，我家在苏格兰……

玛拉：那你就该回去了？去法国？

罗依：明天。

玛拉：太遗憾了，可恶的战争！

罗依：是的，我也是这么想。这战争，怎么说呢？它也有它的精彩之处——能随时随地叫人得到意外，就像我们现在这样。

玛拉：和平时期我们会这样的。

罗依：你真是个现实主义者。

玛拉：是的，你好像很浪漫。

思考：

1. 从这段对白中分析一下该段在影片中的作用。

2. 从这段对白分析人物的性格。

3. 这段对白是否有"戏"？如何设置的？

第一单元　对白的重要性

观众在观赏影片的时候，除了领略感情和奇妙的情节外，主要是欣赏对白。好的对白流畅、深刻、生动，听起来舒适悦耳，给人以很大的满足。所以评价一部电影的好坏、水准的高低，对白也是非常重要的因素。

在剧本的创作过程中，首先是有个故事，再构造情节和分场，创造人物个性，这都是准备阶段，撰写对白脚本才是实际工作的开始，而编剧的主要工作就是写对白。因为脚本以对白为主体，动作和表情均包含其中，如果没有对白，则人物的描写、情节的发展，以及主题的发挥都无法明确地表现出来。即使是在默片时代，依然需要用字幕代替对白，一直到现在，有些电影把画面置于首位，把对白减少到最低程度，但仍然无法全免，因为说话是人类日常生活中不可缺少的动作，纵然是哑巴，也需要用手势加表情来代替说话。所以对白在剧本创作中不但不能忽视，而且是必须格外谨慎、妥善运用，可收到画龙点睛之效。

虽然如此，但是不能过分依赖对白，撰写对白必须恰到好处，以免弄巧成拙。著名的美国编剧瓦特·纽曼曾说过："编写电影剧本，对白应越少越好，一场戏，一个人物，对白越少，培养的感情就越浓厚。"[1] 著名导演希区柯克也曾说过："一部电影剧本，把任何事情都以对白来交代，这是最令人厌恶

---

[1]　梅长龄. 电影原理与制作 [M]. 北京：三民书局，1978：155.

的事。"[1]

一、对白塑造人物

塑造人物有三种方法：文字描写、语言描写和动作描写。在这三种描写方法中，文字描写是为演员扮演剧中人物提供参考用的，动作描写如果不辅以对白，则其动作不易让观众完全了解，由此可见对白对塑造人物的重要性。

对白还能够表现人物自身的个性，并加强人物之间乃至整个情节的冲突。一个好的剧本在表现个性、加强冲突上尤需独具匠心，才能使人物的形象更增添可信性。文化背景、社会阶级、出生地、个性、气质都会影响剧中人物的对白。编剧的任务就是利用对白来增强人物的可信度。

俗话说什么样的人说什么样的话，这是因为在人们的语言中渗透着人物的性格。个性化的人物语言，是剧作家和导演借以塑造千姿百态的人物，以及刻画多姿多彩的人物性格的重要手段。优秀电影作品的人物语言，都是因人而异、个性鲜明的，都具有"这一个"的独特性，从而给观众留下深刻的印象。个性化的语言是真正意义上的影视化的人物语言，它引导观众在影视的审美中进入交流状态，去充分把握人物性格，从而更加深入地把握人物内涵。

语言的个性化表现在两个方面，一是内容，二是形式。前者指的是"说什么"，后者指的是"怎么说"。在许多情况下，"怎么说"显得更为重要，这是因为怎么说更取决于人物的性格——每个人都有自己表达思想感情的个人方式，各自的语言无不打上思想性格的印记。比如《罗马假日》中安妮公主在公众场合的讲话，处处体现了"皇室风范"，展现了一个高贵、端庄的公主形象；而《乱世佳人》中的保姆满口"黑人英语"，让我们看到一个黑人劳动妇女的形象。

在现实主义风格的苏联影片《夏伯阳》中，主人公的形象就是通过对白来展现的。该片讲述的是苏联东线上的一场战役。主人公夏伯阳足智多谋、顽强勇敢、视死如归，在战场上所向披靡，但是在政治上并不成熟，带领着一支由

---

[1] 梅长龄. 电影原理与制作 [M]. 北京：三民书局,1978：155.

农民组成的红军部队，作风自由散漫。政委克雷奇科夫到任后，把夏伯阳引上了正确的道路，使其不断进步成长，终于成为一名优秀的军事将领。

该片中有这样一个片段，夏伯阳屡建战功后自视甚高，把所有人都不放在眼里，这天夏伯阳命令战士们下河去找丢弃的枪，遇到刚来的政委，面对政委的询问，他对政委说："洗澡哪……天热！"他的话看似很客气实则是拒政委于千里之外，等于在告诉政委："这是我们战士的事，你少管！"短短一句话塑造出了一个虽然英勇善战但是作风散漫的人物形象。

冯小刚电影《不见不散》塑造了一个典型的北京顽主形象，主人公刘元是一个狡诈而实在、冷漠而多情、尖刻而善良的人，他既带有可气的玩笑，又带有可爱的诙谐。同时，他还是一个对待感情很专一、很负责任的人，这么一个复杂的人物通过对白活灵活现地呈现在了观众的面前。如有一场戏是葛优扮演的刘元与徐帆扮演的李清在洛杉矶相遇，经过一段时间的相处后，刘元对李清产生了好感，为了博得李清的芳心，刘元假装在一次车祸中失明了，下面是他们在一家咖啡厅的对话：

刘元：你一定很美！能替我送束花给你吗？

李清：应该我送花给你啊，你喜欢什么花？是红色的还是蓝色的？对不起，我忘了你看不见了……

刘元：没关系，我可以闻。眼睛看不见了，嗅觉就发达起来了。

（此刻，正好一位时尚女郎从他们面前走过，刘元便情不自禁地回过头去了。）

李清：咱们走吧，哟！这是谁的钱包啊？

刘元：（立刻摘掉墨镜，慌乱地在地上找钱包）哪儿呢？哪儿呢？哪儿呢？（见李清非常生气，急忙解释）我又能看见了，这是爱情的力量。

（李清起身离开了咖啡厅，刘元紧随其后，边走边澄清。）

刘元：我真是想跟你开个玩笑，你怎么说翻脸就翻脸啊？你怎么一点幽默感都没有？你吃什么亏了？我不是也把心里话都说出来了嘛。

李清：你有心吗，你？

这段戏中，刘元从装失明到说煽情的话语，无非想获得李清的芳心。谁知当悲情方式刚刚奏效之时，一位妙龄女郎便从他们面前走过，吸引了刘元的眼球，他那夸张的回头再一次把自己轻浮的本性暴露在了李清面前。李清为了揭发他，假装说地上有钱包，逼得刘元原形毕露、无地自容。但刘元在暴露之余并没有尴尬地掩饰，而是机智巧妙地宣称"这是爱情的力量"。这种机智巧妙的回答不仅诙谐幽默，还活化了人物性格。

二、对白推动剧情

对白是叙事流程中关键的一环，也是情节的重要构成。对白要展现人物之间的矛盾冲突，通过冲突来推动情节的发展。"对白必须是在冲突的语境中道出，并应推动情节向前发展。思想、梦想、想象和爱情都可以当作话题，但一定要让观众意识到其中隐含的冲突。对白是创造冲突和解决冲突的载体。人物说话并非仅仅是为了展示他的外表。他的言谈应与整个故事有关，使故事生动起来，在故事需要发展的时候以恰当的速度推动它前进。"

对白需遵循戏剧化的原则，人物之间的对白不仅是你来我往的信息交换，而且是必须伴有动作、观念、信息等的矛盾冲突。在对话中人物站在各自的立场维护各自的利益，从而表现出不同的观点，这些观点会形成一定程度的错位、反差甚至对立。

在现实主义题材电视剧《贫嘴张大民的幸福生活》中，张大民劝解初恋失败的云芳的一大段台词，几乎成了张大民的独角戏，对白撑起了整个段落的叙事，起承转合，极富戏剧性。

李云芳披着被面坐在单人床上，目光平静而凝滞地盯着某个地方，脸上没有任何表情。刘大爷坐在床沿上，给人感觉没坐稳，随时准备跳开。

刘大爷：……想开点儿，我一辈子没结婚，不也过来了。读师范的时候，我跟一个同学初恋，她没嫁给我，嫁给别人了。我心说不嫁就不嫁，我不谈不就完了吗，我自己嫁给自己不就完了吗。我当……当教导主任，退了休还当主任，管居委会，活得非常充实，心情非常愉快……一晃40多年过去了（突然想落泪，自感不妥，拼命忍住）。云芳，挺起来，好好工作，做一个有理想的年轻人吧，全身心献给你的事业……

外面一阵嘈杂。张大民以一种全新的面貌走进来。西装、领带、秀郎镜、大分头，一看就知道他是按照徐万君的模样修理自己的。

大民：刘大爷，您歇会儿，让我试试？

张大民很放松，凑近李云芳，沿着她的视线往前看，瞄准了走过去，发现是个痰盂。他把痰盂拿走，但她的视线没有任何变化。张大民用手在她脸前晃晃，李云芳连眼睛都不眨。

大民：云芳，你披着一块杭州出的缎子被面，你知道吗？它是你妈给你缝结婚的被子用的，你把它披在背上了，我刚发现……你还给披反了。（捏捏被面）别不说话，江姐不说话，人家有革命秘密，你有什么革命秘密？你要再不说话，再不吃饭，再这么拖下去，我认为……你就是反革命了。你还不明白吗？

李云芳嘴角抽动一下。

大民：裹着被面咽下最后一口气，你以为居委会和毛巾厂会给你评个烈士当吗？那是不可能的。顶多从美国发来一份唁电"李云芳女士永垂不朽"就完事了。你还不明白吗？

李云芳的视线换了一个方向，望着窗户。窗户外面贴着许多人头。

大民：我帮你算一笔账。你不吃饭，每天顶多省3块钱，3天没吃饭，省了9块钱。你再省9块钱，就可能去火葬场了。看出来没有。这事对谁都没有好处。你饿到你姥姥家去，顶多给你妈省下了18块钱。知道一个骨灰盒多少钱吗？80！该吃什么吃什么吧，你还没攒够盒儿钱呢！你才20多岁，起码还得吃50年的饭，任务很重，现在就撂挑子不吃饭了，把惹你不高兴的都当菜就着，吃饭吧！

李云芳似笑非笑地撇撇嘴角。外间的人一阵骚动。

张大民忘记带烟了，摸了摸口袋，往外间走去。

……

张大民换了一种方式，改和风细雨为疾言厉色。他在屋内走来走去，挥舞着胳膊，像情绪失控的审判者。

张大民：李云芳！你有什么话就直说吧。你想不想上茅房？反正我想上茅房。可是我现在不去。等你吃第一口饭我再去。实话对你说，你不吃我就不去。我不信你能眼睁睁地看着我憋死。别装模作样了，我知道你为什么不吃不喝了，不就是怕上茅房吗？嘴唇哆嗦什么？是不是尿裤子了？没有尿裤子你捂着被面干什么？你不说话也没有用，你不说话说明你心虚，说明你裤子早就湿了。别以为捂着被面别人就看不见了，我们什么都能看见。快把被面扔了吧，充什么大花蛾子，换个花样行不行？你头上顶个脸盆行不行？不顶脸盆顶个酱油瓶子行不行？……我们烦你这个破被面了。

……

张大民把两枕巾抓在手里，反复端详。

张大民：还记得小时候吗？我偷了我爸三块钱，咱俩在红光电影院看了六遍《地雷战》。一看到鬼子偷地雷你就忍不住，整个电影院就听你一个人乐了……云芳，我拿你一点办法都没有了。你把它蒙上，我领你偷地雷去吧。

他给自己也给云芳蒙上枕巾，在后脑勺简单系了一下。云芳用手轻轻捂着半张脸，肩膀轻轻抖动，不知是想笑还是想哭。她的声音低哑、微弱。

云芳：大民，你怎么这么贫呀？

大民：我就这一个优点。

云芳：你……为什么这么坏？

大民：我不坏你就好不了啦。

云芳：你……你……别管我。

大民（破釜沉舟）：云芳……我……爱你！

云芳捂着整个脸，浑身抽搐，把张大民吓坏了。

大民：云芳，咱俩偷地雷去吧？你知道哪有地雷吗？

云芳哇一声号啕大哭，扑到张大民身上，连揪带打。张大民开始还能忍受，可是她劈头盖脸，越来越使劲儿，分不清是爱还是恨，他就不知道怎么办了。他惊恐地回头看看外间屋，用变了调的嗓音大声求援。

大民：来人呐！

台词推动剧情发展，往往大段的台词会让人感到厌倦，但是作者凭借自己对人物的深刻理解和对人物语言的高度驾驭能力，写得得心应手，人物性格活灵活现地表现了出来，而且充满着机智和幽默。

【实训】

1. 对叙述性语言最主要的要求是什么？
2. 为什么说影视语言具有综合性？
3. 观看电影《红色恋曲 1933》的剧本，分析其在叙述性语言方面的独特之处。

第二单元　设计对白的方法

影视剧对白不等同于现实生活中的谈话，将谈话从生活中迁移到影视剧里，变成影视剧的对白，需要一定的对白写作素养和写作方法。

美国电视专家罗伯特·希里尔德说："在电视剧里，对现实生活中的人物对话作提炼是非常重要的。电视剧中的对话应该避免重复；剧中对话应对所表达的思想有所概括；剧中对话应该有人物的个性；剧中每一次对话的意图要写得让观众明了。对话要写得循序渐进，从而带动整个剧情发展，对话即使是在表现发展中的剧情，也应对人物作必要的交代，对人物的背景作必要的介绍。"[1]

对白的写作需要让观众明了意图。因为影视剧除了情节的进展、映像、动作外，差不多全靠对白。如果对白说得不十分明白显豁，观众就很容易听漏，或没有听进去，或者是对话语的含义要思索一番才能明白，那么情绪的感染就不会深切，反应也就慢了。所以在写作对白的时候不要故作艰深，更不要自炫

---

[1]　罗伯特·希利尔德. 电视剧的写作 [J]. 臧国华，译. 电视文艺，1982（10）：45.

渊博。

对白的写作还需要凝练。我们不能像真正的日常生活般的说话来编写影视剧对白，那样会太拖沓累赘。电影中没有多余的时间说过多的话，所以言辞必须凝练，浓缩精华，去掉不必要的成分。

编剧在写作对白的时候必须具有对白自己的语气和代表的情感，不要加注释。有些影视剧脚本中，编剧往往在对白前面另加括弧，注明"愤怒地""冷酷地""悲哀地"等形容词，虽然可以在演员表演和对白时提供参考，但是如若语言本身不具有这种语气和情感，而须依靠注释，那也不是最好的对白。

所以凝练的对白需要做到以下几点：

①不说重复的话。

②尽量用表情动作表现，不必再用对白说出。

③画面上能显现的不必再说明。

④后续剧情银幕上会演出来的，不必先说出来。

⑤利用成语、俗语精简对白。

经验不足的编剧的对白中常常破绽百出，理查德·布鲁姆在《电视与银幕写作》中，论述了对白设计的十大禁忌以及解决方法[1]：

（1）过于直截了当

有些对白就是照本宣科，直白得令人尴尬，听起来也有矫揉造作之感。

例如：

珍妮弗走进房间，卡洛斯冲她微笑。

卡洛斯：珍妮弗，我很高兴看到你。我是如此爱你。为了见到你，我已经等候多时了。

这样的对白令人尴尬，毫无婉约精致可言。如果表现为他压抑太久，突然一时语塞，也许就更具效果。或者他先将她一把抓住，一言不发，过一会儿再说：

---

[1] 理查德·A. 布鲁姆. 电视与银幕写作［M］. 徐璞，译. 北京：华夏出版社，2003：72-78.

卡洛斯：你知道吗？一看到你我就控制不住自己。

（2）过于零碎

下面这个例子就是过于零碎的典型。

德鲁：我饿了。

凯特：我也是。

德鲁：出去吃饭吧。

德鲁：去熟食店如何？

凯特：好。

这样的对白显得磕磕绊绊，一人一句，一句一两个词，如此回环往复，拖拖拉拉，影响剧情表达。

（3）过于重复

如果一个人用多种方式反复自己的话，这样的对白就是过于重复。人物口中赘余的信息和重复性的话语如同鸡肋。

伊莲娜：我在旅行中玩得很开心。这真是迄今为止我最棒的一次旅行。

阿蒂：我很高兴你喜欢这次旅行。

伊莲娜：离家出游的感觉太好了。这次旅行棒极了。

以上对话看起来就好像是编剧不知道人物接下来要说什么，于是就仰仗先前的对白原地踏步。

（4）过于冗长

冗长的对白听起来就像是鸿篇大论或学术答辩。这样不仅令人物行为停滞不前，而且还经常有啰唆说教之嫌。

比如下面这段对白：

杰西卡（对安娜说）：你没有得到这个位置，就是因为你是个女人，而不是出于什么别的原因。如果你是个男人，你就会拥有这个位置。别让他们那样对待你，转身回去，继续为自己的理想奋斗。我饶不了他们，我向你保证。我记得小时候我妈妈经常告诉我，要小心那些性别歧视者。你必须昂首挺胸，让他们知道你永远不会屈服于那些不公的待遇。

这么冗长的对白核心也就是因性别歧视为对方打抱不平，絮絮叨叨，却并未看到对方安娜的反应。

（5）过于雷同

有时候每个人物的对话听起来都大同小异，他们的对话套路也彼此雷同。照此下去，人物的个性必然丧失殆尽。

比如以下两个人的对话：

本：嘿，你赌赛车了吗？

阿莱克斯：是呀，我赌了。你呢？

本：是呀！你赢了吗？

阿莱克斯：没。越想赢就越赢不了。

这些人物对话听起来简直如出一辙，说的还多是重复的话。要想克服这个毛病，就要在戏中让人物心理更丰富一些。人物的动机、意图和急迫感都要反复推敲。

（6）过于呆板

这样的对白听起来就好像摘自历史书、诗歌、报纸或者语法书，但就是不像人嘴里说出来的。以下是一个典型的呆板的对白：

杰弗：为你提供我对事件的解释是我的责任。你是唯一一个可能接受这些观点的人。你必须听好我的话。

（7）过于说教

人物的语言总是显得郑重其事、头头是道。人物已经无法称为一个立体的人，完全退化成了编剧意识思想的代言人。

麦克：你知道罪犯一旦逃跑将会怎样？他们要么待在监狱，要么就会对社会的每个角落产生威胁。只要我们拥有更加有力的立法者和法律，就不会有这样的事情发生。

其实他就是要表达"将这个混蛋关起来！"的意图。
（8）过于内省
这个问题一般集中出现在某个自言自语的人物身上。
比如：

米歇尔：（自言自语）哦！现在我真希望能和他在一起。

在现实生活中一个人自言自语的情形并不多见，如果剧中人在独处的时候能多一些行为动作，看起来也就会更加合理可信。
（9）过于缺乏连贯性
这意味着一个人的言行会相互矛盾，说一些不符合自己个性的话。比如下面这个例子中人物对白和态度的转向快得令人难以置信。

杰森：我希望你们能听从我的劝告。
珍妮弗：不！卡洛斯和我还有更好的事要做。
杰森：我说这些都是为你们好！
珍妮弗：好吧！我们就照你说的做。

可见，这里思想转变的速度简直令人匪夷所思。如果能在这段戏中添加一些过渡，再融入一些适当的动作和反应，效果就会更好。
（10）过于虚假
这包括所有听起来让剧中人不真实的对白。可以通过大声朗读的方法来检验台词的真实度。真实的对白听起来就应该像一个真实的人对所见所闻的反应。
对白写作中不要以自己的眼光去看电影中的事实，不要以自己的态度去说明电影中的事实，必须透过角色的情绪去感受，这样写出的对白自然会带有角色的特性。

【实训】

1. 看下面的对白设计，分析其中的问题并提出修改方法。

（剧情的情境是：程瑶和田小野是在校大学生，两人恋爱中，但是程瑶未婚先孕，人物处于困境，面临选择。）

景：校园小湖边　　时：傍晚　　人：程瑶　田小野

程瑶和田小野并肩坐在一棵柳树下，默默无语。

田小野（手一下一下揪着地上的青草）：都是我不好，我太……

程瑶（转过脸望着田小野，脸上现出一缕淡淡的笑容）：两个人的事情，怎么能怪你？

田小野：你……不怪我？

程瑶：我不怪你，甚至……我也不怪自己。

程瑶（眼望着湖水，宁静的面孔盖着内心的无限感慨）：当我拿到化验单时，全身的血都涌到了头顶，我惊愕、懊悔，甚至感到恐怖……可是，有另一种心情，就是我自己也说不清楚的激动，来自生命内部的一种奇怪的感觉和体验，我好像一下子成熟了许多，感悟了许多。

田小野（一脸严峻）：事已至此，懊悔已经没有意义，目前最重要的是我们如何处理这件事。

程瑶：那，你说如何处理？

田小野：我想，我们没有第二条路可走。

程瑶：你……让我再想想。

田小野：不用想了，你该听我的安排。

程瑶：好。

2. 观看电视剧《贫嘴张大民的幸福生活》，分析其对白的设计。

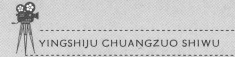

第七部分　类型的模仿和超越

【知识目标】

1. 熟悉类型电影的概念及其创作观念。

2. 了解各类型电影的要素。

3. 了解各类型电影的发展和各类型要素的杂糅。

【能力目标】

1. 明白类型电影的划分角度。

2. 学会分析各类型电影的公式化情节。

3. 能够熟练分析各类型电影的定型化人物设置。

4. 能够分辨影视剧各要素是如何进行类型的杂糅的。

【案例导入】

一夜风流

在美国南方的海滨之城迈阿密有位亿万富翁叫安德鲁斯，他的独生女儿埃莉美丽高雅，有着大家闺秀的风度，但也像大多富家小姐那样，娇生惯养、倔强任性。她背着父亲跟情人飞行员金·韦斯特利订婚，但遭到父亲反对，在举行婚礼时，被父亲派人挟持到一艘豪华游艇上。埃莉又急又恨，趁人不备，泅水逃走。她坐小船逃上码头，又搭乘公共汽车直奔纽约，去找新郎。从小娇生惯养的埃莉在途中被人偷走了钱和衣服。在长途汽车上，她碰到青年记者彼得·沃恩，沃恩见她衣冠不整、神色仓皇，猜想一定有什么秘事，便巧言盘问，埃莉将自己的遭遇和盘托出。彼得深表同情，便陪她一起去纽约。彼得从报上得知埃莉是亿万富翁失踪的女儿，就想写一条轰动的独家新闻。

埃莉发现沃恩已知自己的身份，就哀求他不要告发，并许诺给沃恩比父亲悬赏寻找的一万元更多的钱，但遭到沃恩的鄙视。在车上，埃莉被一推销员调情，她求救于沃恩，沃恩佯装不知。在推销员得寸进尺时，沃恩才以埃莉丈夫的名义，轰走了推销员。途中，大雨把桥冲毁，汽车只得停下。乘客们在附近客栈过夜，身无分文的埃莉无奈跟着沃恩。沃恩因钱不多，就以夫妻身份租了一间房间，中间拉了一条"毯子墙"。沃恩为了写出独家新闻，只好与埃莉隔"墙"睡着，还给了她一套最好的睡衣。

第二天早晨，沃恩和埃莉正在吃早饭，忽然埃莉父亲雇用的侦探赶到车站，沃恩和埃莉扮演了一场夫妻吵架，总算蒙混过关。沃恩在乘车途中也看到了埃莉的可爱之处。很快他们的钱花光了，所以埃莉和沃恩只好徒步而行，半夜露宿在干草堆里。他们之间产生了微妙的感情。沃恩告诉埃莉，韦斯特利不值得她爱，人生真正需要的是和平和宁静。埃莉听后感到十分新鲜。第二天，埃莉因疲劳，只好和沃恩搭车。不料司机是个路贼，企图趁他们休息之机，偷走他们仅有的一点行李。沃恩打败了司机，自己开车，和埃莉继续赶路。

快到纽约时，埃莉很珍惜仅有的一点时间，想再和沃恩住一次汽车旅店。但因没有钱，于是不得不骗取老板娘的信任，先住进去，然后再想办法弄钱。这晚，房间中又筑起"毯子墙"，埃莉站在沃恩床前，诉说自己对他的倾慕之情，求他带着自己去追求他的理想。然而，沃恩竭力克制着自己的感情，请埃莉回"墙"那边去。伤心的埃莉回到自己床上哭着睡着了。

沃恩为了弄钱付房租，半夜潜出旅店，去纽约报馆，把自己和埃莉的恋爱故事当作头条新闻卖给了报社，拿到钱后，沃恩高兴地回到旅店。哪知沃恩走后，老板娘以为沃恩逃走，就把埃莉当作坏人赶了出去。埃莉误会沃恩抛弃了她，无奈之下只好打电话告诉父亲。在埃莉被父亲的车队接走的路上，沃恩看到埃莉正靠在韦斯特利的肩上，也以为埃莉抛弃了他。于是他只好再回报社，退了钱，撤回了那条爱情新闻。

亿万富翁安德鲁斯看出女儿在家里并不高兴，于是问起原委，埃莉便把自己与沃恩的恋爱经过讲给父亲听，父亲这时才想起有个青年记者要求见他，开始以为是来要赏金一万元的，哪知他只要和埃莉途中用去的39元6角钱，他就是沃恩。父亲非常感动，认为这是一个正直、诚实的青年，而那个飞行员只不过是看中他家钱财而已。于是，他鼓励女儿嫁给沃恩。在和飞行员的结婚典礼上，埃莉终于逃走。她的父亲给了飞行员一大笔钱，婚约至此告吹。

埃莉和沃恩买了一个玩具喇叭，再次住进汽车旅店。夜晚，房间中的"毯子墙"在一阵喇叭声中"倒塌"，灯光也随之熄灭……

思考：

1. 分析该电影类型的确定和划分。
2. 总结该类型电影具备的要素特征。
3. 该电影是否杂糅有其他类型要素。

第一单元　类型电影

在好莱坞制片制度的影响下，电影创作不再是一种个人行为，规范的制片制度使电影制作成为一种批量的、流水线式的规范化过程，模式化成为其基本特征。固定模式能够提高制作效率，降低制作成本，因此，类型电影是必然的结果。

美国电影制作者经过长期创作实践，归纳出了一些成功的模式，这些模式最具商业保险系数，最能获得投资的回报。一部成功的影片出现后便竞相模仿，使之成为一种类型。一种类型的影片如果很受欢迎，便都来拍摄，一般在一定的时期内能获得较好的商业效果。

所以，类型电影作为一种典型的商业电影观念，是美国大制片厂制度的必然结果。正因为有一些固定的类型模式，所以大制片厂的生产流水线便可以对素材稍加改变，制作出大量大同小异的、适销对路的文化产品。

从受众的角度来说，当我们漫无目的地走进电影院，想从琳琅满目的电影作品中选择一部来打发时间时，我们首先考虑的往往是，这是一部动作片还是一部歌舞片，这是一部科幻巨作还是一部战争大戏。这是一种常见的观影状态，我们走进电影院之前便决定要看一部什么样的电影，电影还没有开始我们便知道这是一个怎样的故事，还没有看完电影的开头，我们便已经预料到了结局，当我们发现故事如我们所预料的一样发展时便感到十分满足，而且在观影结束后向别人介绍时我们常常说这是一个和什么什么电影差不多的故事。在这一整套观影行为中，我们便是在和所谓的"类型"打交道，而前文所说影响我们选择行为的也正是类型。

所以类型电影指的就是好莱坞电影在其全盛时期所特有的一种创作方法，实质上是一种艺术产品标准化的规范。人们通常根据影片的不同题材或技巧来归纳影片的类型，大的分类是故事片和非故事片两种。在故事片项目下，比较成熟的类型有西部片、强盗片、歌舞片、喜剧片、恐怖片、科幻片、灾难片、战争片、体育片等；非故事片的类型则有广告片、新闻片、纪录片、科学片、教学片、风景片等。

一、西部片

西部片是以美国西部为地理背景，根据美国西进运动时的很多奇闻轶事创作出来的影片。这些西部片中大多充满了神秘的传奇色彩。从 19 世纪 60 年代起，美国政府开始进行大规模的西部开发计划，美国东部居民开始向西部荒原进发。为了宣扬西部大开发中美国人顽强奋斗的拓荒精神，好莱坞翻拍了很多当时发生在西部的故事，并将这些故事搬上了银幕。

在美国经济大萧条时期，大多数人对现实烦躁不安，这些充满了传奇色彩的西部片，使人们暂时忘记了现实的烦恼。1903 年，爱德温·鲍特导演的《火车大劫案》开创了西部片的先河并取得了成功。此后，大量类似的影片开始出现。西部片中驱除罪恶的英雄以及正义始终战胜邪恶的主题，也给当时失落的人们带来了心灵上的慰藉。片中宣扬的拓荒、开辟新天地的精神，又给当时陷入经济困难、对未来感到迷茫的人们以精神上的鼓励。这些西部片满足了当时观众的心理需求，受到很多观众的青睐。

这一时期的西部片有《铁骑》（1924）、《关山飞渡》（1939）、《太阳浴血记》（1945）、《红河》（1948）等。其中由西部片大师、西部片缔造者之一的约翰·福特拍摄的《关山飞渡》最为经典，它奠定了西部片的基本模式，标志着西部片的成熟。

西部片的题材通常比较简单，正义战胜邪恶是这类影片永恒不变的主题。影片里白人与印第安人的冲突、强盗与警长的搏斗以及英雄救美之类的浪漫情节都经久不衰地吸引观众的眼球。例如在《关山飞渡》中，同乘一轮马车的八个不同的客人在前往目的地的途中遭遇了印第安人的围攻，几经艰险，在联邦骑兵的帮助下获救。

二、歌舞片

1927 年的《爵士歌王》是好莱坞的第一部有声电影，也是好莱坞歌舞片的雏形。随着好莱坞声音及色彩技术的发展，越来越多的歌舞片被搬上银幕。与其他类型电影一样，歌舞片也具有其独有的样式。这一时期的歌舞片主要是舞台的银幕再现。富丽堂皇的布景、优雅的气氛、美妙的舞蹈、动听的音乐以及美丽的演员都是歌舞片独特的亮点，都是吸引观众的因素。

这一时期比较经典的歌舞片有《百老汇旋律》（1929）、《第四十二街》（1933）、《歌舞大王齐格飞》（1936）、《雨中曲》（1951）等。此外，1935 年，由美国著名童星秀兰·邓波儿主演的一系列歌舞片，如《小上校》（1935）、《卷头发》（1935）、《小海蒂》（1937）、《小千金》（1936）等也是歌舞片中的经典。1929 年米高梅公司的《百老汇旋律》被公认为是第一部真正意义上的歌舞片，故事的主人公是剧中的舞台表演者。在《百老汇旋律》成功后，类似的电影也相继出现，如另一部歌舞片的代表作《第四十二街》讲述了一个作为替身的小演员，由于顶替摔伤膝盖的女主角出场演出，意想不到地一举成名的故事。从情节上来看，歌舞片大多讲述了有情人克服困难与挑战最终走在一起，或小人物成为大明星之类的故事。同时，歌舞片普遍都有轻松的情节和一个大团圆的结局。片中的主人公基本上都是能歌善舞却命运坎坷的人。但在最后，这些人往往都能通过自己的努力实现梦想，获得爱情，并有幸福美满的生活。

著名导演吕克·贝松曾说过："当我们意志消沉时，这些轻松的电影，就像是治病解忧的阿司匹林，让我们再一次感觉良好。"歌舞片具有其他类型电影没有的鲜明的励志特点。因此，这一时期的歌舞片便成了面临经济危机的人们的一剂慰藉心灵的良药。歌舞片华丽的布景、优雅的音乐、浪漫的情节为当时的人们提供了一个可以去梦想的空间。还有被美国总统称作"微笑天使"的秀兰·邓波儿，她总是以无比天真的灿烂笑容，为人们驱走现实生活中的忧郁和不安。歌舞片给经济寒冬中人们的精神增添了温暖。

三、犯罪片

犯罪片一般以大都市作为背景，以一次犯罪活动为主题，故事情节围绕犯罪活动的进行而展开。罪犯或侦探是这类影片中的主要人物。社会新闻是这类影片的故事题材的主要来源。犯罪片情节紧张、激烈，有时还悬念重重，由于有声电影技术的出现，片中打斗时的枪声、爆炸声等都使影片具有了更加生动的效果。

始于1912年的经济大萧条使美国人民陷于灾难之中，在失业率猛增的同时，犯罪率也不断上升。于是反映现实生活中的犯罪现象的影片在这个时候迎来了它的热潮。这一时期好莱坞的犯罪片大多与当时的社会问题有着密切的联系。好莱坞黄金时期的第一部大型犯罪片《小恺撒》（1931）便是一部取材于黑社会贩卖私酒的影片。那时美国的法律禁止私自酿酒和售酒，于是为了牟利，社会上的黑帮组织便在私下进行着各种酒品的交易。这部影片向观众展示了黑帮私下交易酒的详细过程，同时也反映出了当时的政治经济状况。黄金时期比较经典的犯罪片还有《人民公敌》（1931）、《疤脸大盗》（1932）。

有"悬念大师"之称的美国著名导演阿尔弗雷德·希区柯克在这一时期也拍摄了不少犯罪片。他善于抓住人们共有的恐惧心理和好奇心理，巧妙地使用蒙太奇技巧将恐惧和紧张的气氛通过镜头展现出来，以此产生悬念。其中经典的犯罪片有《三十九级台阶》（1935）、《失踪的女人》（1938）、《后窗》

（1954）、《精神病患者》（1960）和《群鸟》（1963）等。

好莱坞黄金时期的犯罪片满足了大众渴望在他们不满时对社会进行反抗，希望不好的事物能够被彻底铲除，并且恶有恶报的社会心理。"他们喜欢看到不法之徒在一个不公平的社会里哪怕是使用不法手段作出反抗，而这类人满足了社会大众反抗的愿望后又被消灭掉，不会威胁平民的安全。"[1] 我们可以发现，在犯罪片中，无论片中的大盗和罪犯有多么厉害，犯罪手段多么高明，最终都难逃被逮捕或处决的下场，结局悲惨。片中的罪犯最终都得到了惩罚，社会治安得到了保障。大萧条时期的人们，在心中充斥着各种不满的同时，也缺乏安全感，犯罪片恰到好处地给处在动荡时期的观众提供了一个可以宣泄种种不满的舞台，同时也为他们营造出了一种虚幻的安全感。

四、恐怖片

好莱坞恐怖电影的拍摄风格主要受20世纪20年代德国表现主义风格的影响，这种影响在恐怖电影的布景、造型以及表演中都有所体现。恐怖电影从题材上看可以分为两种类型：一种是外来的恐怖；另一种是由人类内心的黑暗、罪恶所衍生出的恐怖。

比较经典的恐怖电影有《弗兰肯斯坦》（1931）、《德拉库拉》（1931）、《木乃伊》（1932）、《金刚》（1933）等。1931年拍摄的《弗兰肯斯坦》是好莱坞最早的恐怖影片。这部在美国经济大萧条时期诞生的影片为好莱坞的科幻恐怖类电影开了先河，堪称恐怖电影的经典。《弗兰肯斯坦》的主人公是一个专门利用尸体来制造恐怖人形怪物的疯狂科学家。当他发现自己根本无法控制怪物，也意识到怪物有可能引起可怕后果时，他便决定将其毁灭。谁知怪物却逃走并开始疯狂地报复。影片主要反映了在进入工业化时代之后，人们对科学的焦虑和恐惧。"科学一旦代替了传统的价值标准和信仰，社会便会陷入混乱。"怪物便是科学带来的未知恐怖的化身。这部影片同时也暗示了人们对不确定的未来的恐惧。

在经济大萧条时期，美国的中产阶级面临着各种危机。他们心中充满了对

---

[1] 潘天强. 新编西方电影简明教程［M］. 上海：复旦大学出版社，2007：75.

自己随时可能流向社会底层的惶恐。而这些恐怖片中隐含的对自己不能掌握的事物的恐慌，以及强烈的不安全感，正好符合人们当时的心理。如电影《金刚》中处在事业低谷的女演员和野心勃勃的电影制作人都是在失业危机的驱赶下，才去那存在着未知恐怖的荒岛开拓新的生存空间的。恐怖片中展现出的各种恐惧与人们心中的焦虑产生了共鸣。这便是这一时期恐怖电影逐渐受到人们青睐的一个重要因素。

五、喜剧片

同歌舞片一样，幽默搞笑的好莱坞喜剧片在大萧条时期也为观众提供了一个能暂时逃避现实的极乐世界。在经济危机后，喜剧片迅速崛起。在有声喜剧片出现以前，好莱坞的喜剧片都属于默片，其表演形式主要靠丰富的肢体动作来体现，片中没有任何对白。而在有声电影出现后，喜剧片出现了一种新的喜剧样式，这种样式被称为"乖僻喜剧"。乖僻喜剧是一种说话式的喜剧，这类喜剧片的对白密集、语言滑稽幽默，整个影片具有怪诞的色彩。

这一时期的经典喜剧片有查尔斯·卓别林的《城市之光》（1931）、《摩登时代》（1936）、弗兰克·卡普拉的《一夜风流》（1933）和乔治·顾克的《假日》（1937）等。

《一夜风流》与《假日》是非常典型的"乖僻喜剧"。《一夜风流》对经典童话故事《灰姑娘》进行了改写，以"男女主人公由充满恶意到友好以至相爱的情感变化为主线，妙趣横生的情节编排、人物性格的理想化塑造、幽默谐谑的对白，使小人物的浪漫爱情故事因一个个冲突的豁然消解而具有令人忍俊不禁的喜剧乃至闹剧的效果"[1]。如果说"乖僻喜剧"是单纯地以娱乐搞怪为目的，那么卓别林的喜剧片则来得更加深邃。

卓别林的电影在给人们带来欢笑的同时，还给人们一种愈演愈深沉的感觉，"在看他的喜剧时观众常常在笑声中突然被泪水噎住"。在《城市之光》中，流浪汉为了赚钱给卖花的盲女治病去当拳击手吃尽苦头，险些被人

---

[1] 峻冰. 电影的振兴时期（1967 年以来）——对世界电影史第四分期的描述 [J]. 西南民族大学学报：人文社科版,2004（2）.

打死。卖花姑娘的眼睛复明后，认出了大街上一直帮助自己的衣衫褴褛的流浪汉，她虽然感激，却也因长期以来寄以深情的人居然是一个流浪汉而万分沮丧。流浪汉面对这一切，只能强颜欢笑。这笑比流泪来得更加让人心酸。影片中，两个小人物之间的脆弱感情，在现实面前显得那样不堪一击。

在这样一个经济萧条的时代，喜剧片道出了苦难中人们的心声。人们在影片里形形色色的小人物身上往往能够找到自己的影子。那些小人物的悲苦生活也间接反映出人们在现实生活中正面临着的许多问题。这些喜剧片就像一个人生的大舞台，通过电影展现了人生的悲喜，将大萧条时期人们在生活中的辛酸融进了电影，这些笑中有泪的电影安慰了那个时期失落的人们。

【实训】

1. 什么是类型电影？
2. 类型电影与商业机制的关系是什么？
3. 类型电影的研究视角是什么？

第二单元　类型电影各要素分析

类型电影是艺术和工业重合发展的现象，是自发的工业机制生长和艺术创作互动的一种现象。电影诞生后在选材和风格样式上向几种形态集中，到了好莱坞的成熟期，就形成了特征鲜明的几大类型，比如西部片、喜剧片、音乐片、强盗片、动作片、警匪片等。

梭罗门在《电影的观念》中用"样式"一词来界定"类型"，他从以下几个方面强调类型的概念：①类型的承继性，"样式"的意思是一部影片配上观众已经在其他几十部乃至百部影片中看到过的地点和人物；②类型划分是以"风格"和"地点"相似为基础，而不是以主题为基础；③类型电影反映了电影的许多特殊规律，"每一种盛行过的样式看来都具有某些真正的电影特性"。

电影的类型是按照观念和艺术形式的总和来划分的，也就是说某一类型作品中，形式元素和道德情感、社会观念的题材领域搭配会形成较为固定的构成模型。比如说音乐片和动作片就具有不同的特征，在西部片中，以善恶冲突构成的跌宕有致的情节线，喀斯特地貌的背景、枪手与枪战、牛仔的衣帽都是不可或缺的元素。在价值观和道德情感上，西部片崇尚开拓精神，颂扬个人英雄主义；人与自然、文明与蛮荒、本民族与异域文明的矛盾往往是其表达的主题。而喜剧片的形式是要引出幽默效果，用动作和语言设置喜剧情景，表达的主题则是不管是虚妄还是脚踏实地，人都要有一种乐观和信心，超越自我，超越现存社会中的荒诞、矛盾和邪恶。

类型电影是按照观众熟知的既有形态和一套较为固定的模式来摄制、欣赏的影片。一般具有以下要素特征：

一、公式化的情节

在类型电影当中，尤以好莱坞戏剧式结构的影片最为显著，普遍遵循"开端—发展—高潮—结尾"这一布局。同时，如果我们将整部影片视为一个大系统，将大系统当中的开端、发展、结尾视为子系统，又会发现在每一个子系统当中也包含开端、发展、高潮、结尾，在子系统当中的这些因素又可以继续分割下去，因而形成不同规模的叙事单元。在这些叙事单元当中，小的冲突推进子系统故事的发展，进而形成大的冲突推动大系统故事的发展，冲突成为故事向前发展的动力，伴随冲突推进的是人物关系的平衡状态被不断打破。冲突的层层推进、各种平衡的不断打破成为影片的核心动力，而且在整个叙事体系中，由于功能上对各系统当中冲突的强度和力度都有所不同，因此形成了影片的节奏和韵律。

以西部片为例，该类型片中的情节就具有公式化的特征，影片一开始总是有一个安定和谐的环境，这种局面会被外来力量干涉和破坏，然后总会有个英雄（通常会是牛仔）来帮助受到威胁的群体，最后克服困难恢复安定和谐的局面。

比如堪称西部片典范的《正午》的情节设置：小镇警长威尔·凯恩一直以保护百姓、维护治安为己任，他热爱自己的工作，相信法律的公平和正义。威尔·凯恩的新生活将要开始了，他马上就要与美丽的女朋友结婚，并打算辞职，不再从事热爱的但危险性极高的警长职业，他决定带着无上的荣誉开始新的生活。就在他对自己的新生活踌躇满志之时，他的宿敌，曾经被他送进监狱的对头弗兰克找上门来。威尔·凯恩的生命和尊严受到了极大的威胁，可让他更加想不到的是以往和他亲如兄弟的同事、朋友并没有给他帮助，甚至一向受威尔·凯恩崇拜的法官和执法前辈也打了退堂鼓，面对自己的孤立无援和众人的抛弃，威尔·凯恩决定与弗兰克一决生死。最后紧要关头未婚妻救了他，击毙弗兰克后的他厌恶地摘下自己引以为荣的警察徽章，扔在地上，带着未婚妻头也不回地离开了小镇。

而爱情片的情节公式一般包含爱情的萌芽、发展、波折、磨难，直至有情人的大团圆或悲剧性的离散。该类型电影通常以爱情的艺术表现力为主要吸引力，以对爱情的追求和对爱情的阻碍产生的冲突为叙事的主要动力，通过表现爱情的绝对超越来探讨爱情这一永恒的人类情感和艺术主题。在爱情片中，一般是以两位主人公产生纠葛作为影片的开端，发展段落要描写他们相识以后如何发展到相爱，但是在这个过程中会为爱情的圆满设置诸多障碍，让主人公不能在一起，障碍可能是父母的反对、阶级的差异、疾病、生死、天灾人祸等，主人公之间的爱情发展是戏剧情境发展的动力。

比如爱情片《风月俏佳人》，故事讲述的是：身家百万的企业巨头爱德华到洛杉矶出差，意图收购一家造船公司。他最近和女友关系破裂。薇薇安是新近来到好莱坞大道的一名职业性工作者，最近手头很紧，连房租都付不起。一天下午当爱德华准备提前回酒店时，他的豪华轿车被卡住了，因此，他向律师朋友菲利普借了一辆高级跑车想自己开回酒店，却因迷路不知不觉将车开到了红灯区。在一个红灯路口，爱德华因为不熟悉菲利普的跑车的操作，而停在路边不停地试图挂挡。薇薇安为了金钱主动上前搭讪，在一番讨价还价，小费涨到了 20 元，薇薇安答应送爱德华回旅馆。到了酒店，爱德华觉得薇薇安很特殊，于是他又继续"雇"了她一夜。因为要谈生意，菲利普希望爱德华能携女伴一同前往，爱德华决定花3000元雇薇薇安一周，作为出席交际活动的女伴。薇薇安接受了爱德华的要求，开始了一周的朝夕相处。在薇薇安与爱德华相处的这一个星期里，薇薇安从外表到内心都进行了一次大换血。她在酒店经理的帮助下，穿上了晚礼服，学会了就餐的基本礼仪。她陪同爱德华出席了大大小小的宴会，也认识了很多体面人。两人渐渐相爱，再也无法离开对方。一周很快过去，爱德华想要出钱把她安置在纽约的一所公寓里，薇薇安干脆地拒绝了。她离开爱德华回到自己的公寓，决定去上学，开始新生活。正当她准备出门时，爱德华的汽车已停到了门外，爱德华像骑士般拯救了公主薇薇安。

再如恐怖片的叙事情节，超自然元素起到了重要的作用，这种超自然的力量一般是威胁的来源或者是造成主人公失常的原因，它们可能是鬼魂、吸血僵尸、复活的古代怪兽等。这些超自然的力量专门以离奇怪诞的情节、阴森的场景营造恐怖的氛围吸引观众的好奇心，给观众带来恐惧感受；以恐怖情节和恐怖气氛贯穿全片，并多以神鬼妖异与现实生活中的人发生纠葛的离奇怪诞情节构造故事和刺激观众。

比如《闪灵》，作家杰克·托兰斯为了寻找灵感，摆脱工作上的失意，决定接管奢华的山间饭店。曾经有传言说上一任山间饭店的管理者曾经莫名地丧失理智，残忍地杀害全家之后自杀。专心于写作的杰克·托兰斯看中了饭店的偏远幽静，不顾好友托尼的劝告，决定带着妻子温蒂和儿子丹尼一起住进这家豪华饭店。他们在新家里制订了新的计划，杰克还专门为自己设计了专心创作的休息室。但搬入新家以后的杰克始终无法专心写作，他开始出入饭店的酒吧等场所，大脑中不断出现各种幻想，血腥而真实。杰克还看到了上一任管理者的幽魂，他不断诱导杰克杀死自己的妻子和儿子。妻子温蒂无意中看到了杰克的稿纸，开始注意起杰克，温蒂发现越来越反常的杰克让人感到莫名的恐惧。此时，不幸再次袭来，温蒂发现儿子的意识越来越混乱。无奈，温蒂决定求助别人，当温蒂拿起无线电话时，杰克却凶相毕露，不但打坏了无线电话，还毁坏了雪地车，穷凶极恶的他杀死了前来探视他们的托尼，并向自己的妻子与儿子举起了疯狂的斧头。

二、定型化的人物关系设置

从剧作上来看，类型电影设计人物和人物关系的规律十分规整。以好莱坞商业电影为例，其人物往往进行三角关系的构建，形成不同建置和分拆规律。在一个故事的主线情节中，最普通的人物三角关系的构建就是主体、客体和对立体。主体产生得到客体的欲望，然后采取行动，这一行动被对立体接受做出阻碍主体的行为，于是主体与对立体展开了一场角力，故事也就由此产生了戏剧矛盾。

比如在西部片、强盗片、警匪片、黑帮片或者硬汉侦探片中，故事内核是：正义战胜邪恶。正义的一方是主体，客体是主体想要保护的那些人们。无论是牛仔、正义的强盗、警察、黑帮英雄还是侦探，他们为了保护他人而战，而对立体便是邪恶的一方。尽管这类故事中伴随着爱情故事的发生，但是影片中出现的那个女人一般都是主体想要保护的客体之一，而爱情线往往只是作为故事的支线辅助主线。

西部片《关山飞渡》中，主人公林哥一行人坐着驿车走向西部，战胜了一路上的艰难险阻，最终到达目的地。故事的主体是林哥，对立体是阻碍林哥一行人向西部前进的人物（先是印第安人，然后是三个要杀林哥的仇人），客体是妓女达拉斯和驿车上的人。警长既是客体又是输出体（编剧构造的这个世界的行为准则的评判者），警长最后对林哥法外施仁，林哥带着妓女达拉斯前往边界的农场开始新的生活，这里通过警长（输出体）的决断阐释了正义终得善果的价值体系。

故事主线的人物三角关系主要围绕在主体、对立体和客体之间。强盗片、警匪片、黑帮片或者硬汉侦探片都是西部片这种类型的一种变异，剧作模式与西部片相同的强盗片《公敌》中的约翰·迪林格是那个动荡时代的英雄，他的对立体是美国联邦调查局的探员茂文·普维斯，客体是包括情人悠比莉·弗雷凯特在内的人民大众。故事的内核设计与《关山飞渡》一样，主体为了保护客体战胜了对立体，在正与邪的较量中获得胜利。警匪片《警探哈里》中的哈里是正义的警探，他的对手是绑架案的凶手，客体是被绑架的人质。在执行任务中，哈里将凶手打伤逮捕，但因为缺乏证据，凶手被无罪释放，之后凶手又劫了一车儿童对市长进行威胁，市长希望通过给凶手钱来处理这次劫持案，哈里不顾上司的反对，单枪匹马追踪凶手，最后将其击毙。其中，市长起了对立体的辅助体作用，与凶手共同给了主体哈里压力，但是主体哈里并没有退缩，最终以正义战胜了邪恶，保护了客体。黑帮片《教父》中的迈克是一个黑帮英雄，他的对立体是其他的黑帮势力，客体是以父亲、哥哥为首的家人。迈克从不想接替父亲到最后接替了父亲，成为一名真正意义上的"教父"，这一切都是为了保护自己的家人。父子亲情在故事中作为支线情节为主线服务。硬汉侦探片《唐人街》里的杰克因为帮一个妇人调查丈夫的外遇而发现整个国家的水利贪污真相。杰克是整个故事的主体，以诺亚为首的整个国家的黑暗势力是对立体，以受害者艾弗琳为代表的受害者是客体，于是编剧在这三者之间架构了一个主体为保护客体与对立体作斗争的故事。

由此可见，类型电影中西部片、强盗片、警匪片、黑帮片或者硬汉侦探片的三角关系一般都建立在主体、对立体和客体之间。输出体要么是以客体的身份出现，要么是以对立体的辅体身份出现。此类型故事中对立体会有对立体的辅助体，但是主体一定没有主体的辅助体，因为英雄永远都是单枪匹马地战斗，英雄永远都是孤独的。

当对立体和客体是同一人时，就会在故事中分拆同一个人物的不同剧作身份，来构建故事主线中人物的三角关系。好莱坞喜剧片、音乐片、歌舞片和家庭情节剧的故事内核都是情感——爱情、亲情或友情。主体为了得到某个人的爱而采取种种行动，阻碍他的对立体是他所追求的那个人，或者是以追求的那个人为代表的整个家族或群体，多表现为阶级、家族观念的阻碍。在故事中，对立体会产生一个转变，由对立体变为客体，当这个转变产生时，主体和对立体产生了感情，那么主体要战胜的对立体的辅助体便随之出现了，对立体的辅助体继续阻碍主体完成戏剧任务。

比如喜剧片《一夜风流》中的沃恩为了得到独家新闻故意接近和照顾千金小姐埃莉，最终两人产生了爱情。沃恩是故事的主体，独家新闻是他想要得到的客体，但得到的唯一方式就是接近埃莉，埃莉是他获得新闻的对立体。当两人产生感情后，埃莉转变为客体。此时，得到新闻不再是沃恩想要的了，获得埃莉的爱情才是沃恩的真正所求。然而，有等级观念的埃莉爸爸，作为对立体的辅助体，反对沃恩对爱情的追求。音乐歌舞片《音乐之声》中的玛丽亚是故事的主体，她的愿望是教好冯·特拉普上校的七个孩子。客体是七个孩子，对立体是对孩子要求苛刻的冯·特拉普上校，但是玛利亚却渐渐用教育孩子的成效感动了冯·特拉普上校，把冯·特拉普上校变成了客体，两人产生了感情。当冯·特拉普上校转变为客体时，对立体的辅助体产生了——男爵夫人（代表等级观念）。最终，主体玛丽亚破除陈规，勇敢地追回了自己的真爱。

家庭剧《克莱默夫妇》中的泰德·克莱默是故事的主体，他的愿望是在妻子离开后能够与儿子相处得快乐，客体是儿子。但是与儿子相处并不那么容易，因为儿子已经习惯了母亲的照顾，所以儿子渐渐表现出对立体的一面。泰德·克莱默的戏剧任务就是把儿子这个对立体转变为客体，做一个好父亲，而母亲乔安娜则是对立体的辅助体。故事的主线是，主体如何说服乔安娜（对立体的辅助体），让主体获得儿子（对立体转变为客体）的爱，成为一个真正意义上的好父亲。

由此可见，喜剧片、音乐片、歌舞片和家庭剧的人物建置和分拆都是围绕主体、对立体（客体）和对立体的辅助体来构建的。与主体产生情感的人物在影片中会由对立体变为客体，这是由此类类型电影的主题所决定的，因为主体最终一定会获得情感上的满足。对立体变成客体，是为了与主体并肩作战，迎接来自对立体的辅助体（对立体所处群体）的反对，最终获得情感的欲求。

三、图解式的视觉形象

在类型电影中往往会有定型的道具，带有明显特征的摄影造型等，有着固定的视觉形象作为其类型的标志。

比如在西部片中人物的视觉形象构建中，男性的地位尤为突出，而女性处于被动附属地位，这或许是为了更好地突出西部拓荒英雄主义的价值。他们往往是肩负社会责任的牛仔英雄，他们大多具备强壮的体魄、高尚的品质、顽强的意志等鲜明的英雄主义形象的特征，这类型影片中的形象大多是特立独行的，他们是行走江湖的英雄，他们带着特殊的使命在西部荒原中前行。

在早期西部片中可以看到，骑在马背上的牛仔操持着牧场里的农活儿，头上那顶牛仔帽破破烂烂，衬衫上有污渍，这种特殊时期的造型也成了后来西部片中不可多得的看点。而突兀耸立的纪念碑山谷、锃光瓦亮的枪械、奔驰于沃野上的骏马以及随性颓败的牛仔服装，这些元素的奇妙组合使西部片能在各种类型杂糅的电影市场中具有极高的辨识度。比如纪念碑山谷作为美国西部片的一个地标，能够轻松地唤起观众对美国西部的想象和记忆。如今纪念碑山谷俨然是美国著名的民族文化景观，在新西部片中象征着神圣庄严的山谷也是影片的重要背景，它们试图在原有的文化标签上再增添其他更为充实的内容。而枪与骏马是20世纪西部片的绝佳组合，加以震撼人心的画面、凝重大气的配乐以及冲突合理的情节设计，暴力美学在其中得到了完美呈现。在追求视听享受的数字电影时代，枪战的设计能够充分保证视觉和听觉的双重完美体验，因此在新西部片中有大量的枪战元素。

再比如歌舞片从20世纪三四十年代至今一直是深受广大观众所喜爱的电影类型。歌舞片在题材上大多会以喜剧和青春爱情为主，这些电影在创作上必须迎合观众的兴趣取向。至少在形式上要有美妙动听的歌声，要有富于视觉享受的舞蹈动作与场面，影像及造型上追求唯美华丽，以自己独特的视听效果调动观看者的生活感知经验，带给观众心理上独有的感受，给人以精神层面上的愉悦。《歌剧魅影》《理发师陶德》《芝加哥》《歌舞青春》等20世纪90年代的歌舞片呈现出它们共有的一些视觉惯例：

①拥有色彩丰富的布景和道具，服装和化妆鲜艳，经常以冷暖对比进行搭配，色彩关系上尽量追求华丽。②充分运用灯光和影调的变化来表现人物心理情绪的变化，以此配合故事情节的气氛变化。③色彩使用主观性强，视觉效果刺激。可以说，歌舞片几乎是一个综合了摄影造型、服装设计、灯光造型、舞台布景、后期特效与调色等所有电影视觉造型处理手段以及语言、音乐、音响等声音造型的——完美地集视觉与听觉手段于一体的电影类型。在这些手段之上，再加以演员表演、音乐和舞蹈的融合后才呈现给观众一种特殊的视听享受形式。

若是说西部片大多以内容、主题或图解式视觉形象来定义，那么恐怖片则是以它对观众的情绪效果来识别的。它的主要目的是惊吓、令人不安及厌恶，这也是制造恐怖片公式的起源。在恐怖片中，情节通用模式是剧中人认为有些事情是人类不应该知道的，另外，对未知环境的恐惧也是常用模式。恐怖片中怪物出现的吓人场景是常用的图解式视觉形象之一，一群即将遭受攻击的受害者所聚集的破旧黑暗的屋子，比如《野猫和金丝雀》中的房子就成了经典视觉形象，再如希区柯克的《精神病患者》中，汽车旅馆旁那栋阴森的大房子，还有《生人勿近》中沼泽尸怪和人类进行大战的购物中心。连续杀人的此类型则让超能力杀人魔进入我们一般的生活场景，比如夏令营或是郊区的邻居等。恐怖片中代表邪恶凶险的森林，预示危险的宫堡或塔楼，象征灾害的实验室里冒泡的液体等都是图解式视觉形象。

【实训】

1. 类型片三要素是什么？

2. 观看影片《战狼Ⅱ》和《湄公河行动》，用定型化的人物和公式化的情节来分析和比较两部影片的异同。

3. 分析影片《泰囧》的类型元素特征。

第三单元　如何超越故事类型

一、类型的发展

研究类型电影往往以美国电影为参照，这是因为美国的类型电影发展比较成熟，形态比较完备，历史延续性比较明显。反观我国影视剧的发展可以发现，市场繁荣往往伴随着电影的类型化倾向，这符合电影史的发展规律和电影理论的论证，也符合很多人对中国电影发展早已有之的期待。中国传统电影类型的传承、整合与现代转化是可以以美国电影类型为参照的。

如伦理情节剧在20世纪20年代的国产电影中就已经初步形成了具有浓厚民族特色的类型化格局，很多影片在旧上海形成了巨大的文化影响力。这种类型在叙事上具有极强的戏剧性、传奇性，热衷于营造大团圆的结局。由于道德英雄和罪人的人物形象设置、催人泪下的"苦情"桥段、与社会现实乃至政治的紧密相连等对传统戏曲美学特征的承袭，它成为一种长盛不衰的电影类型。而伦理情节剧的现代转化，则必须直视天人冲突。比如《唐山大地震》就进行了突破性的探索，大地震带来的心灵创伤是无法抗拒的，母亲必须在两个孩子中作出选择，天向人公然提出了挑战，最后还是深藏心底的伦理温情战胜了方登内心的绝望与脆弱，母女相拥而泣，感天动地。

再看古装片、武侠片、神怪片，这几种类型在20世纪20年代影坛上的呼风唤雨或许是中国电影史上出现的最大规模的电影类型化现象，这些类型几经波折走到今天，也出现了许多变化，目前大致可以归纳为历史片、武侠功夫片、魔幻片三种类型。最关键的是这批类型电影的民族味道很重，对类型电影的本土化移植发展进行了有力的探索。侠文化是中国传统文化体系中适合应用于类型电影创作的绝佳资源。如《锦衣卫》《大兵小将》《剑雨》《投名状》等；有的则以传记片形式出现，比如《叶问》系列、《苏乞儿》、《关云长》等。

《老炮儿》这部影片尤其值得一提，其对外发行的类型归属是"故事片"或者"剧情片"，但在一定意义上，《老炮儿》填补的是大陆黑帮及侦探等硬汉类型的空白，首次尝试展开硬汉类型本土化的叙事探索。"老炮儿"也是一个真正的"硬汉"类型，这个硬汉不同于"古惑仔"和商业黑帮片中的反派，也不同于没有暴力色彩的顽主，而是没落但依然无敌的"雄性自恃"。这种自恃融合了华夏文化当中的"侠客"精神，但与本土武侠片当中奇幻迷离的"侠义功夫"以及武侠精魂的表现不同，《老炮儿》以现实主义手法在当代人物身上还原了中国"侠义"文化的精神，并真正契入了类型功能的建构。

每一种类型片的基本元素和风格样式并不是一成不变的，而是随着时代的发展和观众审美趣味的变化而有所变化的。例如《集结号》虽然是一部主旋律电影，但它采用了战争伦理片的创作模式。用类型大片的创作方法予以包装，既凸显了鲜明的思想主旨，又产生了引人入胜的观赏效果。而作为传记片的《梅兰芳》，则是艺术电影的内核加上类型电影的外壳，既体现了编导的艺术追求和艺术风格，又有较强的观赏性和娱乐性。同样，《超强台风》是一部以灾难片形式包装的主旋律影片，它既全景式地描写了地方政府、普通民众等战风的情况，也在影像上逼真地再现了超强台风所造成的灾害全貌，特技效果的成功运用很好地增强了影片的真实感和观赏性。而以汶川大地震为题材的灾难片《惊天动地》也同样如此，影片既真实地再现了汶川大地震的历史场景，表现了全国军民万众一心抗震救灾的英雄壮举，以及由此焕发出来的巨大的精神力量，又注重充分发挥灾难片各种基本元素的作用，营造了紧张惊险和悬念迭出的风格样式，从而让观众在视听震撼中获得心灵的冲击和精神的激励。

当下，武侠、动作、爱情、剧情、喜剧等正在成为中国市场的主打类型，中等梯度的类型如警匪、侦探、战争、历史，新兴的魔幻、玄幻，以及儿童片、动画片、传记片、音乐歌舞片，乃至具有中国特色的"主旋律"电影等，共同构成了中国多元纷呈的类型格局。

二、类型的杂糅

类型电影是生产者按照消费群体的口味精心制作的商品，观众的口味决定了类型，他们对影片中某些因素一而再、再而三的需要，使这些因素不断重复出现，成为一种类型。与此同时，为了使商品获得更多消费群体的青睐，类型电影制作者往往将不同的类型元素杂糅混合，以获取最大的商业利益。这样一来，在类型元素复合的影片中元素不再清晰，有类型融合的趋势。如一部典型的恐怖片，却有可能具有科幻元素或悬疑元素，一部喜剧片也有可能具有黑帮元素或动作元素。现在很多的视频网站如风行、优酷、腾讯等就给很多电影贴上多种类型标签，如典型的科幻电影《黑衣人》系列同时还贴着动作和喜剧的标签，典型的悬疑电影《大侦探福尔摩斯》同时也贴着动作和冒险的标签。显而易见，在观众观影欲望趋向多元化的今天，类型电影中单一的类型元素已然不能满足观众的观影诉求，多种类型元素的杂糅融合成为未来的发展趋势。

比如著名导演詹姆斯·卡梅隆的电影《阿凡达》就体现了科幻元素和西部元素的完美融合。《阿凡达》是一部具有多种类型元素的电影，显而易见的类型元素是科幻、动作、冒险，但如果细细斟酌，就会发现披着科幻外衣的《阿凡达》实质上是一部西部片，讲述的是未来发生在潘多拉星球的老套西部故事。故事发生在2154年，一个双腿瘫痪的前海军陆战队员杰克·萨利被派遣去潘多拉星球执行任务，吸引人类不远万里来拓荒的是当地特有的一种矿物元素。人类为了和当地的土著纳威人交流，将人类和纳威人的 DNA 融合，制造了克隆的纳威人，并让人类的意识进驻其中，杰克·萨利的意识进驻了克隆的纳威人，并且在与纳威人生活的过程中与纳威人的公主妮特丽产生了爱情。人类为了永久获得潘多拉星球上的珍贵资源，在利益的驱动下发动了对纳威人的战争，策划占领潘多拉星球。杰克·萨利领导纳威人反抗并最终取得成功，杰克也在神树的帮助下成功将灵魂转移到他的克隆体身上，成为纳威人新的领袖。《阿凡达》中人类在潘多拉星球上的拓荒过程与西部片中美国人在西部的拓荒历史如出一辙，反映了文明与蛮荒、本民族与异族文明的矛盾。经典西部片《与狼共舞》中的男主人公白人军官邓巴在与苏族印第安人交好后结成了盟友，共同对付白人侵略者。《阿凡达》中的杰克·萨利在某种程度上就是《与狼共舞》中的邓巴，在与异族交好后，共同对抗利欲熏心的本族，并最终成为异族的一员。

在空间环境上，《阿凡达》虽然全是由电脑特效制作，但其中星罗棋布的飘浮在空中的群山、色彩斑斓的布满奇特植物的茂密雨林、凶猛的动植物掠食者都会让人们不禁联想到西部片中的喀斯特地貌、陡峭的山谷、荒原。杰克·萨利在人类世界中双脚残疾、畸形、瘦弱、行动缓慢，而在纳威人的世界中则双脚健全、身材高大、强壮、身手矫健。人类世界中的弱者最终与纳威人的公主结婚，成为纳威人的领袖，旨在表明美国白人通过一种奇特的方式最终实现了殖民统治潘多拉星球的愿望，这实质上与西部片中美国白人拓荒西部统治土著印第安人的殖民精神一脉相承。所以《阿凡达》作为一部典型的科幻片，其天马行空的想象力和具有异域风情的外星异族生活图景无疑给观众带来了强烈的视听震撼，但细细挖掘就会发现高超的电脑特效只是影片的外衣，影片的内在精神与好莱坞经典西部片一样都是美国白人的殖民意识。科幻元素与西部元素这两个类型元素在《阿凡达》中完美杂糅融合，再加上动作元素和冒险元素，迎合了绝大多数人的口味，成就了它的票房神话。

而电视剧的类型最早应源于美国电视业者对收视率的追求，促成了电视剧类型的形成、继承和巩固。一般来说，电视剧的类型可以从题材、体裁和叙事模式等多个维度来划分和定义。电视剧类型从题材角度可分为历史剧、家庭伦理剧、青春偶像剧、武侠剧、犯罪剧、悬疑剧等；从体裁上，可划分为情景喜剧和情节剧；从叙事模式上又可分为连续剧和系列剧。类型的划分让观众对节目产生较为准确的收视预期。由同一个类型来讲述不同的人生故事，就可以在既熟悉而又陌生之间诱发出观众的欣赏期待。

韩国电视剧采用类型化的方式讲述故事，已经非常娴熟，并逐渐形成了自己的特色。从题材维度来看，韩剧的常见类型有三种：历史剧（古装剧）、家庭伦理剧、青春偶像剧。以下将以收视率较高的一部剧《来自星星的你》为范例来分析类型杂糅在剧作中的运用。

与传统的青春偶像剧相比，《来自星星的你》除了具备鲜明的青春偶像剧的特点外，最大亮点就是类型杂糅。它是一部在青春偶像剧中融合了穿越剧、科幻剧、犯罪剧、喜剧等诸多元素的"混搭"之作。《来自星星的你》的类型杂糅具体表现在：用青春偶像剧设置美丽的爱情故事，用犯罪剧的诡异风格和强大的悬念，结合科幻剧的人物塑造方式，并借助穿越剧的形式，讲述外星男子都敏俊在400年前因故滞留当时的朝鲜，随后一直生活到了现代，在即将离开地球的最后三个月，和国民顶级女演员千颂伊陷入爱情，卷入一场阴谋，面对生死考验的故事。

《来自星星的你》具备典型的青春偶像剧的叙事特征，从1997年至今，韩国的青春偶像剧一直表现出强劲势头。《人鱼小姐》《浪漫满屋》《我的名字叫金三顺》《加油！金顺》等韩剧都曾在我国许多电视台的假期档反复播映，保持着高涨的人气。在青春偶像剧基本形态的表现中，偶像人物和情感发展表现是基本聚焦点。其基本叙事方式是以青年人的爱情为主线，由俊美靓丽的青春偶像担任主演，故事浪漫，节奏明快，场景华美，情节煽情，加上时尚的生活方式，梦一般的爱情誓言，具有强烈的都市感觉。"王子"爱上"灰姑娘"模式是韩国青春偶像剧屡试不爽的灵药。有缺陷的女主角、完美的男主角，是韩国青春偶像剧中常见的人物设置。

在《来自星星的你》中，剧中的女主角千颂伊被设定为韩流女神，有世人羡慕的美貌、财富、地位。但童星出身的她没有接受过正统的学校教育，热爱公开表达又缺乏常识，由于被阴谋陷害，女神的地位一落千丈，成为人人唾弃的"灰姑娘"。而男主角都教授作为外星人，有世人羡慕的长生不老、学识地位、帅气内敛，完美无缺，简直就是"王子"再世。两人的梦幻爱情故事满足了多数女性对爱情的"白日梦"。

《来自星星的你》大胆地在以男女爱情为主线的剧情中埋下了一条犯罪的线索，构成全剧的主要悬念，并成功贯穿首尾，成为全剧的又一强劲看点。该剧中韩宥拉的蹊跷死亡，带来诸多的疑点。千颂伊无意中发现了辉京的哥哥载经谋杀韩宥拉的秘密，之后便遭遇了载经的系列暗杀行动。辉京是千颂伊的执着追求者，为了保护千颂伊，辉京展开调查，发现大哥死亡的真相，从而揭出哥哥载经连续杀人的秘密。两个命案互为因果，原因只有一个，那就是载经试图掌握家族大权的欲望。犯罪线即暗杀千颂伊成为爱情的一个重要阻力，保护千颂伊则成了对每一个追求者的考验，强化了爱情线的悬念。可以说该剧的犯罪剧元素是青春偶像剧中爱情线的重要障碍。

在《来自星星的你》中，科幻剧元素的注入给其带来了不同凡响的效果，对该剧的主线——爱情线有重要作用。把外星人都敏俊塑造成一个听觉、视力和力量都超于常人、可以瞬间移动、能靠意念让物体悬空的超人，使得每当千颂伊遇到危难时，都会因为他的出现而不断化险为夷，从而完成了作品的爱与拯救的主题。

"艺术作品其实是在它成为改变经验者的经验中才获得它真正的存在。"[1]一种停滞的类型是不会引起观众多大欣赏快感的。在电视剧历史上，《来自星星的你》并不是类型杂糅的首创，但不可忽视的是，该剧在类型杂糅的使用上形成了鲜明的特色并取得了收视成功。

【实训】

1. 不同类型的影视剧会对情节产生什么样的影响，结合看过的影视剧加以分析。

2. 分析电影《公民凯恩》《撞车》杂糅了哪些类型种类。

---

[1] 伽达默尔. 真理与方法［M］//朱立元，李钧，译，二十世纪西方文论选：下卷，北京：高等教育出版社，2002：35.

第八部分　文学作品的影视改编

【知识目标】

1. 熟悉文学作品影视改编的一般范式。
2. 掌握文学作品影视改编中主题的重新表达方法。
3. 掌握文学作品影视改编中人物形象的再塑造方法。
4. 了解文学作品影视改编的叙事策略。

【能力目标】

1. 处理好文学作品影视改编时的思维转换。
2. 把握并处理文学作品和影视改编的相似性和创造性。
3. 处理由虚构到现实的人物。
4. 掌握改编的叙事语言。

【案例导入】

贫民窟的百万富翁（小说节选）

我被捕了。——因为我赢了一档知识竞赛栏目的大奖。

昨天深夜，连流浪狗都已经入睡，可警察砸开我的门，铐住我，一路推搡着把我塞进红灯闪烁的警车里。

没有喧嚣，没有哭叫，没有一个邻居从屋子里探头探脑。只有栖息在罗望子树上的猫头鹰，为我的被捕苍哑地叫了几声。

在达拉维，被捕这类事就如当地火车上到处都是扒手一样稀松平常。每天总有一些倒霉蛋被带到警察局。他们中的一些人拼命喊叫踢踹，警察不得不强行将他们拖拽进警车里。但也有一些人表现得很安静，他们期待，甚至可以说等待着警察的到来。对他们来说，被红灯旋闪的警车带走实际上是一种解脱。

回头想想，我当时也许应该连喊带踹以示抗议，来表明我的清白。至少制造出点儿骚动来惊一惊邻居们，虽说那样做无济于事。就算我成功地惊醒了某些邻居，他们才懒得哪怕是动一动小指头来保护我一下。他们只会瞪着睡意蒙眬的双眼静观事态发展，作出诸如"又抓走了一个"这类无关痛痒的评论，然后打着哈欠迅速地回到梦乡中。在这个亚洲最大的贫民区，我的消失对他们的生活不会产生任何影响，天一亮大家就会一如既往地出来排队打水，就像他们天天为准时赶上七点半的班车而苦苦挣扎一样。

他们甚至没有兴趣打探我被捕的原因。现在想来，当两个警察闯进我的棚屋时，连我自己都没想到要问为什么。当你的存在本身就是"非法"的，当你生活在赤贫的边缘，在城市的废墟上争夺每一寸空间，甚至连大便都得排队，被捕就注定是迟早的事。你会条件反射般地相信，某一天将会出现一张写有你名字的逮捕证，一辆红灯闪烁的警车最终会将你带走。

有人会说这一切都是我自找的：居然敢戏弄一档知识竞赛节目。他们会对我指指戳戳，提醒我达拉维的长者们说过的话：永远不要跨越那条将富人与穷人分隔开的界线。说到底，一个分文不名的餐厅服务员，掺和进知识竞赛节目能有什么好处？谁准许我们把脑袋瓜当作脑袋瓜来用了？我们动用的只能是自己的手和脚。

可要是他们能看到我是怎样回答那些问题的该多好。看过我在现场的表现，他们怎么说都会对我刮目相看。可惜这档节目还没在电视上播出。好在有关我赢了类似乐透彩票的消息已经飞速传开。其他服务员听说这个消息后，决定在餐厅里为我搞一个大型的庆祝会。我们唱歌跳舞尽兴喝酒直至深夜。这是头一次我们不必拿拉姆齐的馊饭当晚餐，我们从滨海大道的五星级饭店里要了咖哩鸡饭和烤肉串。步履蹒跚的酒吧侍者要把他的女儿嫁给我。就连总是不满的老板也对我宽厚地微笑，最后还将拖欠了好久的工资还给了我。那天晚上，他没再骂我是没用的野种或者疯狗。

此时此刻，戈博尔正这样叫我，甚至更加不堪入耳。我叉腿坐在一个十英尺长六英尺宽的小隔间里。铁门锈迹斑斑，带格栅的方窗小得可怜；一束灰暗的阳光从那里泻进来。拘留室里又热又闷，苍蝇嗡嗡地绕着石头地上半只熟透了的烂芒果飞。一只表情悲哀的蟑螂慢吞吞爬上我的腿。我开始感到饿了，胃里发出咕咕的声响。

有人过来告知我很快会被带到审讯室。他们还得再审我。经过一段长得让人不耐烦的等待，终于来人了：是戈博尔警官。

戈博尔不算老，大约四十五岁。他秃头，圆脸上车把式的八字胡十分惹眼，步子很重，填得过饱的肚子凸垂在卡其布裤子里。"该死的苍蝇。"他咒骂着，试图一下子抓住那只在他脸前兜圈子的苍蝇，不过没得手。

警官戈博尔今天心情显然不好。这些苍蝇让他烦。高温让他烦。小溪般的汗水从他的前额流淌下来，他用衬衣袖子去抹。但最让他烦躁不堪的，还是我的名字。"罗摩·穆罕默德·托马斯，什么破名字，混合所有的宗教信仰？可能是你妈搞不清谁是你爹吧？"他不是第一次这么说了。

我忍下了这侮辱。对这类事情我早已习以为常。

审讯室外的两个警察站得笔直，看来屋里来了重要人物，早上他们还边嚼蒌叶槟榔边交换黄色笑话呢。戈博尔推搡着我进了房中。两个男人正站在墙上挂着的图表前，上面列有这一年的所有绑架与谋杀案件。我认出其中一个男人，就是那个留着长发、像个女人或者说摇滚歌星的人，他在知识竞赛节目录制过程中，通过耳机向现场人员传达指令。另一个男人我没见过，是个白人，大秃头。他穿着淡紫色西服，配了条明黄色领带。只有白人才会在这闷死人的高温里穿西服打领带。我不由得想起了泰勒上校。

天花板上的风扇全速运转，但这个没有窗子的房间仍然令人窒息。热浪沿着发白的墙上升，然后汇聚在低矮的木制屋顶下。一根细长的横梁将房间分成大小相同的两部分。屋子里空荡荡的，只有一张摆在屋子中央的旧桌子和三把围桌而放的椅子。一个金属灯罩从横梁上悬到桌子的正上方。

戈博尔向他们介绍我，像一个马戏表演师介绍自己的宠物狮子："先生们，这位是罗摩·穆罕默德·托马斯。"

白人男子用手帕轻轻按着额头，看我的眼神就像在打量一种新发现的猴子。"这就是我们著名的赢家呵！我不得不说他看上去比我预想的要老。"我试着去辨别他的口音。他说话带着与我在阿格拉随处可见的富足观光客同样的鼻音。他们来自遥远的地方，比如巴尔的摩和波士顿。

美国佬在一张椅子里坐好。他有着深蓝色的眼睛与粉红色的鼻子，额头上的青筋看上去像细小的树枝。"你好，"他对我说，"我是尼尔·约翰逊。我代表新世纪电视广播传媒公司，就是给这档知识竞赛颁发执照的公司。这位是制片人比利·南达。"

我保持沉默。猴子是不说话的，尤其不说英语。

他转向南达。"他听得懂英语，是不是？"

"你脑子进水了，尼尔？"南达责备道，"你怎么能指望他说英语呢？他不过是那种无名餐馆里一个无知的服务员。天晓得！"

渐渐逼近的警笛声刺穿了空气。一个警察跑进审讯室低声对戈博尔说了什么。戈博尔匆匆离去，回来时陪着一个穿着最高级别警官制服的矮胖男人。戈博尔对着约翰逊眉开眼笑，露出满嘴黄牙。

《贫民窟的百万富翁》（剧本节选）

1. 内景，贾维德的藏身屋—浴室—夜晚

浴室装潢豪华。大理石墙面，金色的水龙头。有一只手在浴缸里摊开成百上千的卢比钞票。浴室门外传来重重的捶门声和狂怒的喊叫声。

贾维德（画外）：萨利姆！萨利姆！

2. 内景，演播室—后台—夜晚

一片黑暗。接着，隐约出现几张脸。在暗淡的灯光中，一些模糊的身影来回走动。

画外：十秒预备。十、九、八、七……

普瑞姆：你准备好了吗？

沉默。一只手有点粗鲁地摇动一个肩膀。

普瑞姆：我问你准备好了吗？

贾马尔：准备好了。

3. 内景，贾维德的藏身屋—浴室—夜晚

捶门声继续。还有含糊的印地语祷告声。手枪的反光。一只手把弹膛拉开，装了一粒子弹，弹膛啪嗒一声合上。

画外：……三、二、一。

普瑞姆预备，掌声预备……

突然，浴室门被撞开，一阵噼啪的枪击声响起，一片白光……

4. 内景，演播室—夜晚

……我们回到演播室，枪击声变成热烈的掌声。

画外：开始，普瑞姆。

演播室的光线骤然明亮。有两个人走上台。欢呼声、音乐声响起。站在台上的是十八岁的印度小伙子贾马尔，他似乎被吓呆了，很想转身逃走。不过他的肩膀被面带微笑的主持人普瑞姆·库马尔牢牢抓住。

普瑞姆：欢迎来到《谁想成为百万富翁》！（掌声更加热烈）请用热烈的掌声欢迎今晚的第一位参赛者——来自我们孟买的小伙子！

在雷鸣般的掌声中，普瑞姆领贾马尔在嘉宾席上就座。

普瑞姆（在贾马尔耳边低语）：该死的，笑啊。

贾马尔勉强挤出一丝笑容。

忽然，不知从哪里冒出来的一只手，狠狠掴了贾马尔一记耳光。接着又是一耳光……血从贾马尔的嘴角流出来。

5. 内景，警察局审讯室—夜晚

演播室的灯光不知不觉间变成审讯室里电灯泡刺目的强光。贾马尔的双臂被反绑在一起。

斯里尼瓦斯警员：姓名，混蛋。

斯里尼瓦斯警员用一只手扯住贾马尔的头发，把他的脑袋向后拉，强迫他直视电灯。

斯里尼瓦斯警员：你的姓名！

贾马尔：贾马尔·马利克。

不知不觉间我们又回到……

6. 内景，演播室—夜晚

……《谁想成为百万富翁》的节目现场。

普瑞姆靠在椅背上，像在家里一样自在。贾马尔坐在他对面，神色呆滞。

普瑞姆：贾马尔，先自我介绍一下吧。

镜头推近贾马尔的脸部。没有任何预兆，贾马尔的头被摁进水里。

7. 内景，水桶—夜晚

我们从水桶底部往上看，看到一张快要溺死的男人的脸。他的脑袋拼命摇晃。然后，贾马尔的脑袋再次被拉起来，他大口吸气。

镜头对准贾马尔的眼睛。

贾马尔（画外）：我在朱胡的一家呼叫中心工作。

8. 内景，演播室—夜晚

普瑞姆：一个电话接线生！那是什么样的呼叫中心呢？

贾马尔：XL5 移动通信。

普瑞姆：啊哈！那你就是每天给我打电话提供优惠套餐包的人喽，是吧？

贾马尔：不是，其实我只是一个助理。

普瑞姆：一个助理电话接线生？

观众扬起眉毛，觉得挺有趣。

普瑞姆：助理电话接线生都具体做些什么呢？

贾马尔：我——给人倒茶，还有——

普瑞姆：一个茶水工呀！为什么不说出来？（观众的笑声）好啦，女士们，先生们，来自孟买的贾马尔·马利克，让我们一起进入《谁想成为百万富翁》……

9. 内景，警察局审讯室—白天

贾马尔被吊在天花板上，双腿悬空，低头呻吟着。天花板上的吊扇缓慢地旋转。斯里尼瓦斯警员在角落里抹去额头上的汗水，接着点燃一根香烟。

审讯室的门开了，一位督察走进来。他快五十岁了，督察看到贾马尔，吃了一惊。

督察：他招供了吗？

斯里尼瓦斯警员：除了名字，我什么都问不出来。

督察：斯里尼瓦斯，你在这里待了一整晚，都干吗了？

斯里尼瓦斯警员（耸肩）：是块硬骨头。

督察：来点电流就能松开他的嘴巴。

斯里尼瓦斯警员从柜子里拿出一个盒子和一团电线，把线夹夹在贾马尔的脚趾上。督察注视着这一切，陷入了沉思。汗水从他的脸上淌下来。他用手帕擦掉汗珠，似乎在自言自语。

督察：当了二十四年警察，我还是穷得要死。（对贾马尔说）而你呢，你已经得到了一千万卢比。谁知道还会有多少？是不是还想要两千万？

贾马尔只是盯着他。

督察：我猜你就是这么想的。

督察心不在焉地冲斯里尼瓦斯点点头，警员扳动把手。贾马尔的身体颤动、抽搐。他尖叫起来。督察走向贾马尔。

督察：你是不是作弊了？用手机或者 BP 机，对吧？一个很小的隐秘装置？不是吗？观众里有同伙用咳嗽声给你打暗号？在皮肤下面植入一块微型芯片，啊？

斯里尼瓦斯警员继续折磨贾马尔，直到督察叫停手。

督察：够了，斯里尼瓦斯！瞧，天气这么热，我桌上还有一大堆的杀人犯、强奸犯、勒索犯、各式各样的流氓强盗要处理……还包括你。为什么你不给我们节省时间呢？嗯？

贾马尔没有回答。

督察叹了口气，坐下来。他看看表，再次对斯里尼瓦斯警员点点头。

电流让贾马尔的身体又抽搐起来。当颤动和尖叫声停息之后，督察走到瘫软的贾马尔跟前，在他面前打了个响指，察看反应。

督察：他昏过去了。这有什么好处？我跟你说过多少次——？

斯里尼瓦斯警员：对不起，长官。

一位兴奋的年轻警员在门边探头。

年轻警员：他来了！长官。

督察：如果被大赦国际的人看到了，又会给我们上人权课。斯里尼瓦斯，把他放下来，弄干净。

斯里尼瓦斯警员走到贾马尔跟前，开始松开线夹。

斯里尼瓦斯警员：或许他的确知道答案。

督察：你心软了吗，斯里尼瓦斯？教授、律师、医生们赢到的奖金都超不过一万六千卢比。他能得到一千万吗？一个来自贫民窟的家伙知道什么？

贾马尔：答案。

贾马尔抬起头，吐出嘴里的血，直视督察的脸又说了一遍。

贾马尔：我知道答案。

（出片名）：贫民窟的百万富翁

思考：

以上是《贫民窟的百万富翁》的小说开头和剧本开头，思考小说语言和影视改编的剧本语言有何不同。

第一单元 文学作品影视改编的一般范式

影视与文学有着先天的亲缘关系，文学不仅是影视艺术的母体，还源源不断地为其提供着新鲜而丰富的艺术滋养。文学作品历来是影视题材的重要来源，从《一个国家的诞生》到《乱世佳人》《广岛之恋》《法国中尉的女人》等，可谓数不胜数。在电影一百多年的发展历史中，稍微有些名气或出色的小说与戏剧作品几乎都被搬上过银幕。

同样，电视出现以后，电视剧又成为文学作品被改编的重要对象。如中国的四大古典名著《红楼梦》《三国演义》《水浒传》《西游记》，现代文学名著《家》《春》《秋》《围城》等作品的改编，欧美很多风靡一时的电视剧也大多是由畅销小说改编而成的。一些著名的文学作品甚至既被改编成电影，又被改编成电视剧，而且是一而再、再而三地被改编。由此可见，在影视艺术百年多的发展历史中，文学作品为影视创作提供了取之不尽用之不竭的源泉；而电影电视的综合艺术手法也让更多的文学作品走向了大众，为更广泛的人群所接受和欣赏，形成了影视与文学之间良好的互动关系。

文学作品的影视改编不是原封不动地将文学作品换一种形式表现出来，而是一个复杂艰难的再创造过程。影视改编最重要的一点就是"忠实与创造"，就是说既要忠实于原著，又要充分发挥编剧的创造性。影视改编要在把握原著的基本精神和情节脉络的基础上，加强创作者的主体意识，把握自己独特的视角，对原作进行必要的改造和加工，编剧可以进行更大的增删和改写。

首先，文学作品大多具有跌宕起伏的故事情节、生动丰满的人物形象、深刻的思想内涵，这可以不断地为电影提供新鲜的素材。影视剧需要故事，需要素材。"对于故事片来说，故事情节的叙述、人物形象的塑造及思想内涵的表达等，已成为其必不可少的基本要素。各种类型的文艺作品特别是叙事作品，已经通过艺术概括与艺术创造，把生活素材变为有一定价值的作品，尤其是一些在广大读者观众中有较大影响的优秀之作，不仅有较深刻、独特的思想主旨，而且其故事情节、人物形象、叙事技巧等也都有着较鲜明的艺术特色，这就为电影的再创造奠定了一个良好的基础。"[1] 其次，将文学作品进行影视改编也有商业的因素。法国的马赛尔曾在书中说道："电影制片人曾说一部改编自著名书籍的电影比一部由不知名的作家所创作的原版的电影剧本拍成的电影更能吸引人……事实上，单单改编作品的作家名字就足以在广告上确保电影的质量。"[2] 第三，文学作品在被日益边缘化的情势下需要影视这一新兴的大众传播媒介。往往一部文学作品被改编为影视剧后，有很多观众也会对原著产生浓厚的兴趣，原著小说的销量也会有非常大的增长。

但是并非所有的文学作品都能被改编成影视作品，影视改编作为一种艺术创造行为，有着它内在的规律与规范。我国著名的文学、电影、戏剧作家夏衍曾表示："把一个文学作品改编为电影剧本，需要三方面的条件。首先，要有好的思想内容，作品对广大观众有教育意义，这是先决条件。其次，电影不同于小说、诗歌、散文，要有比较完整紧凑的情节，要有一个比较完整的故事，即有矛盾、有斗争、有结局。如果作品缺乏这个条件，改编起来就花气力，如

［1］ 周斌. 论新中国的电影改编［J］. 当代电影，2009（9）：65-71.
［2］ 莫尼克·卜尔科-马赛尔，让娜-玛丽·克莱尔. 电影与文学改编［M］. 北京：文化艺术出版社，2005：5.

游记、散文之类，也许可以改编为纪录片，但要改为故事片就比较困难。第三，要有至少一个性格鲜明、有个性特征的人物。我认为这三个条件是缺一不可的。好的内容是灵魂，是改编的主要目的，这当然最重要，其次是人物性格。如果只有情节而无人物，那么片子拍出来，充其量也只能成为一部'情节戏'，不仅容易概念化，而且不能感动人。"[1]

一、互补性原则

一位外国学者说过，一部三流的小说可以拍成一流的电影，而如果遇上一位蹩脚的导演，那么经典的小说也可能被拍成糟糕的电影。美国电影理论家乔治·普鲁斯东说："小说的最终产品和电影的最终产品代表着两种不同的美学种类，就像芭蕾舞不能和建筑相同一样。"[2] 小说与影视是两种不同的艺术形式，原著小说之所以与改编影视存在着巨大的反差，根本原因在于小说与影视在创作方式、表达方式、接受方式等方面存在着差异。

从创作和表达方式上来说，小说是语言文字的艺术，而影视是一种视觉艺术，需要利用画面包括影像和声音来展开剧情。麦茨曾经说过"电影的表意过程必须谨慎地区别于文字语言的表意过程"[3]。小说语言的基本元素是文字，是人类用来进行交流的具有抽象性和随意性的符号体系，具有严格的语法，具有约定俗成性。而影像符号是观众可以直接感知的物质形态，和它所要表达的意义几乎完全一致。不同的媒介符号造成了不同的艺术语言，同时也造成了不同艺术形式的特长和局限性。

在文字符号中的能指和所指可以有很大的区别，而在影像符号中则需要严格遵守"所见即所得"的原则。文学和影视在叙事表意上各具优势，小说家在创作过程中具有高度的自由，作者的思维天马行空、恣意而为，既可以穿越到千年前遥远的世情，又可以凭借手中的笔描绘出千军万马、所能表现的东西是可见的，是能够被表现在银幕之上的，拍

题答客问［M］//电影论文集．北京：中国电影出版社，1979．

普鲁斯东．从小说到电影［M］．高骏千，译．北京：中国电影出版社，1981：9．

张宗伟．中外文学名著的影视改编［M］．北京：中国广播电视出版社，2002：45．

摄必须受到客观条件的制约。影视要求写实,与文学作品创作的信马由缰、天马行空相比,影视的工作要复杂得多。电影工作者要表现一种事物,就必须力求将此事物原汁原味地表现出来,否则就会失真、穿帮,而严重影响其可信度。

在所有的艺术形象中,影视艺术形象最真实,最具有直观性。它能在人们眼前精确地再现出事物的一切细微特征,从而具有其他艺术形式无法企及的真实反映对象的独特能力。从这种意义上来讲,电影电视的本性就是活动的照相性,也就是逼真性。因此,电影影像首先是一种直观的真实,即视听的真实感。也就是说,电影可以借助现代的物质技术,将客观现实直接诉诸观众的听觉和视觉。电影在造型性和逼真性上的这种特长,以及在审美过程中的直观性和确定性,使得它长于展示,能够轻而易举地被感知,毫无障碍地被观看,这是它的优势所在。

影视可以安排外部符号让我们看,或者让我们听到对话,以引导我们去领会思想,却不直接把思想显示给我们。与小说相比,影视的优势在于表意上的造型性和逼真性,它在审美感受上的直观性和确定性是作为语言艺术的小说所不能及的。尽管小说同样可以运用文字,对环境、人物等作出尽可能细致,乃至不厌其烦的描绘,但仍然没有电影来得精确、来得迅捷。比如巴尔扎克千言万语描写的19世纪的法国巴黎,在电影面前只需要一个简单的镜头。工业技术呈现在观众眼前的形象是直观真切的,观众无须借助任何中介便能获得形象,过程比小说要简单得多,观众所意识到的和所感知到的东西是同一事物。小说是语言的艺术,作者借助抽象概括的、随意性的符号来唤起读者记忆中存在的思维形象和意识,读者通过语言这个中介进行联想,从而获得形象。

在制作过程中,小说是作家独立完成的,是作者个人世界观、价值观和艺术追求的体现,具有强烈的个性。而电影需要大量的人力来共同完成,是集体智慧的结晶。只要作家愿意,他可以随时随意修改自己的作品。而电影是"遗憾的艺术",一旦拍摄完成,所有的工作也就完结了,即使有瑕疵也无法更正。

文学与影视的互补性还体现在经典文学和通俗文学,精英文化与大众文化的优势互补上。影视文学,从文学形态上讲,它是一种通俗文学;从文化形态上讲,则是一种大众文化。通俗文学以及整个大众文化具有覆盖面广、社会影响大、传播速度快等特点，但也有其先天性的弱点与缺陷。在大众传媒日益泛滥的当下，人类文化的标准降低，人类历史上最珍贵的个性化、自由化、批判性的文化传统作为一种文化产业与社会融为一体，使得整个社会都丧失了自我批判与反省的能力。马尔库塞更是愤怒地指出，在大众传媒所造成的单向度社会中，古典的优秀艺术正在当代社会中逐步失效，现代艺术所蕴含的反抗精神正在被高度统一化，这其实是一种对自由与个性的扼杀。而文学经典的个性化、风格化特征，恰恰可以弥补乃至克服大众文化与通俗文学的类型化、模式化缺陷，同时大众文化与通俗文学广泛的社会基础又可以最大限度地扩大精英文化与经典文学的影响，弥补其只在"小圈子"里起作用的不足，这应该是最理想的影视改编尤其是经典名著改编的方式。

二、相似性原则

改编者与被改编的文学作品之间，应该首先建立起一种情感上的纽带与艺术上的共鸣。改编成的影视剧应该与原著之间具有起码的相似性。不能单纯地出于商业利益的考虑，或者慕"名"而争抢改编那些经典文学或产生了轰动效应的畅销作品。事实上，那些优秀的影视改编都是在情感纽带与艺术共鸣的基础上取得成功的。

对于改编的种类，学者有许多意见，名称虽五花八门，但还是依照对原著的忠实程度来进行划分。第一种称为翻译式改编，强调忠实于原著。事实上，绝对忠实于原著是不可能的。不可避免会有少量的、局部的调整和变动。第二种称为框架式改编，强调在整体框架、风格上与原著保持一致，细节上可放开改编，这种类型也是最为普遍的。第三种称为自由式改编，主张以原著为素材，放开手脚自由改动，大胆创造，这种改编方式最为自由。自由式改编充分注意到了电影与小说的不同艺术特性，得到了越来越多的认可和使用。电影改编的方法主要有节选、挪移、浓缩、取材等。

对于改编是否需要忠实于原著这一问题，夏衍曾指出："假如要改编的原著是经典著作，如托尔斯泰、高尔基、鲁迅这些巨匠大师们的著作，那么我想，改编者无论如何总得力求忠实于原著，即使是细节的增删、改作，也不该越出以至损伤原著的主题思想和他们的独特风格。但假如要改编的原著是神话、民间传说和所谓'稗官野史'，那么我想，改编者在这方面就可以有更大的增删和改作的自由。"

改编是一种创造性的艺术，但是这种创造必须建立在深刻理解原著的基础上。任何一个严肃的改编者，在动笔之前都首先要吃透原著的思想实质，领会原著的创作意图，抓住原著的精髓，把握其神韵与艺术特色。对于再创作问题，夏衍在《漫谈改编》一文中提出："改编是一种创造性的劳动，也是相当艰苦的劳动。既然是创造性的劳动和艰辛的劳动，那么，它的工作就不单单在于从一种艺术形式改编成另一种艺术形式。它一方面要尽可能地忠实于原著，但也要力求比原著有所提高，有所革新，有所丰富，力求改编之后拍成的电影比原著更为广大群众所接受、所喜爱，对广大群众有更大的教育意义。"

2008年5月，新版《红楼梦》电视剧开始拍摄。在先前公布的定妆照中，贾府的小姐们——黛玉、宝钗、探春等人均以"铜钱头"亮相，大众普遍对此造型反应不佳。虽然该片造型师出面解释，但是观众大多并不认可，红学家也对此展开了严厉的批评。

改编时，如果改编者与原作者能够在情感纽带和艺术创作上产生共鸣，作品往往能够取得成功。如第四代导演吴贻弓的影片《城南旧事》的改编向来为人称道。在考察其改编过程时，我们不能忽略导演吴贻弓对原著的深切感受与准确把握。他从作者在原著"代序"中的一句自我表白"读者有没有注意到每一段故事的结尾，里面的主角都离我而去……"中提炼出了"淡淡的哀愁，沉沉的相思"这一意念，导演运用影视语言表现了旧时代中小人物们的命运与惆怅而满含温馨的怀念情绪。导演为什么能与作家林海音在小说中表现的情绪产生如此强烈的共鸣呢？吴贻弓曾自述，这与他年轻时代的坎坷经历和情感积累有着密切关系。在人生经历中，他本人也同样得到了许多普通人"在默默无言之中从一个眼神里给予的一丝不易觉察的同情、安慰与鼓励"。

类似的例子还有很多。美国导演弗朗西斯科·科波拉之所以选用相隔半个多世纪的英国作家康拉德的小说《黑暗之心》作为构思剧本的"故事架子"，原因也在于他对这部小说的深切热爱，对其思想主旨有着精深的感悟与理解："一个人溯江而上，追寻那个已变成疯子的人，结果他找到那个人的时候，发现他面对着的是我们人人身上都存在的那种疯狂。我一向认为这给影片提供了一个不同寻常的基础。这是单枪匹马的追寻，是经典式的寓意深长的历险故事。"[1] 所以当与科波拉合作的两位年轻人想拍一部反映越战的影片时，他首先想到了《黑暗之心》。尽管由于制片公司取消了计划，迫使剧本搁置达十年之久，但是一旦时机成熟，科波拉又重新启用原剧本完成了影片的制作，这就是好莱坞的经典之作《现代启示录》。应该说，这种改编者与原作者之间艺术上的"知音"关系，是改编取得成功的最为坚实的基础。

如果说原著是对生活独特形象的发现的话，那么改编就是改编者运用影视思维对原著及其所描绘的生活的再次发现。不能否认的是，改编是一种富于个性的创造性的劳动，改编出的影视作品是与原著各自独立的艺术产品，不能简单粗暴地以是否忠于原著来作为评判改编成功与否的唯一标准。一部电影诞生后，即使它是由某作品改编转化而来，改编出的影视作品也是独立于原著的作品。

三、再造性原则

强调尊重文学原著，并不是要编剧跟在原著后面亦步亦趋，完全匍匐在原著的脚下而丧失了自己应有的主体意识。相反，改编者应该有一种"踩在巨人肩膀上"的勇气与胆量，要承继那些文学大师们在艺术上的独创精神与探索意识。纵观中外影视改编的成功范例，没有一部能离开编剧新颖而大胆的艺术创新。前文提到的根据康拉德的小说《黑暗之心》改编的影片《现代启示录》就是很好的例子。小说原著的背景是在非洲，改编者巧妙地把原来的故事框架放到了美国对越南战争的环境中，把故事背景从非洲的刚果河移到了越南的湄公河上。虽然故事发生的地点与环境有了根本的不同，但在揭露殖民主义的疯狂与自取灭亡的题旨方面，却是完全一致的。

优秀的艺术作品往往是不可重复的，只要重新叙述一次就会产生一个新的文本。每一次的改编对于广大接受者来说，都应该成为一次新的审美享受。改编者对作品的理解是不同的，欣赏角度和表达侧重点都不同，所以任何不同的

---

[1] 弗·科波拉. 关于影片《现代启示录》的自述 [J]. 李恒基，译. 世界电影，1980 (2)：129-143.

角度都可以认为自己是最忠实的，是对作品的独特表达。一部依附于文学文本而生的影视剧，如果不另辟蹊径、不对人物进行更深刻的挖掘，就无法取得成功。尤其在当代多元化的社会里，人们对一部改编作品的要求，早已不再单纯地以它是否忠实于原著为标准，而是看这个新作品本身具备了怎样的思想艺术感染力。

要对小说进行电影改编，势必要对原著的情节进行处理。改编短篇小说，与改编长篇小说所做的工作是不同的。

夏衍曾说："要把六十五万言的《战争与和平》改编为三小时半的电影固然困难，反过来说，要把万把字甚至几千字的短篇小说改编为戏剧、电影也很不容易。前者是满桌珍品，任你选用，后者则是要你从拔萃、提炼和结晶了的、为量不多的精华中间，去体会作品的精神实质。同时还因为要把它从一种艺术形式改写成为另一种艺术形式，所以就必须要在不伤害原著的主题思想和原有风格的原则之下，通过更多的动作、形象——有时还不得不加以扩大、稀释和填补，来使它成为主要通过形象和诉诸视觉、听觉的形式。"

比如小说《色·戒》，只有一万多字，张爱玲惜墨如金，将无限复杂深刻的情感大力浓缩在有限的篇幅里。李安说过，张爱玲的这部小说和其他小说有很大不同，笔法很不同，可以说洗尽铅华。而电影要用很实的手法把作者的心事写出来，要把一些隐喻的内容表现出来，所以改动是很明显的。相比于原著，电影增加了大量情节，但这种增加合乎情理，是与小说整个基调和故事走向相吻合的。

小说带有一定的政治性内容：1938 年，中国正值多事之秋，一群爱国青年在香港组成话剧团，募款抗战。剧团团长邝裕民决定伙同团员，对汪精卫等一众汉奸展开暗杀行动。由剧团台柱子王佳芝假扮香港贵妇，先与易太太混熟，继而借机色诱易先生，原本事情进展顺利，可意想不到的是，易先生突然接获任命需回到上海，暗杀行动失败。两年后，香港沦陷，王佳芝在上海重遇邝裕民，黯然答允再次刺杀易先生。这次王佳芝与易先生的关系变得亲密异常。组织计划借王佳芝与易先生逛珠宝店之机动手，易先生深情款款地向王佳芝送上钻戒，她一时动情，改变主意，放走了他。最后王佳芝与同伴皆被枪杀。

电影则详尽地展示了王佳芝由一个不谙世事的女大学生、"学校剧团的当家花旦"到以色相为武器的特工的"成长"过程，对她的心理做了丝丝入扣的描绘。在电影中，导演增加了三处重要情节。第一是暴力戏，邝裕民有个老乡老曹在易先生身边做副官，邝裕民和同学利用老曹成功地搭上了易先生。后来计划被老曹察觉，大家合力擒住了他，并残忍血腥地将他杀害，王佳芝目睹了整个过程，尖叫着从尸体旁跑开。杀死老曹这一幕深深地刺激了她，既然她爱上了易先生，就不可能忍心让易先生喋血当场。这场戏为下面的情节发展做好了人物心理的铺垫。第二是唱歌戏，易先生和王佳芝在日本人的居酒屋约会，王佳芝为他唱起了《天涯歌女》，一曲终了，敬上一杯酒，易先生显然大受触动，红了眼眶。这场戏为王佳芝最后改变主意，放跑汉奸增添了更有力的注脚。易先生是汉奸，做的是见不得光的勾当，他老奸巨猾，对所有人都要提防，没人可以信任依赖，他非常孤独。歌词无疑深深打动了他孤寂的心灵，王佳芝大概把自己也打动了，也迷失在温情之中。第三是激情戏，张爱玲从不热衷描写性，小说里的两性关系仅仅蜻蜓点水一笔带过，全凭读者的"心领神会"。而在电影中，李安把小说中隐藏的"情色"做了彻底的挖掘和铺陈。王易二人共有三场激情戏，通过这三次亲密，影片展示了王佳芝从生理到心理的彻底沦陷。再加上居酒屋献歌这场戏，观众看到了王佳芝的心理防线是怎样一点点走向崩溃的。

经过这样浓墨重彩的铺陈，"买戒指"的重头戏终于来临。导演对原著的情节做了小的改动。在小说中，王佳芝与易先生只去过一次首饰店，见到的戒指是现成的成品。在电影中，导演将买戒指分成了两次，第一次王佳芝拿着易先生的字条独自到店，先选好了未经镶嵌的钻石。第二次二人一同来到首饰店，易先生将钻石戒指含情脉脉地送给了王佳芝，使她大为感动，终于将易先生放走。在原著中，"买戒指"的机会只有一次，突出了暗杀行动的不确定性和惊险性。而在电影中，对情节的重新安排却使剧情更加合乎情理。首先，易先生将字条交给王佳芝时，她忐忑不安，怀疑易先生对自己生疑。刺易行动是一个历时多年的周密计划，"组织"的行动必然计划周密、万分谨慎。其次在送戒指环节，小说中只是将戒指试戴一下就还给了老板，在最后一刻就作出了背叛性的决定，显得稍有突兀。但是在电影中，光芒四射的"鸽子蛋"真正呈现在王佳芝的面前，美丽的珠宝极具杀伤力。再加上易先生深情款款的注视，王佳芝的心理已经开始波动，但她还不得不本能地作出抵抗——将戒指脱下，并推说"我不愿意戴这么贵重的东西在街上走"，这时易先生更是柔情地轻握她的手说出了"你跟我在一起"，王佳芝的心理防线在这一刻彻底坍塌崩溃。

所以，有时候影视改编甚至比独立创作一部影视剧的难度更大。一般来说，原著往往有着早已深入人心的人物形象与艺术旨趣，改编虽然有利于激发观众的看片欲望，但导演对演员和角色的定位一旦把握不好，违背了观众的审美期待，往往就会受到"千夫所指"。而且改编者稍稍把握失当，就容易破坏原著的精神。

【实训】

1. 为什么说改编是影视剧创作的重要来源之一？
2. 为什么在谈影视剧改编之前，会提出"文字形象能否转化为银幕形象"这个问题？
3. 你认为文学形象能否转化为银幕形象，为什么？
4. 影视剧和文学在哪些方面表现出它们确实是两种不同的艺术形式？
5. 分析近些年来 IP 改编热度不减的原因。

第二单元　影视改编的"主题表达"

自 20 世纪 90 年代以来，中国的文化空间主要呈现为主流意识形态文化（或称官方文化）、知识分子精英文化（或称高雅文化）以及大众文化（或称消费文化）三足鼎立的局面，构成了极为复杂微妙的文化景观。其中，主流意识形态文化即官方政治文化，对影视作品的内容进行着严格的审查和把关，以使影视内容符合政治和主流意识形态的要求，这一点对于影视改编来说则存在着一定的约束力。其主导文化"是以群体整合、秩序安定和伦理和睦等为传播核心的文化过程。这种文化代表政府及各阶层群体的某种共同利益，明确地要在尽可能广泛的社会群体中产生教化作用。"[1] 主流意识形态文化从某种意义上表明了一个国家的主流价值观和道德观。我们知道，影视作品除了有它的娱乐和宣泄作用外，还有着教化和认知的价值。如中国电影在 20 世纪三四十年代用电影来号召抗日救亡等。影视艺术的审美教育作用，主要是指人们通过艺术欣赏活动，受到真、善、美的熏陶和感染，通过优秀影视作品潜移默化、寓教于乐、以情感人的作用，引起人们思想、感情、理想、追求发生深刻的变化，有助于人们树立起正确的人生观和世界观。尤其是电影艺术作为当代社会的大众艺术，其渗透力、包容性与覆盖面均为其他艺术所不及，使观众不知不觉地受到感染，心灵得到净化，从而对人们的思想情感和精神面貌起到潜移默化的教育作用。所以，在一定程度上，影视剧改编需体现出对主流意识形态文化价值的坚守，不仅要弘扬人性中美好正面的力量，而且还要宣扬高尚的人生观与价值观。主题是考查小说的重要维度，而影视作品的主题分析也是研究影视作品的一个重要切入点。众所周知，在文学作品的影视改编中，忠实于原著已成为常用的改编理念或手法，它所体现的是一种艺术思维，表现出更多的自由性和开放性。

一、主题传达忠实化

主题的"忠实"传达是指某些文学作品的主题思想在改编后并未发生较大的改变与差异，而是呈现出与原著主题内容的相似性或近似性，并表现出种种复杂微妙的形式。

第一，主题忠实传达的闭合性。这里的闭合性是指影视文本的主题在忠实传达文学作品主题精神的同时，还呈现出一种自为性、自足性与自在性，有着某种含蓄谦逊的精神气质。

比如，第六届鲁迅文学奖获得者胡学文的同名小说《飞翔的女人》主题为寻找与救赎，表现了母爱以及与恶势力的顽强斗争。小说讲述了一位善良朴实的农村妇女荷子在交流会上不小心丢失了女儿后，不畏艰难、不惧怕恶势力寻

---

[1]　王一川. 大众文化导论 [M]. 北京：高等教育出版社，2004：229.

找女儿小红的感人故事。在寻找女儿的过程中，荷子经历了丈夫石二杆的离开，为了钱不惜去做站街女，风餐露宿，甚至在寻找的过程中被人贩子拐卖，荷子像个流浪者一样在外漂泊，展现了自强不息的生命力以及永不服输的生命韧性。影片运用类似于纪录片式的客观视角展现了荷子爬煤车、被人骗钱、被拐卖以及与人贩子大爪作斗争等情节。为了寻找女儿，荷子辗转各地，成了一个"飞翔的女人"。

小说与影视文本都是对"寻找"主题的体现，表现了一种执着的母爱和人性中对美好事物的坚守。从某种意义上说，这篇小说在改编为电影后，其主题传达在忠实于原著的基础上，呈现出闭合性的特点。尽管在小说与影片的最后，她并没有找到女儿，但是她却找到了人贩子并将其送上审判台，这是一种间接的寻找，是对女儿的一种安慰与补偿，是另一种形式的寻找，努力地回应着开始丢失女儿时显现的不惜倾家荡产也要寻找女儿的志气。因此，小说与影片的结局和开端就呈现出一种呼应和连接，形成了一个浑圆的整体。

第二，主题忠实传达的灵活性。主题忠实传达的灵活性在这里是指某些文学作品在改编为相应的影视作品时，小说的主旨内容在影视作品中得到了相似的体现。但是，在这个过程中，由于编剧在情节或人物上的某些改动，使改编后的影视作品在忠实于原著思想内蕴的同时，呈现出某种灵动性和延展性。

比如改编自北北中篇小说《请你表扬》的电影《求求你，表扬我》，在主题的忠实传达上也表现出了某种程度的灵活性。《求求你，表扬我》是喜剧电影，讲述的是一个家住农村的打工仔杨红旗来到报社，要求记者古国歌在报纸上发表一篇文章表扬自己，理由是他于情人节当晚救下一名险遭坏人强暴的女大学生欧阳花的故事。古国歌觉得杨红旗纯粹是在胡闹，对此不予理会，但杨红旗却三番五次来找古国歌。古国歌渐渐对这件事情认真起来。为了求证此事，古国歌和同事谈伟根据杨红旗的讲述，来到大学，找到杨红旗所说的被救女孩欧阳花，但欧阳花却不承认有这回事。古国歌对这件事产生怀疑，继续深入调查，发现杨红旗要求得到表扬是为了父亲。杨父是一位把荣誉视为生命的老劳模，他身患重病仅余两个月生命，而唯一的愿望就是希望在有生之年能看到儿子得到一次表扬。老人的信念与心愿、儿子的承诺、女孩子的前途和清白……各种复杂的情况交织在一起，令古国歌渐渐迷失。

原小说中这件事情最后无疾而终，记者古国歌重新审视自己以及与女朋友的关系，最终他选择离开身边的一切。而在改编后的电影中则做了许多的调整，正是因为这些改动才使主题的忠实传达表现出了一定的灵活性。电影中的杨红旗最终得到了表扬，从而将这件事演变成一个公共事件，而欧阳花对杨红旗的以身相求成为没有任何回报却具有极大讽刺意味的付出。影片对小说结尾的改动是古国歌在北方城市偶遇杨红旗和他的父亲，原来因病即将去世的杨胜利并没有死，而是为了让儿子得到表扬而假装将要去世。为了一个表扬而不管这件事情对一个女孩的伤害，影片中增加的"欧阳花在城楼上的哭诉"情节表明了这一切，这也让人深深思考在相异的时代语境下"表扬"所呈现出来的复杂性以及人与人之间互相理解的重要性。从以上的改动可以看出，影片忠实地再现了小说的主题，即呼唤人与人之间的尊重与理解。影片中设计杨胜利假死的情节，最终让杨红旗获得表扬，表达出一种对人性的极大嘲讽。而只有让杨红旗得到表扬，电影主题的张力才能得到最大限度的释放。

二、主题转化通俗化

影视作为典型的经济活动，它的大众化需求决定着影视作品的通俗性。文学作品影视改编在主题呈现方面的第二个特点即是主题转化的通俗性。这是由小说与影视这两种不同艺术形式的基质所决定的，小说更多表现的是个人化的一面，而影视作为大众工业产品，有其大众化的需求，这也决定了影视作品的通俗性。影视所具有的独特性，其艺术形式的限制、追求商业效益和对受众的需求，使我们不能够用小说的深刻思想内涵去要求或判断电影的主题含义。通常来说，改编之后，作品会选择一个较为通俗易懂的主题，再通过丰富的影视手段加以美化。

以莫言的小说《红高粱》为例，其以深邃多元的思想主题而为人熟识，赢得学界的广泛赞誉。阅读小说原著，不难发现其中包含生命、历史、人性、情爱、文化等多重主题。《红高粱》开头不久，作者就以一段叙述人"我"的介入语言进行描述和议论，表明"我"极端热爱又曾经极端憎恨的高密东北乡是"地球上最美丽最丑陋、最超脱最世俗、最圣洁最龌龊、最英雄好汉最王八蛋、最能喝酒最能爱的地方"，生活在这块土地上的祖辈父辈们都是神勇的英雄，他们那些或杀人越货或精忠报国的悲壮事迹，让子孙们感到"种的退化"。小说《红高粱家族》不仅饱含了作者对人类进化的深刻反思，表达了对家乡的复杂辩证的情感，还体现了"诸如'文化原型''历史观''人物观''人性观''自然观''生命观'等方面的看法，具有复杂多元主题的意蕴"。

面对小说如此广大深厚、信息复杂、思想深远的主题内蕴，导演张艺谋采取以简驭繁的策略，回避原著所提供的深度内涵，仅从小说的多元主题中提取出一个单纯的主题——生命来组织叙事。一方面，电影《红高粱》的整个片长只有91分钟，受篇幅限制自然无法像小说一样洋洋洒洒地表达深邃的主题思想，所以在改编中主题难免发生偏移和转向：舍弃忽略了战争、人性、历史等其他主题的深层表现，着重从爱情与死亡两个方面来展现生命的绚烂多姿与轰轰烈烈。电影《红高粱》选择小说中的主题之一，从生命主题的维度展开叙事，并运用造型手段、仪式化场面、音乐和色彩来传达生命的热烈和血性。影片消解了小说多重主题的复杂性，通过对死亡与爱情的渲染，着力彰显豪爽热情的人生态度和顽强不息的生命意识，圆满地完成了主题的叙述与升华。

【实训】

1. 英国作家简·奥斯汀的小说《傲慢与偏见》有 1940 年米高梅版电影，1995 年 BBC 版迷你剧和 2005 年环球影业出品的电影三个版本，请分析这三个版本在改编中不同的主题表达。

2. 观看电视剧《滚石爱情故事》，找出其中一集分析如何由音乐 IP 进行故事情节扩展改编和主题传达。

第三单元　影视改编的"人物再塑"

人物在文学作品中占据着重要的地位。"人物是文学的生命：他们是令我们惊奇与入迷、喜爱与厌恶、崇敬与诅咒的对象。的确，文学作品中的人物与我们之间的关系是如此密切，以至于他们常常并不是纯粹的'客体'。通过同化的力量，以及同情与反感的作用，他们可以成为我们生命的一部分，成为我们对我们自己进行想象的一部分。"[1] 但凡能让我们记住人物的小说都是上品，而那些只有事件、多线条、大场面和时间跨度的小说，则会慢慢地被读者淡忘。由小说改编为影视则意味着将文学人物的模糊性、想象性、复杂性、暧昧性、多义性、飘浮性、丰富性、作家想象改编为影视人物的清晰性、现实性、性格化、确定性、单义性、真实感、简单化以及演员扮演。因此，影视改编中的人物形象也将经历一个从文学性人物转换为影像化人物的复杂过程。

一、虚构人物"现实化"

文学作品往往涉及广阔的生活画面和历史叙事，塑造了丰满的人物形象群。但电影却不能笼统地将小说中的人物全部搬到影片中，无法对主次人物进行逐一的塑造。这就需要导演根据自身对小说文本的理解和对电影的多方构想，集中精力抓住人物这一具有丰富表现力的形象进行塑造，并通过人物形象的树立，表达电影主题，丰富电影的形象化叙事。"在原作中的人物是通过语言塑造的，是'死'的；而电影中的人物是形体、动作、对话等多种因素构成的，是'活'的。"[2] 所以电影的"活"主要是通过活生生的人物来展现的，而要使人物真正在银幕上生动鲜活起来，最重要的是将他们视觉化。这需要改

---

［1］　王鸣剑．《暗算》：从小说到电视剧［J］．当代文坛，2008（2）：155；157.

［2］　刘明银．改编：从文学到影像的审美转换［M］．北京：中国电影出版社，2008：186.

编者通力合作，将所领会的原著的人物精神置入导演思想中，经过宏观调配之后再选择具有艺术创造力的演员来扮演这些人物角色，通过演员的表演来展现人物性格，推动情节的发展。

以莫言的小说为例，他塑造了一系列身份各异、性格鲜明、形象典型的人物，十分引人注目，在其文学价值空间中占据了极其重要的地位。如亦正亦邪的土匪余占鳌，敢爱敢恨的戴凤莲，在现实中挣扎的暖，为爱不顾一切的方碧玉，懦弱的马成功，善良勤劳的师傅丁十田等。我们发现，这些人物形象的性格和活动几乎都具有复杂性和多面性的特点，假如单纯地运用传统的、常规的伦理道德规范对他们进行价值判断，诸如用善与恶、美与丑、好与坏这样简单的二元标准去衡量他们，过程势必艰难且结果无法令人信服。原小说文本的阅读过程和对人物的理解评价已经如此困难和复杂，若是将这些人物形象按照小说的阐释，原原本本地搬进电影里，对于改编者和接收者来说，都不免感到费力与无奈。

电影一方面着重于塑造个性单纯、符号化的扁平人物，一方面去除人物复杂和扭曲的性格，力求人物形象直观地呈现在观众面前，避免观众对电影主题产生误解。张艺谋导演在电影《红高粱》中对"我奶奶""我爷爷"的形象进行再塑，对小说人物原型进行提纯与净化的处理，在改编人物形象的过程中重点美化主人公和正面形象。

小说里"我奶奶"戴凤莲是个有名有姓的女性形象，她既是风流女子，又是抗日的女英雄。在莫言笔下，戴凤莲这个人物非常厉害，集美貌才智于一身，懂女工、会剪纸，还想出了用铁耙挡住鬼子汽车退路的计谋，简直是一个天生的全能型"奇女子"。其中，小说重点展示了这个人物形象所具有的风流放荡的个性和不光彩的男女关系的一面。比如她与轿夫余占鳌的眉来眼去和野合，对曹县长的攀附和认亲，同罗汉不明不白的关系以及与黑眼的私情等。莫言塑造了一个在当代文学的人物形象长廊上非同一般、特立独行的女性形象，读来不免令人瞠目结舌，唏嘘不已。改编之后的电影保留了这个人物的叛逆性格，如与亲生父亲的置气，但在整体上，电影塑造了一个更为清纯的女性形象。第一，"我奶奶"只保留了小名"九儿"，成为一个女性形象的符号人物。与小说"戴凤莲"这样的全名相比，电影中的九儿叫来确实温婉亲切很多，读来朗朗上口。这个小名的由来也不过是因为"九月初九生的"，这个昵称只是显示"我奶奶"的一个符号。第二，为彰显"我奶奶"纯洁、善良的性格特征，电影明显删减了她细腻的内心和扭曲的性格表现，削弱了人物的丰满程度。小说关于"我奶奶"的心理刻画细致入微，尤其是她临死前回顾自己的一生、对天发问的心理描写集中体现了她叛逆、张扬，以及渴望妇女解放和自由的个性。由于电影本身在心理描写上有很大局限性，所以没有对这部分内容进行影像的改编。另外，电影还删除了人物身上风流放荡、刁钻市侩的一面，只保留了人性的真善美和生命活力。电影将"我奶奶"塑造成一个纯情女子的形象，去掉了她与刘罗汉、黑眼之间的私情，这样更有助于表现她和"我爷爷"之间真挚而热烈的爱情。而且，还原"我爷爷""我奶奶"和罗汉这三个主要人物纯洁坦荡的关系，也有利于电影对于生命赞歌这一主题的传达。

在影视剧视觉化的改编过程中，小说中的人物形象必然要接受重新的整合和修正。影片对人物形象做了针对性的美化和修整，净化了人物身份、经历和性格，将人物形象进行了全面的提纯处理。

二、次要人物"具体化"

次要人物是一篇小说总体构思的有机组成部分，它通过一定的结构和小说中的主要人物、故事情节、生活环境组成和谐统一的有机整体，共同实现作家的创作意图。因而，在一个高明的作家手里，一篇小说的次要人物不应该是游离的，更不应该是可有可无的，它和作品的其他要素胶结在一起，互相渗透，互相加深，发挥多方面的艺术功能。

影视与小说的不同就在于电影往往是有很强的目的性和设计感的，而小说不是这样的，甚至很多的主要情节往往都是在写作中产生的。在改编中，次要人物的具体化呈现能够改变小说的主题格调，烘托改编后影视剧中的主要人物以及增强影视剧情节的曲折性。

小说在改编为电影后，一些在小说中一笔带过的人物可能会在电影中变成次主要人物，形象会更加具体化。比如改编自刘震云同名小说的《手机》，是冯小刚执导的一部贺岁喜剧片。影片讲述了事业如日中天的电视主持人严守一因为手机给他的生活带来快乐、带来爱情的同时，也使他的婚姻遇到了很大的危机的故事。《有一说一》的著名主持人严守一，在去电视台主持节目时，把手机忘在了家里，这一个小小的失误却让他的妻子余文娟发现了他与一个陌生女子间的秘密，回想丈夫在电视上笑容满面，回到家却神情恍惚，在外边滔滔不绝，对着她却一言不发，妻子似乎明白了一切。妻子就此提出离婚。戏剧学院台词课老师沈雪是严守一的新任女友，两人经过一段快乐时光后，沈雪发现严守一手机的响铃方式发生了很大的变化，过去严守一的手机是震铃，现在改成了震动，这使沈雪产生了猜疑和嫉妒。从此，严守一对手机和日常的谈话再次产生了严重的恐惧。某出版社的女编辑武月和严守一在火车餐车上偶然相遇，严守一无心为出版社写书，但武月穷追不舍。为让武月帮助下岗的前妻余文娟找个工作，严守一答应写书，但从此后，他的生活也变得"恐怖"起来。

在小说中有个一笔带过的人物牛彩云。小说中的牛彩云作用不大，而电影中的牛彩云作用却很大。电影中，牛彩云画着夸张的浓妆，一口纯正的河南乡音，一股初生牛犊不怕虎的愣劲，为电影增添了不少笑点。她对影片中其他的人物、影片的主题都有着不同寻常的意义。她否定了严守一的过去。从她的口中说出当年陪吕桂花去镇上打电话的根本不是严守一，说那时候的严守一还不会骑车。原来我们在片首看到的农村社会中的夫妻情深、大雪纷飞中传达思念的电话都是严守一编出的谎言。真真假假中，已经让我们分不清哪个是真哪个是假，严守一已经彻底地不被人相信，而且那一个即使天涯海角也心意相通的人类社会已经丧失了，或者它根本没有存在过。唯一真实的是像结尾一样，牛彩云拿着多功能手机来请严守一做代言，当演示到手机的卫星定位功能时——"北京市朝阳区大西洋新城210楼3门21B"，严守一已无处可逃，画面定格在严守一惊恐的面部表情上，"手机"所代表的都市文明最终像洪水猛兽一般吞没了人类，人类无处可逃，即使反抗也显得那么微不足道。这个具体化的次要人物对主题的表达起到了重要的作用。

三、人物的增加与置换

在影视改编中，人物的增加和删减是比较常见的改编现象。编剧或者导演出于种种原因对小说里的人物进行安排。而导演对人物或增加或删减的处理也在某种程度上为改编后的影视剧提供了各种可能性的变化，这些变化不仅体现出导演的改编理念，也从另一个侧面表明了小说和影视这两种艺术形式在改编过程中对于人物处理的种种可能性。

这在电影《一九四二》中最为典型，该片改编自刘震云的小说《温故一九四二》。以1942年河南大旱，千百万民众离乡背井、外出逃荒的历史事件为背景，分两条线索展开叙述：一条是逃荒路上的民众，主要以老东家范殿元和佃户瞎鹿两个家庭为核心；另一条是国民党政府，他们的冷漠和腐败，对人民的蔑视，推动和加深了这场灾难。因为一场旱灾，河南发生了饥荒。大灾之年，战争逼近，老东家范殿元赶着马车，拉着粮食，粮食上坐着他一家人，也加入往陕西逃荒的人流。三个月后，到了潼关，车没了，马没了，车上的人也没了。这时老东家范殿元特别纠结，他带着一家人出来逃荒是为了让人活下来，可是到了陕西，自己的亲人全死了。于是，他决定不逃荒了，开始逆着逃荒的人流往回走。老东家范殿元此时没想活着，就想死得离家近些。老东家范殿元转过山坡，碰到一个同样失去亲人的小姑娘正趴在死去的爹的身上哭。老东家范殿元上去劝小姑娘别哭了，小姑娘对老东家范殿元说她并不是哭她爹死，而是她认识的人都死了，剩下的人她都不认识了。一句话让老东家范殿元百感交集，他要小姑娘叫自己一声爷。小姑娘仰起脸，喊了一声"爷"。于是，老东家范殿元拉起小姑娘的手，往山坡下走去。漫山遍野，开满了桃花。

在这部调查体小说《温故一九四二》中没有贯穿始终的人物形象，而改编后的电影中有了鲜活的人物形象。电影中相对主要的角色有19个，次要人物有50个，囊括了灾民、学生、官员、将领、商人等各阶层的人物。这里有老东家范殿元的一家：女儿星星，长工栓柱；还有佃户瞎鹿的一家：妻子花枝，女儿铃铛、儿子留宝；他们是1000万河南灾民的代表。以蒋介石为首的国民党官员：河南主席李培基、抗日将领蒋鼎文、贪污救济粮的军需官以及与他沆瀣一气发国难财的商人；此外还有将灾荒公之于众的美国记者白修德、传教士安西满等，他们渐次为我们展开了一幅层次清晰的立体画卷。一场灾荒考验改变着他们，使他们呈现出复杂性。

影片中的线索人物有老东家范殿元和长工栓柱。老东家范殿元，是一个彻头彻尾的悲剧人物：一个从有房有钱有粮有儿有女沦为一无所有的老地主。他不是好人，也不是善人，是个很现实的人，他身上具有财主的所有特点：老谋深算、养尊处优、贪心敛财、小气吝啬。影片开始，他听到儿子欺辱花枝，骂了一句"牲口"就走开了，他的态度是：反感儿子的行为，但不会让自家人下不了台，花枝愿意与否都是几升小米的事。一个镜头，骂而不管，就把现实中的老东家范殿元活脱脱地表现出来。面对刺猬等"吃大户"的饥民，老东家范殿元采用一边稳住、一边到县里搬兵绝其后患的办法，他考虑周全，同时作为财主的"狠"的一面也显现了出来。和饥民发生冲突后，老东家范殿元带上全家外出避灾。他与穷人不同，车上不仅有粮食，还有钱财细软。在外需要帮手，他许诺把女儿嫁给栓柱，不仅让其赶车，还给他一支步枪，使栓柱成了长工兼保镖，他的老谋深算显现无遗。老东家范殿元也懂出门靠朋友的道理，在瞎鹿要卖孩子为老娘抓药时，递（借）上一碗小米。很快这碗小米的价值就体现出来：溃兵抢走了马车和他所有的家当，他也沦为灾民，面对行走困难即将分娩的儿媳妇，他只好去求搭瞎鹿的车。之后，他就指挥瞎鹿和栓柱偷白修德的驴，被发觉后，他又出来打圆场，和白修德称起"朋友"来。幸好是白修德，驴和饼干都不重要。星星为了活命，主动要求把自己卖到妓院，这种最让人丢脸、最让人耻辱的事，老东家范殿元也接受，他的确能屈能伸。当星星被挑中的时候，他先是一笑，然后又假装痛苦来掩饰自己高兴的心情，此时他有一种优越感，之后他又说自己辱没先人。老东家的确是一个复杂的人物。他还是一个顽强、有着不屈不挠的品性的人，到最后他的老伴死了、儿媳死了，女儿卖了，他抱着孙儿逃亡陕西，他说："我知道怎么从穷人变成地主，等过个十年，我还是东家。"此时的他虽然家破人亡，却不改东山再起之决心，充分体现了他的韧性和顽强的抗争精神，尤其是当他唯一的希望——他的孙子也离开他的时候，他本来已经彻底崩溃，失魂落魄地往家的方向走去，却在万念俱灭的情况下捡了一个孤儿，又有了重新活下去的勇气，此时的他回归了人性本真的善的一面，也体现出了他的韧性，这是中华民族的一大特点。一个在历史长河中经历过无数苦难的民族，没有被压垮，没有灭亡，反而发展壮大，可以说，韧性起了相当重要的作用，老东家范殿元是我们民族中一群人的代表。长工栓柱也是电影中值得一提的人物形象，影片开头给老东家范殿元惹祸让人感觉他就是个二愣子，然而在逃难过程中又尽展他淳朴善良的一面，对星星、东家一片忠心。老东家范殿元不反对本来身为长工的他和自己女儿之间的恋爱，不仅是因为他们逃荒的路上需要栓柱这个壮劳力，更因为栓柱的为人处世是得到他的认可的。在饥荒中，人们更多考虑的是吃饱，甚至不断出卖自己的尊严和良心，栓柱是饥饿人群里反抗最坚定的，他更多的时候将饥饿置之度外，他追求的是爱情、亲情。当他从火车上跳下去找花枝的儿女，在日本军官的威逼利诱下不妥协时，足以看出栓柱坚定的信念，而他手中的风车，正是信守自己承诺的见证。

改编电影在人物形象的创造性塑造上，除了无中生有，增添人物形象之外，还可以通过设计新的人物形象去置换小说中原有的旧形象。影片《暖》改编自莫言的小说《白狗秋千架》，讲述主人公林井河从北京回到阔别10年的家乡的故事。在桥头，他偶遇昔日的初恋情人——暖，这是个让他不敢再见又不曾忘怀的人。当年的暖漂亮出众，能歌善舞，很多年轻人，当然也包括井河，都喜欢她，只有放鸭子的哑巴，总是和暖过不去。省里的剧团到乡下演出，暖爱上了团里的小武生，临走时，小武生答应有机会就接暖出去，可是这一等就是两年，井河想方设法排解暖的苦闷，他反复说服暖专心读书，考上大学，实现自己的梦想，但是他无法替代小武生在暖心里的位置。井河考上大学临走前告诉暖，毕了业一定要回来接她，但是自己却食言了。这次回来，暖的平静刺痛了井河。暖和哑巴结婚7年了，女儿已经6岁了。井河走进他们的家，暖的平静，哑巴的生硬，小女孩的好奇，使他心里有一种说不出的感伤。

小说中，为了凸显暖命运的悲剧性，不仅写她失去一只眼，苦等恋人而无果，还让她嫁给邻村的哑巴，然而真正让暖彻底绝望的是她一胎生了三个哑巴儿子。成年累月地生活在一个无声沟通的家里，暖备感沮丧和无奈。小说详细描写了"我"第一次见到三个小哑巴的印象，三个同样相貌、同样装束的光头小男孩从屋里滚出来，站在门口用同样的土黄色小眼珠瞅着"我"，"孩子的脸显得很老相，额上都有抬头纹，下颚骨阔大结实，全都微微地颤抖着"。可见暖的三个哑巴儿子不仅长相老成，没有一般儿童的天真可爱，连性情也跟他们的父亲哑巴一样暴躁，不太惹人喜爱。为了电影温情主题和审美的需要，霍建起在拍摄《暖》时将女主人公暖的三胞胎哑巴儿子置换成一个六岁的口齿伶俐的小女孩，以一当三，在叙事的结构和情节的表达之余，更突出了小女孩形象的伶俐和可爱。这样一个生动活泼的小女孩形象，较之小说的三个笨拙暴躁的小哑巴男孩，更容易激起观众的关注和爱心，获得观赏的愉悦心情和认同感。所以，如此有益的改编尝试符合影片温暖人心的主题风格，是改编者在人物形象塑造方面的一次成功尝试。

【实训】

1. 电影《归来》改编自小说《陆犯焉识》。在小说中，男女主人公有三个孩子，哥哥、姐姐和一个叫丹钰的妹妹，但是在电影中仅一个叫丹丹的女孩，分析在影视改编中对人物进行删减的原因。

2. 分析小说《饥饿游戏》和影视改编电影中人物关系与人物形象的建构。

第四单元　影视改编的叙事

小说和影视同为叙事艺术，这使它们在各自的发展中都极为重视叙事的方法和技巧。而小说在影视改编中的叙事呈现也深刻地表现出两者在叙事转换上的发展和创新。因此，影视改编除了将重点放在主题思想以及形象塑造上的艺术转换之外，还致力于将小说中的叙事视角、叙事时序、叙事修辞以及叙事节奏这些叙事元素在改编中作出艺术转换，体现出导演在影视改编"再叙事"中的独特改编艺术和智慧。

一、改编的叙事视角

叙事视角就是叙事作品中对故事进行观察和讲述的角度，是叙述人（故事的讲述者）站在怎样的位置上来讲述故事或随着哪一个人物的视点变化。叙事视角是建构叙事作品的基础。小说与电影对叙事视角的呈现方式是不同的，相较于小说，电影更加注重人称叙事的表达，也比小说更加灵活：轻捷运动的镜头、眼见为实的画面影像可以轻松地对应小说中叙事视角多变、时空转换机敏的第三人称；而处在画外音的声音，则暗示着不出场的第一人称，赋予情感地进行"独白"叙事。当然，小说转化为影像后，不仅呈现方式会发生变化，甚至视角会发生重置。

小说《温故一九四二》选用了第一人称"我"的角度来叙述历史。"我"是以一个采访者的身份出现的，这就决定了小说的叙事是限制叙事，我所记录下来的是我的采访对象——姥娘、花爪舅舅、范克俭舅舅、县书记，这些一个个历史的亲历者告诉我的。针对这些采访，作者写道："我姥娘将五十年前饿死人的大旱灾，已经忘得一干二净""我这些采访都是零碎的，不完全、不准确的，五十年后，肯定夹杂了许多当事人的记忆错乱和本能地按个人兴趣添枝减叶。这不必认真"，于是这些难免就有了"虚构"的成分。之后又出现了一个"真实"的视角——大量新闻报道中出现的《豫灾实录》、美国记者白修德、《搜索历史》、《大公报》，"我"又通过查阅这些历史记载，对"虚构"的视角进行补充阐释。在对这些资料进行整理、加工的过程中，加入了我的主观情感，包括对这场灾荒本身及其他相关人的态度与评价，融入了"我"这个现代人浓厚的感情。

在电影中的叙事也是由"我"来完成的，"我"不是事件的经历者，是那场灾荒的幸存者的后代，"我"是在讲述我娘的故事。"我"的声音共出现了两次，一次是在电影开头的旁白："这一年，宋美龄访美、甘地绝食、丘吉尔感冒。这些事件放到1942年的世界环境中，任何一桩都比饿死三百万人重要。"另外一次是在结尾中："当我问到一九四二的时候，娘说，那些糟心的事我都忘了，你还提它。"影片以"我"的叙述展开，他在为我们交代了故事的背景后就"消失"了，将"全知全能"的权利交给了电影镜头：灾民的逃荒经历、蒋介石政府对灾民的态度、美国记者白修德的努力、日本军官冈村宁次在飞机上关于"民族"的谈话等，这样的视角与小说相比更加自由，为视听提供了宽松的展现空间。与小说中"我"的义愤填膺不同，电影中的"我"，是整个事件的客观叙述者，用冷静的眼光审视着这场灾难。

叙事视角可分为全知视角和限制视角。限制视角又分为第一人称视角和第三人称视角。而影像本体的记录功能决定了电影必然是全知全能的叙事视角。

摄影机不只是故事情节的观察者，同样也是叙事者，摄影机既能讲述生动的故事，又充当观众的眼睛。许多文学文本以限制视角中第一人称视角叙事，但一旦进入电影叙事就会转换成全知叙事的模式，这是由电影本身的叙事特点决定的。电影采取全知视角进行叙述时多采用观察者视角，而不是采用故事的参与者视角。电影的全知视角使文本超越时空的限制，超越个体的有限视角，同时又有利于表现人物心理。比如张爱玲的小说多采用全知全能视角，是一种无所不知、不受任何限制的叙事视角类型。《倾城之恋》《金锁记》《半生缘》《红玫瑰与白玫瑰》等都采用的全知全能视角，一方面以故事旁观者进行叙事，使传奇被讲述出来，另一方面有利于表现主人公丰富的内心活动，也表现张爱玲对命运无常的一种冷眼旁观。虽然故事的叙事者隐到情节之外，但在故事的每一处都能看到她的影子，叙事者能俯瞰人物，能进入人物的内心世界，可以用多种语气来评论故事中的人物，为读者提供观赏整个故事的全部事实。张爱玲小说也正是在这一叙事视角中实现了对历史、人生、人性的深刻关照，而这些因素对于改编张爱玲小说是十分重要的。

二、改编的叙事时空

电影作为工业时代诞生的艺术，被列在六大艺术门类——文学、音乐、绘画、舞蹈、建筑、雕塑之后，被誉为"第七艺术"。而作为一门跨越了莱辛在《拉奥孔》中论述的"诗与画的界限"的艺术，电影也被称为"时空综合艺术"。"时空综合艺术"是指电影是一门很大程度上将时间艺术和空间艺术相结合的艺术形式，电影银幕在表现静止画面、空间结构的同时，从以往"单纯的空间艺术"中挖掘出流动的时间维度，从而将动态画面完美呈现。这使电影的功能性远远超越了以往的艺术形式，并以此为独特的魅力吸引着受众视线。

一般来说，小说借助文字这一语言媒介来处理时空的变换关系，以连续性的时间表达为链条来结构全篇，包括情节的转换、空间形象的营造等；而电影艺术通过发展自己的镜头语言，如叠化、闪回、旁白等来表现不同时空的影像。对比来说，小说通过文字的叙述来组织时空，使叙事节奏比较缓慢，空间比较抽象，在时空的变换之前常带有一大段的铺垫或过渡；而电影的时空处理，能够自由而直观地呈现空间的切换与时间的流转，而且时空的表现形式丰富、方法多样。具体而言，电影对时间的处理比较复杂，借助影像、音响、色彩、光线等诸多元素，达到理想的时间效应，加之电影又十分注重空间的造型，让寻求时空结合的结构方式成为可能。

首先，小说和改编电影在时空处理过程中，集中体现了两种艺术形式在运用时间和空间要素中的一般差异。一是在时间的表达方面，小说本身被列为时间艺术，其叙事具有历时性的特点；电影叙事表现出鲜明的共时性特点，它表现的所有时间都是现时的，只是通过画面的运动和观众的感知而具有时间的流动性。所以改编时往往会采取压缩时间、省略时间进程的手法，简化影片的时空结构，删除小说中一些繁杂的时空叙事，同时借用蒙太奇和特写镜头暗示时间的流逝过程。

其次，在空间的表现方面，小说依靠文字语言对空间进行描绘，最终诉诸读者的是联想和想象；改编后的电影空间是直观的、一目了然的，它将小说中的所有语言以影像的方式呈现在观众面前，具体可感。所以综合看待改编前后时空的结构变化，我们发现，小说的结构基本以时间为轴、空间为点，在线性交代中逐步组织空间形象，有时为了描述空间形象还必须暂时停顿、中断叙事的进程；电影的结构依照空间画面的链接关系，通过连贯统一的空间形象实现叙事的时间变化，空间的不断转换可以造成时间流逝的幻觉，在这个意义上实现空间和时间的同时流动。

比如《红高粱》的小说文本与电影文本之间有巨大的时空区别：小说《红高粱》和《高粱酒》采用的是时空交错的交响式结构，将现时段的抗日故事与旧时段的情爱故事两相交织，形成复调式的"二声部"；而且小说借助于采用"我爷爷""我奶奶"的叙事视点，构筑了不同时间段的多种时态交织的结构，同时叙事空间也进行了大幅转换，可见小说的时空包容性非常强，极大地刺激了读者的想象。电影《红高粱》的时空结构相对来说就简单得多，其时空汇聚成单一线条，再配以画外音辅助，完成了故事的叙述。同时，电影还将小说中一些关于叙述人的评介、议论性的文字，合理地转化为画外音，补充单一时空叙事的不足。

另一种情况是改编后的文本不按故事发展顺序结构，先是打破场面的发生时间，再以某种逻辑将之组织结构，形成叙事的交错式时空结构。小说《白狗秋千架》的时空结构是比较单一的，基本按照顺序叙事，只在文中插入主人公由现实联想产生的三段回忆，将人物思绪牵引至十年前，所以时间主要停留在现在，而短暂的时态切换主要是通过语言承接、构筑白狗的意象来完成的。

电影《暖》按照叙事时间结构，将影片基本分成对半的回忆性的过去与现实性的现在两个时间系统，现时的时间系统镶嵌包裹着过去的时间系统，过去的事件通过追忆和忏悔的情感有机地融合在现在的结构中。再加以画外音来解释说明具体的影像，两种时态彼此交织，在叙事上达到串联故事、互通有无的效果。

在电影《暖》中，时间的转换分为两种情况，即从现实到过去和由过去回到现实。而完成影片时间切换的处理方式也有两种：一是单纯借助蒙太奇手法，直接切换镜头和画面；二是创造多义的意象，借助它们承载时空转换的功能。其中，第二种方法为电影所重点采用，且取得了良好效果。如在时间的过渡上，电影主要借助水意象在多处实现转换，如现实中井河那盆洗脸水就由现在牵引主人公回到过去，又从回忆回到现实；又如从过去回忆中水中游动的鱼儿回到现实中滴着雨的石板，以及从过去回忆中下雨的溪流回到现实中漂着蔬菜、满溢的水缸等，都是通过水来连接两种不同的时态，完成故事在现实和过去的自由穿梭。

三、改编的叙事语言

在影视改编中，小说中的叙事修辞在改编为影视作品之后发生了影像的转化。小说中的叙事修辞对于一部小说的成败得失有着重要的意义，而影视剧中叙事修辞的应用对于影视艺术内涵的实现也有着重要的作用。

第一，改编的反讽修辞。影视改编中的反讽修辞主要体现在人物反讽上。这里的人物反讽主要体现为人物前后的思想和行为背道而驰，人物的思想和行动呈现出互相背离的状态，于是就形成了对人物进行嘲讽的修辞意味。如北北中篇小说《请你表扬》中的杨红旗和欧阳花。杨红旗因救下了险被强奸的女孩欧阳花而要求报社表扬，他这样做的原因是他必须满足父亲的心愿，当他感到要求表扬如此棘手时，他没有为欧阳花的名誉着想而一味要求表扬，最终，他将欧阳花"强奸"了，从一个救人者演变为一个"强奸者"，杨红旗的角色置换表现出对于人物的极大嘲讽。欧阳花为了自己的名声不惜用自己的身体作为交换，而这个身体是杨红旗救下的并且是她所极力捍卫的。改编之后的电影《求求你，表扬我》继续保持了这种反讽，改编者还将反讽的力度进一步加强，即在小说里对杨红旗的表扬最终不了了之，而在电影中对杨红旗的表扬却成功登报，这也间接地暗示欧阳花的舍身乞求以及杨红旗所受到的表扬对彼此来讲都失去了意义。

第二，改编的象征修辞。改编的象征修辞主要表现在物象象征上。"一切象征都具有一种具象化、符号化的性质，它是用一个形象来表征一种观念，一种对世界的情感态度。一般来讲，象征都借助于自然物象与主观情感在本质上的同构性或相似性，通过赋予主观情感以客观对应物的方式来含蓄地表达作者的情感态度。"[1]"在电影中，运用象征意味着采用这样一种画面形象：它能够启发观众的地方要远比简单看到的明显内容所能提供的多得多。"[2]

凡一平小说《寻枪记》被改编成电影《寻枪》，其中重要的物象象征即手枪。小说和电影中失而复得的手枪象征着自我能力以及权力的丧失和获得。"枪"成为马山与这个世界交流的社交通道，失去枪，他的雄性力量将消失，得到枪，他个人才得以存在。对"枪"亦即对"物"的悲剧性迷恋，成为导演关注人性和批判现实的切入点：在一个金钱至上、物欲充盈的时代，一个人会选择何种方式满足自己的渴望或者弥补自己的缺失？因此，手枪象征着物化现实下人们心灵的脆弱以及精神自我的深度缺席。

【实训】

分析小说《三生三世十里桃花》和改编的同名影视剧，比较叙事视角和叙事策略的不同。

---

[1] 童庆炳．中西文学观念差异论［J］．文艺理论研究，2012（1）：61-71，106.
[2] 吴炫，乔媛媛．文学穿越生活现实［J］．文艺理论研究，2012（3）：58-67.

第九部分　影视剧创作伦理

【知识目标】

1. 了解影视剧媚俗化的表现。

2. 了解影视剧媚俗化的原因。

3. 了解国外影视剧分级制度。

4. 熟悉当下国内影视剧在创作伦理方面的发展现状。

【能力目标】

1. 理解大众消费文化的扩张。

2. 理解影视创作价值取向媚俗化的内在原因。

3. 树立影视创作从业人员的社会责任和伦理意识。

4. 明白当下我国建立影视分级制度的必要性。

【案例导入】

　　1. 电视剧《武媚娘传奇》在被叫停 4 天后，于 2015 年 1 月 1 日起恢复播出。不过，复播后的《武媚娘传奇》却变了风格，从"满屏尽是白花花"变成"满屏都是大头照"。剧中一众美女胸部镜头全部被剪掉，画面仅呈现远景和肩膀以上的近景。这部宫廷大戏自播出以来，凭借超高的颜值、华丽的布景、精美的服饰以及钩心斗角的剧情，一路高歌猛进占据了收视率排行榜和话题榜第一名的位置。

2. 2015 年 3 月 1 日，漳浦县两名年仅 12 岁的少女跳进池塘结束了生命。在离开这个世界的时候，有个女孩竟留下遗书称，要穿越到清朝去拍一部电影。这一事件随即引起了漳州市民以及全国网友的关注。不少人在为两名少女的逝去感到惋惜的同时，也把矛头指向了穿越剧。

3. 2010 年电视剧《抗日奇侠》开播，其中出现了"化骨绵掌""缩骨神功"等神化了的武功绝学；2015 年热播剧《一起打鬼子》出现了"裤裆里藏雷""爽不爽"等雷人化的情节和色情化的语言，不断涌现出的以"抗日"为主题的电视剧中出现了"手撕鬼子""寡妇自摸""裸女敬礼"等不堪入目的镜头，网友们将此类抗日战争题材的电视剧称为"抗日神剧""雷人剧"。因"很雷很传奇"，而遭到观众强烈声讨。日前，国家新闻出版广电总局已下发通知要求卫视规范黄金档电视剧播出情况，个别创作态度不严肃、胡编乱造、不尊重历史、过度娱乐化的"抗战雷剧"将被停播。

思考：

1. 当下影视剧创作出现以上现象的原因是什么？
2. 影视创作从业人员的社会责任和伦理意识建立的必要性。

第一单元　影视剧媚俗化

在众多文化艺术中，影视艺术以其特有的"感光媒质"优势而成为最形象直观、最具感染力的艺术形式，成为满足百姓文化生活需求不可或缺的日常内容，成为当今时代的意识形态中心、文化消费中心和精神活动中心。然而，不幸的是，在世纪之交，随着现实社会的急剧转型以及西方文化和价值观念近乎"零阻挡"的疯狂涌入，中国进入了一个文化转型的特定时期，而影视基于对商业利益的追求，只有吸引最大数量的受众关注，才能实现经济利益。因此，影视剧不惜动用一切手段，去吸引大多数受众的眼球，去迎合大多数人的审美情趣，甚至是感官刺激、道德沦丧都无所谓，在以"媚俗"为典型特征的当代审美文化的熏染和诱导下，在这样一个"无规则游戏时代"，影视文化作品良莠杂陈，有些已经偏离了健康有序的文化轨道，出现了严重的生态失衡。

媚俗，是当代审美文化转型时期所产生的一种负现象，也是一种典型的伪审美现象。米兰·昆德拉指出："媚俗者对媚俗的需要，是那样一种需要，即需要凝视美丽谎言的镜子，对某人自己的映象流下心满意足的泪水。"[1] 这面镜子就是他人的目光，而媚俗就是在"镜子"面前搔首弄姿、忸怩作态。说得通俗一点，媚俗就是不择手段地讨好多数人，为取悦于他人而不惜猥亵灵魂，扭曲自己，屈服于世俗。

影视剧媚俗化主要表现在以下两个方面：

第一，轻浮浅薄、格调低俗。影视作品的品位和格调急剧滑坡，无价值或负价值的感性化庸俗产品成批生产。一时间，被人戏称为"文的上床，武的上房"的"枕头戏""拳头戏"充斥着荧屏。这些所谓的"高收视率"作品，或者浅薄轻浮一味搞笑以赚取廉价的笑声，或者人物扭曲心理变态，以满足观众的猎奇心和窥视欲，或者大力宣扬病态的婚外情、多角的畸形恋以寻求刺激感，或者大肆渲染香车美女、一掷千金的"派头"以迎合观众爱慕虚荣的心理……很多影视剧干脆成为一种缺根少据的"民间戏说"，肆无忌惮地解构着权威和经典，"意义""深度""崇高""神圣"等字眼被"游戏""娱乐""放纵""搞笑"取而代之。

这一现象在网络剧创作中更为突出，大量微电影渲染男女之情，而且某些故事是不太健康的。比如，《床上关系》描写的是一对年轻夫妻李小芸和张诚，因为家里少了一个避孕套而产生误会，导致夫妻关系紧张化的故事。其中穿插了一个小偷进去，开始的时候窥视他们做爱，后来偷听他们争吵的情节。性窥视心理，就是一种不健康的心理。

这种现象在"青春偶像剧"中更是数不胜数，大多纠缠于轻浮琐碎的低级情调，思想品位不高，情趣格调庸俗。俊男靓女们不舍昼夜地出没于写字楼和

---

[1] 转引自苗棣. 电视艺术哲学 [M]. 北京：北京广播学院出版社，1997.

酒吧，很多没有正当的职业，没有适合他们的理想追求，疯狂地恋爱、失恋、自杀等就成了他们生活的全部。显然，这些作品无益于提高观众的审美趣味和精神素质，而是百般迎合观众的低级趣味和不健康的欣赏心理，宣扬以追求感官享受为人生内容、以"跟着感觉走"为人生哲学，造成一种浅薄而不深刻、浮躁而不沉稳、油滑而不幽默、媚俗而不崇高的群体性鉴赏习惯。

第二，急功近利、模仿成风，与影视创作多元化、个性化的要求相背离。在当代审美文化的熏染下，急功近利的思想对当下的影视创作产生了强烈的冲击。急于出"成果"的影视机构和个人只是将目光紧紧盯住某类题材的诱人市场，而顾不上"内涵"，从剧本创作到最后影视出品的周期越来越短，个性化的创造完全被机械化的模仿复制所替代。从"清宫戏""反腐剧"，到"婆媳剧""谍战剧"，再到近些年的"玄幻剧""青春偶像剧"等，哪一种类型的剧取得了高额票房或高收视率，紧接着就会有很多类似的剧纷纷上马。人物雷同，情节雷同，细节雷同，唯有收视率不雷同——观众数量以几何数字直线下降。仅凭道听途说或是个人想象就闭门造车、胡编乱造，一味追求外部场面的惊、险、奇，专注于以欣赏和玩味的态度表现官场无休无止的钩心斗角和巧弄权术，从而导致情节雷同和人物类型化等庸俗现象频频发生。有些剧本连最起码的逻辑都没有，更别说深刻的思想和精湛的艺术了，这就导致了"雷剧"频现。

一、媚俗化的原因

（一）大众消费文化的扩张

文化产业的迅速崛起和发展，加速了艺术向商品的渗透速度和追逐资本的步伐，使得艺术在其价值取向上出现了明显的浅薄化趋势。当下社会中的生产者为了刺激人们的消费欲望，在影视剧中不断强化各式各样的消费方式和消费"符号"，使人们的消费由满足需要转变为对欲望的过度追逐，放任资本逻辑对艺术品质和审美理想的侵蚀，认为只要可以赚钱，能够提高收视率，多些媚俗的"雷剧""神剧"又何妨，于是荧屏上演了"雷剧当道，神剧打擂"的奇观。

（二）商业利益的驱使

我国大部分影视资本处于原始积累时期，它所关注的是市场回报而不是伦理道德，此时的资本更倾注于市场理性而不是道德理性。再加上物欲主义的驱动，影视传媒的公正性受到制约，甚至是赤裸裸的利益驱动，有些娱乐性节目高收视率的背后就是巨额的商业利益驱动，有的甚至不顾伦理原则。在片面追求商业价值和收视率的物欲主义动机下，一些影视生产和传媒机构缺乏社会责任感，超越道德底线，不少热衷于对豪宅、盛宴、名车和其他奢侈品的炒作，或者将性虐待等低俗的文化元素当作时尚标签加以追捧，不少影作品和媒体以"性"为卖点打"擦边球"，以追求"眼球效应"。这是影视创作价值取向媚俗化的内在原因。

（三）政府监管部分失控甚至缺位

一些政府主管部门只重业绩和经济效益，只管思想政治安全，对道德伦理安全过问不力，是导致媚俗化的外在原因。而一些影视制作部门深谙审查的门道，熟知逃避的技巧，不是在作品质量上下功夫，而是投机钻营、暗度陈仓，如在报批立项和制作拍摄环节之间存在诸多变动，而监管部门在审查过程中，偏重意识形态的过滤，对审美效应方面重视不够，也是"雷剧""神剧"能顺利通过审查的重要原因。

（四）社会浮躁心态的投射

影视受众审美认知错位、审美趣味不高。中国是个人口大国，民族众多，文化层次差别很大，文盲、半文盲人口数量较大，大量影视观众较为感性化，缺少影视专业素养，也是促使和导致媚俗化的客观诱因。而在急功近利的社会心态影响下，许多影视创作者心态浮躁、见利忘义，背离艺术工作者的基本道义，创作时熟练地"剪贴""拼凑""乱炖"，如此，将艺术创新拉低为模仿克隆，刻意戏谑解构历史，将人类情感庸俗化，影视作品媚俗的乱象就不难理解了。

二、对媚俗化的反思

首先，要强化政府对影视创作和传播管理的社会责任和伦理意识。应不断优化影视生产和传播的市场环境。就生产而言，影视人对外面临好莱坞、日流、韩流的强力挑战，对内则面对着10多亿不同民族、不同地域、不同行业、不同文化层次的观众的选择甚至挑剔，还面临政府体制的强力管理，在此语境下，影视人以一种"戴着镣铐跳舞"的方式艰难前进，为此，出现媚俗化、浅智化等各种现象似乎不可避免。这就需要政府通过宏观调控，对传媒双重角色之间的平衡产生影响，对传媒市场的分布格局加以调整，比如进一步加大开发农村电影市场、社区电影市场、学校电影市场的力度等。

其次，强化影视创作从业人员的社会责任和伦理意识。鉴于我国影视创作机构和传媒职能从单一转向多元，对于创作者来说，影视文化的综合性、科技性、时尚性，使从业人员常常拥有一种大众精英的身份和社会认同。因此有必要促使其通过自律而肩负应有的社会责任和道义责任。而对于影视传媒机构（主要是各级电视台）以及各类影视公司而言，认识到自己拥有的传媒资质是一种"权利"而非"权力"，则是强化传媒组织道德自律和职业意识的第一步。另一方面，责任、权利、利益的统一，促使影视创作和传媒的各种职能或身份的人充分到位，则是道德自律的重要前提。让每个传媒人和机构能够在从业的过程中自觉担当社会责任和服务公众的道德意识，使传媒人内化自己的职业角色，才是去媚俗化的正确方法。

再次，提升大众的影视接受水准和影视接受伦理意识。提升大众的文化素质和影视素养，是对媚俗化产生自然抗拒力的第一要义。强化大众影视接受的伦理意识和道德责任感则可以逐步有效地阻止媚俗化的影视创作和传播进入大众的精神生活。

影视作品是一种特殊的产品，既承担着反映社会、娱乐民众的功能，也承担着传承文化、涵养人民情操的特殊功能。展示低俗，放任庸俗，肆意媚俗，绝非影视创作应追求的道路，只有关注民生，贴近群众，真正用影视作品反映社会生活，真正关注个体在历史进程中的情感诉求，为人民创作，才是一个有良知的影视工作者应有的责任和担当。

【实训】

1. 大众消费文化产生的背景是什么，有哪些影响？

2. 影视剧媚俗化表现在哪些方面？举例说明。

3. 如何建立和强化影视创作从业人员的社会责任和伦理意识？

第二单元　影视剧的分级制度

我国现行影视剧审查所依据的法规主要是《电影管理条例》《电视剧内容管理规定》《音像制品管理条例》等。在我国的法律体系中，法规的位阶相对来说比较低，而独立完善的关于影视剧方面的法律还没有出台。随着网络视频和自媒体视频的迅速崛起，相对落后的法规并没有可供直接参考执行的标准。模糊宽泛的规定、行政手段的加强、法治手段的弱化以及法规执行起来所特有的弹性空间，给行政机关留出了过大的自由裁量权，容易带来权力寻租和区别对待现象，无形之中会对受众的审美造成影响和变相污染。

当下正处在一个被影视文化包围的时代，影视文化已深深地介入了我们的社会，并与我们的关系日益紧密。作为当代文化生态环境的一部分，影视文化在成为人们一种不可或缺的生活方式的同时，以其巨大的影响力和无所不及的触角对受众的价值观产生着巨大的影响，尤其是对青少年的影响。影视文化独特的审美特征与青少年天性、特征的契合使影视成为青少年的生存伙伴。

我国现行的电影监管体制对电影内容的审查，依然处于似是而非的模糊地带。经过审查的电影，就可以向所有的受众公映。审查的标准应该是出于对儿童及未成年人的保护，可是部分含有少儿不宜内容的影片却未超出电影审查的最终标准。加之现行的电影审查规定含糊，对于具体的电影内容规范得很笼统，不具体。而且审查的标准与尺度都无一个明确的公布与说明。因为没有一个文本的规则可依，一部戏能不能通过审查都是以审查员的经验和当前的政策方向来把握，同样的情节，也许上个月可以通过审查，但是这个月就不行了；同样的题材，也许上个月还能拍，这个月就不能拍了，甚至同样的情节，在国外电影里就可以，国产电影里就不能通过审查了……审查不仅仅是国家电影局一个部门的事情，审查委员会里多数的委员来自社会各界，国家电影局也必须尊重他们的意见。所以中国影视审查制度的改革，不光是国家电影局的问题，而是一个庞大的系统工程，然而目前的审查制度却仍本着老少咸宜的原则，着眼于事先的剧本审查以及拍竣之后、播映之前对违规镜语及超控情节的删除裁剪或勒令修改。

影视产品对整个社会意识形态和社会经济发展具有深刻的影响力，因此对影视节目的监管就显得更为迫切。在影视行业日益发达的今天，为了保护未成年人的身心健康，对影视作品改进管理方法，实施分级管理很有必要。

一、国外影视剧分级制度

电影分级制度指把片厂的产品按其内容划分成若干级，给每一级规定好允许面对的群众群，电影分级制度的出现主要是为了青少年的发展教育，以便区分其等级和适宜度，起到指导看片的作用。

国外的文化产品分级制度实行较早，运行模式较为成熟。世界各国的文化产品分级制度并无太大差异，只是在具体的实行标准、级别确定等方面存在不同。

（一）美国的影视分级制度

美国文化产品分级制度主要针对电影、电视节目、游戏等。20 世纪 60 年代后期，美国开始实行电影分级制度，直到 20 世纪 70 年代初才彻底确立电影分级制度。美国的电影分级标准由总部设在加州的民间组织"美国电影协会"制定，具体评级工作则由该协会组织家长进行。

分级制度的基本理念是在承认道德控制原则的前提下，按年龄分层进行控制。

影视作品大致分为以下几个级别：

G 级：大众级，适合所有年龄段的人观看——该级别的电影内容可以被父母接受，影片没有裸体、性爱场面，吸毒和暴力场面非常少，对话也是日常生活中可以经常接触到的。

PG 级：普通级，建议在父母的陪伴下观看，有些镜头可能让儿童产生不适感——该级别的电影基本没有性爱、吸毒和裸体场面，即使有，时间也很短，此外，恐怖和暴力场面不会超出适度的范围。

PG-13级：特别辅导级，13岁以下儿童尤其要求有父母陪同观看，一些内容对儿童很不适宜——该级别的电影没有粗野的持续暴力镜头，一般没有裸体镜头，有时会有吸毒镜头和脏话。

R级：限制级，17岁以下观众要求有父母或成人陪同观看——该级别的影片包含成人内容，里面有较多的性爱、暴力、吸毒/过分血腥等场面和脏话。该类影片在部分国家上映时，会被评为15岁、16岁以下禁止观赏的影片。

NC-17级：17岁以下（含）观众禁止观看——该级别的影片被定为成人影片，未成年人被坚决禁止观看。影片中有清晰的性爱场面、大量的吸毒或暴力镜头以及脏话等，不适宜在影院播放。

（二）韩国的影视分级制度

韩国对于电影、电视剧、音像唱片、游戏等也有详细的分级制度。韩国的文化产品分级制由"韩国媒体分级委员会"具体实施，韩国媒体分级委员会是一个对包括电影电视、视频、表演、唱片等在内的各种媒体进行评级的机构，由最早成立于1966年的"南韩艺术与文化道德委员会"演变而来。韩国1998年建立正式的电影分级制度，规定电影分为5个等级：全民、12岁以上、15岁以上、18岁以上可以观看和限制放映（19岁以上可以观看）。每部电影的等级由民间组成的"影像物等级委员会"进行评级。2001年1月2日公布了《关于放送节目分类及标志的规定》，2月1开始对电视中播放节目采取分级制，在电视中播放的电影、电视剧、MV、动画四类节目中实施。

（三）日本的影视分级制度

日本在战后的电影审查是由占领日本的联军司令部进行的。后来，联军司令部将电影的审查制度回归电影界，由业界自行成立审查机构。然而早期业界成立的审查机构成员均为业界人士，公正性遭到质疑，因此1956年，比较具有中立性的日本映画伦理委员会（映伦）成立，当今日本的电影在发行之前，要经过映伦审核分级后才能上映。

现行日本的电影分级制度是1998年制定的，一共分为四级：

G级：没有任何限制。

G-12：12岁以下的人要有家长陪同才可观看，剧情包含性、暴力、恐怖，以及儿童可能会模仿的不良行为的电影。

R15+：15岁以下禁止入场观看，剧情包含比较深度的性、暴力、恐怖、集团排挤，以及青少年可能会模仿的不良行为的电影。

R18+：18岁以下禁止入场观看，剧情包含比较深度的性、暴力、恐怖，以及青少年可能会模仿的不良行为、鼓励使用毒品的行为、反社会行为的电影。

（四）伊朗的影视分级制度

伊朗的电影审查制度分为四个步骤：第一，剧本必须通过审查。第二，申报演员和剧组人员名单，申请拍摄许可。第三，完成后的样片送审，来决定影片的命运，通过、修改还是被禁。第四，导演制片人申报银幕许可，影片被分为A，B，C三级以决定电影的发行渠道和宣传方式。

伊朗的电影分级与欧美电影分级不同，它与电影内容无关，A，B，C的级数是电影质量的分级。因而A级电影可以在官方的电视台上发布广告，在最好的院线最佳时间上映。C级则被禁止在电视上播广告，也只有较差的，少量有限的影院在非高峰时间播放。所以通过多层审查，电影法律决定了影片的内容及市场。

除以上国家外，实行影视分级的还有加拿大、英国、法国、德国、意大利、西班牙、荷兰、瑞典、泰国、澳大利亚、新西兰、新加坡等。尽管各个国家或地区的具体措施和标准不尽相同，但是其目的很明确，皆为了有效地对未成年人的合法权益进行保障，促进未成年人在品德、智力、体质方面全面发展，规范影视市场秩序。

电影分级是一个标准，也是一个参考值。我们主要根据影片的内容来规定和划分适合观赏的年龄段。电影分级本质上是为观众服务的。电影分级制度并不是100%的精确，它的初衷是为了保护儿童和青少年。但是有时候，在商业利益面前，电影分级制度无能为力。很多片商不顾电影分级制度，一味向青少年观众推销暴力、色情电影。而且色情与非色情，色情与情色，对这些概念的界定也有一定的难度。

二、国内影视剧分级制度初探

许多国家如美国、英国、日本等都有完善的电影分级制度。在大多数国家，电影分级制度不具有法律效力，但在行业内部具有约束力，只对观众起提示的作用，而把选择权交给了观众，由观众实行自我保护。中国内地暂时没有实行电影分级制度。

目前，我国涉及电影审查制度方面的法律法规包括《电影产业促进法》《电影管理条例》《广电总局关于改进和完善电影剧本（梗概）备案、电影片审查工作的通知》《电影剧本（梗概）备案、电影片管理规定》等。按照规定，我国电影审查制度实行"一备二审"，国家新闻出版广电总局和各省级广电部门是电影审查的主管部门。具体而言，由各省级广电部门来负责本行政区域内电影剧本（梗概）的备案和影片初审的管理，由国家广电总局电影审查机构负责对影片进行终审，实行属地审查。国家和省一级广电部门内设置的电影审查委员会和电影复查委员会负责对电影的具体审查。

电影审查机构在法定期限内对送审影片进行审查，审查合格的，由广电总局颁发《电影片公映许可证》，允许公映；审查发现需要修改的则书面通知制片单位修改意见，审查不合格的则禁止公映。

按照《电影剧本（梗概）备案、电影片管理规定》第十三条、第十四条的规定，电影审查的标准包括两类，一是影片中禁止载有的内容，即涉及违反宪法基本原则，危害国家民族利益，宣传邪教、淫秽、赌博或暴力等内容，侵害他人合法权益，损害社会公德等；二是影片中应当删减修改的内容，即涉及歪曲历史，贬损历史人物、人民军队、公安和司法形象，夹杂淫秽色情、暴力犯罪，展示犯罪细节，有过度惊恐画面、声音效果，宣扬消极价值观，刻意渲染社会阴暗面，鼓吹宗教极端主义，破坏民族团结，破坏生态环境，虐待动物，酗酒、抽烟等。

总体来看，我国现行的电影审查制度属于行政许可的一种，由特定的国家机关进行事前审查，电影须事先经国家主管机关的批准才能公映。

但是想要实现影视立法与国外接轨的目标，单靠影视审查与管理是不够的，必须给予影视剧一定的分级，尤其是在影视文艺进出口贸易日趋活跃和自由的今天，影视剧分级制度的确立显得尤为必要。首先，这样能够极大满足受众的多元化需求。让观众能够根据等级自主选择观赏，不同年龄阶段、不同文化层次、不同阅历的受众，都能在影视市场上买到自己所需的商品。当前处于社会改革转型时期，各种矛盾凸显，给受众的情绪宣泄提供了出口。其次，能够推动影视行业的市场化进程。影视分级制度的建立，可以使影视剧最大限度地通过审查，有效改变过去"一刀切"的呆板模式，让影视剧在传播中实现自身价值和利益的最大化，使影视行业实现真正的产业化，在文化产业的竞争中获得自己的一席之地。再次，有助于影视市场的有序管理。影视分级制度的建立，能最大限度地弱化行政色彩，把人治禁锢在法制和法治的牢笼里，先前的行政部门由主导者化身为服务者和监督者保证影视市场的自主自由发展，同时又以"看得见的手"保证市场正常有序运行。最后，有利于我国影视剧走向世界，与国际接轨。影视分级之后，我国影视剧的出口会更加具有偏向性，在创作过程中，由于相对较小的受众面，创作人员可以更好地揣摩所针对的受众群体的喜好，从而顺利完成营销。

【实训】

当前我国影视行业如何才能实现真正的产业化？

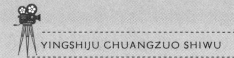

第十部分 剧本创作与受众心理

【知识目标】

1. 了解影视剧受众的基本分类情况。
2. 掌握影视剧受众审美活动的特点。
3. 了解影视剧受众的审美需求。

【能力目标】

1. 明白受众对信息的"同化"接受心理。
2. 理解受众对角色的"移情"接受心理。
3. 了解人的五种需求层次理论。
4. 了解接受者与主人公角色认同的五种互动模式。
5. 了解不同类型的影视剧与受众期待视野之间的互动关系。

【案例导入】

观看《芈月传》《花千骨》《人民的名义》《琅琊榜》《伪装者》五部电视剧。

思考：

1. 分析这些剧成为热播剧的原因。
2. 分析这些剧的受众人群。
3. 分析受众收看这些剧的心理动因。

第一单元　影视剧受众审美

接受美学的代表人物姚斯认为："文学作品从根本上将注定是为了这种接受者而创作的。"[1] 也就是说读者参与了作品的生产，拓宽至影视剧，接受美学的理论认为对受众的研究和重视有着更为重要的价值和意义，没有受众的接受，影视作品的价值就无从实现。而接受主体又千差万别，各自有着不同的接受方式和习惯，这些因素都会影响对影视作品的接受效果。

一、影视剧受众的基本分类

（一）年龄分类

从年龄来看，各种年龄段的受众，接受心理和行为是不同的，对作品的选择、理解、评价也有着阶段性的差别。

少儿阶段是认知、理解相对较弱的阶段，所以最单纯、最富于幻想，求知欲、好奇心都比较强，科幻片、动作片、神魔片是他们的最爱。故事情节简单、人物好坏分明、主题明确单一的作品最易被他们接受，他们有着较强的类比心理、幻想心理和认同心理，电视剧《西游记》《还珠格格》等年年重播，但是永远会有受众的原因也就在此。

随着年龄的增长，中学生逆反心理逐渐增强，对异性的好奇和青春的萌动开始，具体表现为喜爱看由自己崇拜的明星主演的影视剧，大多是青春偶像剧或紧张刺激的功夫片。

青年观众由于生理、心理已成熟，自主意识比较明显，尤其是大学生，具备了较高的知识层次，所以在影视剧接受的过程中，有较强的参与意识，往往

---

[1]　姚斯. 接受美学与接受理论［M］. 周宁，金元浦，译. 沈阳：辽宁人民出版社，1987.

带着挑剔的眼光来加以审视，喜欢对作品进行审美评价，主观性、情绪性倾向明显。

中老年观众在影视接受方面，有着某些相似的倾向，由于工作、生活方式等方面的原因，他们成为影视剧收视率中收视人数最高的观众（参见下表），他们习惯于收看蕴含着丰富的生活内容、贴近老百姓生活和情感的电视剧。

2018 年全国目标观众收看各类节目时间/分钟

	年龄				性别	
	4～14 岁	15～34 岁	35～54 岁	55 岁以上	男	女
电视剧	6154	7394	9942	13238	8336	9717
少儿节目	2020	481	367	656	683	652
财经	85	120	213	283	185	150
生活服务	456	589	859	1345	793	770
体育	513	1206	1471	2073	1814	834
戏曲	126	169	273	1594	418	438
新闻时事	3021	4499	7041	11516	6708	5809
音乐	412	587	771	817	612	715

数据来源：央视—索福瑞媒介研究

通过上表，我们可以看出各个不同年龄段和不同性别的受众有着各自的选择口味，55 岁以上的中老年群体是电视受众的中坚力量。当然，以上年龄的划分不是绝对的，只是根据心理特点进行的简单划分，虽然没有把影视剧的收视进行细分，但是也可从受众口味倾向窥见一斑。

（二）性别、文化层次分类

从上表中，我们可以明显地看出男性与女性对不同类型电视的接受是不同的，女性观众在电视剧上付出的收视时间多于男性，但是在财经类、体育类、新闻时事类型的节目上，女性观众的收视时间则少于男性。

有关调查显示，在作品题材方面，一些动作性强，关于侦破、推理、灾难、恐怖、战争、军事题材的电视剧会更多地受到男性观众的青睐。以历史剧为例，从《努尔哈赤》到《末代皇帝》《汉武大帝》《雍正王朝》再到《宰相刘罗锅》《康熙微服私访记》，从《三国演义》到《战国》再到《太平天国》，男性观众们与剧中的帝王将相、王公贵族有着更多的共鸣点；而其中的权力斗争和权术运用又是这些剧的重要情节，更是能够讨得男性观众的喜爱。

而关于青春爱情故事的讲述，家庭伦理亲情的娓娓道来，则更受到女性观众的欢迎。例如《牵手》《过把瘾》《结婚十年》《亲情树》《中国式离婚》《金婚》等，这些侧重反映百姓家庭生活，聚焦家庭内部矛盾冲突和家庭成员情感纠葛的电视剧，符合一般女性电视受众的情感需求，因此更受她们欢迎。

文化层次、艺术素养的参差，对电视剧作品的接受也表现出很大的差异。

按照文化层次的不同，可以把受众分为小学以下文化、初中文化、高中文化和大学以上文化，初中和高中文化程度的观众比较热衷于收看电视剧这种低投入的家庭化休闲方式，而收入越高、压力越大的受众可自由支配的时间会更加有限，观看电视剧的时间也相对会少。

（三）地域分类

受众是处于一个特定的时间和空间构成的坐标体系当中的，不同地域所形成的不同环境对人的成长会予以深刻影响，从而会培育出一种富于地域文化特色的审美心理。

我们通过北京和上海两地观众的收视特点就可以直接看出地域对受众的影响。

作为中国政治中心的城市北京，相对于其他大城市而言，北京人对国内外的重大事件有着更高的敏感性，被称为天生的政治家，所以北京人比较热衷于看宏大叙事的电视剧，或者是表现北京平民生活喜怒哀乐的电视剧，但是其中自然风趣、直白幽默的京味语言一定要得到淋漓尽致的展现。从《渴望》《编辑部的故事》《康熙大帝》《雍正王朝》一直到《大宅门》《贫嘴张大民的幸福生活》，在北京地区都创下了很高的收视率，形成了一大批稳固的京派观众群。

而作为中国经济中心的城市上海，因其独特的地理位置和经济模式，在继承中国传统文化的基础上，也不断地消化吸收西方文明，形成了独具自身特色的海派文化。因上海在解放前的租界地位，上海人对自己的私人空间比较在意，对家庭生活也特别看重，再加上物质生活的相对丰厚，他们在精神的追求上相对超前，所以反映家庭生活、有着一定娱乐趣味性的电视剧颇受青睐。比如《儿女情长》《婆婆、媳妇、小姑》《孽债》等，大多着眼于个人与家庭。

总之，从不同角度划分的接受主体类型的不同，接受个体的文化差异等都会影响到对影视作品的理解。

二、影视剧受众审美活动的特点

任何文艺作品从某种意义上来说，都是特定情感的外化表现，影视剧中凝聚着创作者们的情感和故事本身叙事上的情感，因此，受众对影视剧的接受过程，也是一种情感体验过程，只不过这不是一般的日常情感体验，而是一种审美的情感体验。

（一）家庭成为剧场

电视的最大功用是以视听结合的方式将信息传送至每一个家庭，它是影视剧的母体，在带给人们丰富的信息和审美享受的同时，也意味着原本在影剧院上映或演出的电影、戏剧也能在荧屏上观赏到，但是人们发现此时的效果已大打折扣，真正占领着电视屏幕、紧紧吸引着受众眼球的还是电视剧。

虽然影视剧在产生初期被人们称为"小电影"，也被混同为戏剧，但是连续剧的出现使它开始定型，并且表现出与电影、戏剧明显不同的特征，比如电视剧中人物对话多、情节发展慢、篇幅不受限等。因此，它更适合以家庭收看的方式发展。也有学者认为电视剧是一种典型的家庭艺术，它完全是为了适应电视的家庭收看方式而创造的。

首先，从接受环境来看，家庭剧场与真正传统意义的影剧院是不同的。

影剧院是一个封闭性的、有着浓厚艺术氛围的、特定的集体审美场所，它是与现实实际生活相隔离的。人们去影剧院看电影或戏剧，必须离开家庭，购买门票，按时入场，然后寻找位置对号入座，因是一个集体性的社交场合，还需要注意自己的着装和言行等，这种种程序都在暗示受众，正在进入的是一种非常规状态。这种群体行为限制了受众必须保持安静，使其不由自主地会有一种强烈的自律意识，所以受众的观影有着某种仪式感的存在。

而对于电视剧受众而言，家庭成了剧场，具有极大的开放性。家庭是人们日常生活起居的地方，与现实联系紧密。受众无须出门、买票、进场、对号入座，也不用经历场内灯光由明转暗、帷幕徐徐拉开的过程，只是很随意地往沙发上一靠，把遥控器一按，客厅马上就会变成"剧场"，有时，观众还会在众多的频道和节目间举棋不定，不断地进行着挑选，甚至在电视剧已经开始的时候，有的人还在聊天、吃东西、干家务，接受环境与影剧院相比，有着极大的随意性与自由性。

其次，从接受的心理体验来看，电视剧的受众体验与电影、戏剧的受众体验是截然不同的。

人们已然决定买票进入影剧院，在之前一般先看过海报或是剧情简介，对电影的类型已了然于胸，也就是事先会具有欣赏艺术的心理准备，并且当银幕上的帷幕层层拉开时，他们有着明确的欣赏目的，或是为了一睹爱情片的浪漫悱恻，或是为了享受恐怖片带来的惊悚刺激等。尽管在观影或观戏时，有时也会联想到自己的现实世界，产生共鸣，认同角色，但是当面对光影变幻闪烁的银幕或夸张、非现实的舞台布景时，他们会马上意识到自己只不过是一个观众，一个与剧情、角色毫无关联的旁观者，在曲终人散、灯光亮起的一刹那，手中捏的门票更是会让受众快速从剧情中抽身出来。

电视剧的受众是与之相反的，他们手拿遥控器不断地进行着随意的挑选，根本来不及进行欣赏艺术的准备，更不会有较为明确的审美目的。但是，也正是在这种情况之下，受众反而会很容易忘记艺术，忘记自己观众的身份，模糊艺术与生活的界限，或者根本意识不到剧中的一切与现实世界的不同，他们甚至会从生活的原生态出发，来观看审视电视剧，以生活的表现形态和发展逻辑来对艺术创作进行评判，这也就是电视剧受众难以忍受一些剧中过分离奇、巧合的情节以及演员过分做作、夸张表演的原因。无意之中，受众已经消解了艺术与生活的距离，他们把艺术世界当成了实际生活来参与其中，不再仅仅是欣赏艺术表演和审美，而是跟随着剧中角色一起经历了另一种日常化的生活。所以有人对电视剧观赏的心理机制做了如下描述："它是不是欣赏的欣赏，不是审美的审美，不是艺术享受的艺术享受。"[1] 与在影剧院欣赏的受众不同，电

---

[1]　高鑫. 电视艺术概论 [M]. 北京: 学苑出版社，2007.

视剧受众在观赏的过程中难以获得单纯的审美心态。戏剧学家查尔斯·摩根强调观众只有在剔除掉实际生活中的一切日常琐事时，才可能会获得一种纯正的艺术审美心态，而人们在观看电视剧时，并没有暂时中断日常生活，也无法忘记日常琐事，日常生活和琐事往往与电视剧的欣赏是纠缠在一起的。经常当电视剧开始时，家庭成员们有的还在洗碗，有的还在拖地，有的还在看报纸等，即使是在观赏过程中，打电话、倒水、打毛衣等日常生活的动作都还在继续着，这也就决定了受众们在不单纯的审美心态下，难以接受一些需要细细品味才能把握其意在言外的艺术性强的作品。但是在另一方面，电视剧会使受众在一种自然的状态下，不自觉地参与其中，认同角色，并且可以随时地、不受限制地与家人一起跟随着剧中的人物或哭或笑，还可以相互争辩得面红耳赤。

再次，从欣赏结束后不同的反应来看，电视剧受众对于剧情参与和角色心理体验更持久些，也就是"入戏"更深一些。

电影、戏剧的受众在结束散场的一刻，会顿时如梦初醒，只要一从座位上起身，便会马上从剧情中抽身离去。但是在家庭中收看电视剧的受众则没有散场，即使电视剧结束了，其他的频道可能还在继续播放另外的电视剧。如果受众在观赏时认同了角色，他们会自然而然地一直追随，有的还会沉浸在某一情节当中不能自拔，或为某一角色伤心、落泪、欣慰、欢欣，甚至有人会把一切当真，以至于在现实中做出一些颇有意味的行为。例如，20世纪日本电视连续剧《阿信》在伊朗播放，当看到阿信忍饿挨冻时，许多伊朗观众纷纷将自己宝贵的粮票送到电视台，要求转交给阿信；当剧中阿信父亲去世时，竟然举国悲痛，并有一家报社用一整版来刊登纪念文章。

美国有关机构曾做过一个关于电影与电视的区别的调查，在从全世界各地返回的问卷中，组织者竟选择了一个七岁的小学生的回答作为答案，他的回答是：电影里的人自己和自己说话，而电视剧里的人是和外边的人说话。这一答案，让我们更加清楚地看到当家庭变成了剧场时，电视剧带给人们的亲近感，以及它与受众沟通的随意性。

（二）看下去——认同

受众对电视剧的接受是一种主体的生命体验，这种体验活动具有丰富深刻的心理内涵。瑞士心理学家皮亚杰将受众的认知结构解释为接受图式，即接受主体在接受作品之前已有的经验所形成的一种心理模式，也被称为心理定式、心理预期或期待视野。

他认为当受众受到外界刺激时，接受主体会根据刺激的类别，对信息进行"同化"或"顺应"。"同化"就是指受众会将外部的信息积极纳入自己原有的认知结构中，来丰富巩固自身，也就是在观看电视剧的时候，会遵循着自己已有的审美定式去同化、认同作品。而当受众无法"同化"外部信息时，就会去"顺应"，自觉地改变原有的认知结构，以适应新的外部刺激需要，引起"质"的变化，即在观看电视剧时，会顺应时代环境的变迁而适当地改变原来的审美经验。

当一部电视剧的图式结构与接受主体原有的接受图式一致时，接受主体会不自觉地去同化接受对象，从而在接受过程中产生一种与接受对象同构的欢悦。这种欢愉情绪的产生是由于接受主体的审美需求得到了满足，他的审美能力得到了确证，从而接受主体可以自由无碍地欣赏对象，与对象和谐统一，甚至达到水乳交融的境地。

但是当一部影视作品的图式结构和接受主体原有的接受图式有着较大差距的时候，接受主体会本能地排斥这部作品，或者改变自己的接受图式去较为费力地顺应接受它，这也就是有的电视剧热播，而有的电视剧播出后惨淡收场的原因。

电视剧是一门通过声音和画面来叙述故事情节，塑造人物形象，抒发真挚情感的艺术，它虽属于虚构的叙事类型，但是对真实性的要求超出了同类艺术门类。它与电影不同，电影是白日梦，可以是虚幻的，真实并不一定要体现于外在，只要反映了社会本质即可，但是电视剧不仅要反映生活的本质，同时它营造的氛围也要与自然社会生活浑然一体。

《贫嘴张大民的幸福生活》一剧中的张大民这一人物，在现实生活中并无其人，但是他的贫嘴、幽默、自得其乐，在面对生活带给他不幸的时候，他甚至会用阿Q的精神胜利法去克服，他的这种生活状态和生活方式，我们都似曾相识，感觉真实。该剧编剧刘恒说之所以能创造出真实的人物形象，就是因为丰富的社会生活给了他创作的源泉和灵感，他从小也是生长在胡同里，家里没地方住，砍了一棵多年的老葡萄树，才盖起了一间六平方米的小屋。剧中，张大民的新房也是六平方米，只是中间多了棵树。

从刘恒的创作过程中不难看出，电视剧对社会生活的展现、表现和体现是建立在严格的真实性基础上的，创作者对"真实度"的把握比较恰如其分，人物形象并没有"失真"，张大民就像邻家大哥一样，栩栩如生，亲切感人。从背景环境到人物设置，与受众的接受图式相契合，接受主体们自然会跟随着创作者一起走入剧中紧紧相随。

电视剧因其技术条件与传播途径的特点，一般以表现老百姓的日常生活场景为主，发生在客厅、餐厅的故事常常成为电视剧的叙事内容，受众在观看过程中，实际的生活体验使得他们极易对表现家庭日常生活为内容的作品产生亲切感，从而在根据自身的经验，积极地参与剧情和认同角色中获得独特的审美快乐。

所以，电视剧中的"角色"更适合以家庭成员的身份出现在观众面前。《渴望》之所以成功，赢得亿万观众的喜爱，就是因为我们看到的刘慧芳不是一个厂长、经理、老板，而是一个女儿、妻子、母亲，我们所关注的也只是她作为女儿、妻子、母亲的情感与行为。同样，在《过把瘾》中，我们的注意力也不会集中在方言和杜梅的社会工作上，而是会放在两人的家庭关系和爱情生活上。

电视剧的主角大多是普通人，即使是讲述帝王将相、伟人英雄的故事，也大都把他们还原成普通人，展现普通人所具有的或观众感兴趣的生活经验和经历，表现他们在家庭、朋友关系中的命运和情感纠葛。例如，《雍正王朝》《康熙王朝》等都是把国事放在亲情中加以叙述，把皇室日常家庭化，《康熙微服私访》甚至把皇帝与平民进行角色互换，让皇帝演绎着百姓生活。又如《恰同学少年》《长征》等主旋律电视剧，在展现伟人的时候，往往是通过日常生活视角来展现他们令人尊敬的人格魅力。因为在家庭日常生活状态之中，受众往往更想了解的是这些伟人作为父亲或母亲、儿子或女儿、丈夫或妻子、儿媳与女婿的人伦体验，这些人伦体验才更能使观众产生强烈的共鸣。

电视剧抒写的生活图景一般是现实的、亲近的，不会对观众造成陌生感，也往往不会超出他们的日常生活经验，并且电视剧往往大量使用近景或特写镜头，使观众易产生这样的幻觉：仿佛角色是在"对着我们讲话"，在向受众倾吐情感，当受众接受这部电视剧，认同剧中角色时会开始进入状态并"看下去"。

电视剧采取连续的形式，每天播出几集的方式，使角色每天都会与观众见面，时间长了，观众不仅与角色开始熟悉，而且不知不觉当中，也将每天按时来到家的角色当成了家庭生活中的一位成员。一旦电视剧播完，角色不再到来，观众往往还会怅然若失，心中惦念。也因为如此，观众更愿意选择观看连续剧，而一些优秀的连续剧，人们不是嫌其长，而是嫌其短，更怕其结束。

在某一剧热播时，经常可见人们谈论剧中的人物，就像谈论自己的邻居、同事、朋友一样，有时还会见到人们因对剧中人物或事件持不同看法而争得面红耳赤的情景。这一切都说明：当剧中的角色长时间、经常地出现在家庭剧场中时，便会走进观众的家庭或他们的日常生活，成为观众的"左邻右舍"或"亲朋好友"，观众对这些角色已产生认同，进入"看下去"这一状态。

（三）看进去——移情

当剧中角色走入家庭后，观众就不仅参与剧情和体验角色心理，还会进一步地将剧情延伸到自己的实际生活中，对审美对象不由自主地投入情感。

"移情"就是"在不知不觉中把我自己的人格和感情投射到（或转移到）对象当中与对象融为一体。它是自我本身的一种活动，或是自我面对着外物采取的一种态度。当我用这种态度去注视、观察、谛听和解释外物时，自我就冲破了自己的生理躯壳与外界的'非自我'结合，在对象中充分而又没有混杂地体验到我自己的感情和向往"[1]。也就是说，当移情发生时，观众是把角色当成了自己，以自我为主体去体验、理解、认同角色，参与剧情。

一家人坐在电视机前，经常会出现这样的场面，对于剧中情节和角色的言行、情感表现，有时会一致称赞或者责骂，有时则会有不同意见、分歧，甚至会相互争论起来，即使关掉电视，这种言谈或争论也不会停止，此时的受众不再仅仅是对艺术作品进行纯粹的艺术评价，更多的是带上了强烈的现实情感去对待剧中的人物。例如前文提及的电视剧《阿信》的例子，那些伊朗观众已然

---

[1] 滕守尧. 审美心理描述［M］. 北京：中国社会科学出版社，1985：67.

把自己当成了剧中角色的身边人，充分表现了在实际生活中对剧中角色的认同与移情，主动去参与剧情。

移情还表现在受众在欣赏电视剧的同时，也将不自觉地开始"扮演"里面的角色，具体会在实际生活中对剧中角色的性格、思想、情感等方面进行效仿或沿用，甚至会对角色的生活细节、举止言行进行模仿。

例如，当年《上海滩》热播的时候，许多年轻小伙子都被主人公许文强的气质风度所折服，不由自主地在生活中处处学习许文强。据说此剧在热播之后，男孩子纷纷围起了白围巾，女孩子则都梳起了两条小辫，满街都是许文强和冯程程的影子，"文强帽"一度广为流行。

正因为观众常常会在日常生活中情不自禁地"扮演"剧中角色，模仿剧中人物的思想或言行，甚至以剧中角色的生活为准则来观照当下自身的生存状态，所以我们不得不承认，电视剧是一种影响面最广和影响力最大的艺术门类。

能够给人以情绪的适当调整和感觉的快适是影视接受的一个重要作用，受众在现实生活中存在着诸多的物质或精神缺憾，都可以通过艺术接受活动得到一定的补偿；同时，受众在现实中过分饱满的"剩余精力"也可以通过宣泄达到心理上的平衡。

在受众到达"看进去"阶段时，其实也开始进入了审美体验的高级阶段，"登山则情满于山，观海则意蕴于海"，这句话能够给予最好的诠释，想象和联想开始伴随着情感体验左右，想象和联想因情感而展开，情感因想象和联想得到充分体现。领悟人生真谛，获得自我超越和人格提升就能在这一阶段完成。

法国文论家狄德罗在《论戏剧艺术》中说："只有在剧院的池座里，好人和坏人的眼泪才能交融在一起。在这里，坏人会对自己所犯过的罪行表示愤慨，会对自己给人造成的痛苦感到同情，会对一个正是具有他那样性格的人表现厌恶，当我们有所感的时候，不管我们愿意不愿意，这个感触总是会铭刻在我们心头。那个坏人走出了包厢，已比较不那么倾向作恶了，这比被一个生硬而严厉的说教者痛斥一顿要来得有效。"[1] 如同一个人的心理难以被外人真正窥见与描述一样，受众的审美活动也是一个极其复杂的过程，因此，上述的划

---

[1] 伍蠡甫. 西方文论选·上卷 [M]. 上海：上海译文出版社，1979：350.

分与总结也只能是相对和有限的。

三、影视剧受众的审美需求

最新一项调查表明，看电视已成为人们生活中可有可无的背景，人们在看电视时手拿遥控器不停地换台，其间隔只有 3~5 秒，而即使选定了一个节目，大概也只会看 10 分钟，对电视剧而言，尚有大部分的观众能相对集中完整地观看，但大多数也是断断续续地从各个频道轮换着看，这也部分解释了各电视台先后播放同一部电视剧具有较高收视率的原因。所以与其他艺术形式相比，电视剧更需要了解受众在观看时期待视野的具体构成，明确受众在收看行为背后的审美需求，这样才能找到创作者的理念与电视受众心理需求的契合点，才能将受众成功引入自己想要营造的艺术天地中。

美国心理学家马斯洛 1943 年就提出了人的需求层次理论，从低到高依次为：生理需求、安全需求、社交需求、尊重需求和自我实现需求。他的需求层次理论在一定程度上反映了人类行为和心理活动的共同规律，即当现实生活无法满足人们的这五种需求时，个体生命就会产生失落、空虚甚至是焦虑感。这时，人们便会从虚拟的时空去寻找替代性的精神补偿，电视剧艺术正是以这种替代性的补偿与人们保持了一种互为关系，成为人类生命进程中不可或缺的精神元素。

（一） 娱乐消遣

娱乐消遣是大多数受众观看电视剧的最简单直接也是最浅层的心理动因。有专家说："大众文化的花招很简单——就是尽一切办法让大家高兴。"而电视剧这种最具大众文化特征的样式，无疑为大众提供了一个从梦想到现实的虚拟环境，完成了一次次白日梦的心理体验。白日梦是一种幻想，一种对愿望的满足，每一个人都或多或少有过白日梦经历，它可以在人们饱受现实创伤之后，为人们提供心灵喘息的机会，电视剧就具有这样的功效，受众通过观看，完成自己的一个个梦幻游戏，如英雄梦、爱情梦、发财梦等。

电视家庭化和私人化使娱乐消遣成为可能，尤其是黄金档 8 点到 10 点的安排，这一档期往往是一天中的休闲时间，观看电视剧也就成为必然，而观众观看电视剧的第一个要求就是要好看，所谓的好看其实也就是要具有充分的娱乐性而不是其他。

娱乐，是指以不干预实际生活的方式释放感情的一种形式，它是人的生命活动中的必需品，是能调节人的心理和心情的精神活动，包括两个层面的内容：感官愉悦和审美愉悦。电视剧作为艺术也是一种消费，但它不仅仅停留在感官的感性愉悦层面，而是能够深入到人的精神和深层意识中，为人们带来审美上的愉悦，如果一部电视剧仅仅依靠一些低级无聊的说笑打斗来刺激受众的生理，而不能使人获得一种精神上的满足，那么就会使人们陷入一种疲乏。

进入 21 世纪后，日趋激烈的竞争让人们在提高自身素质的同时也体会到了个人能力的极限，人们的生存困境和压力日益突出，每个人必须为自己的生存负责，在这种极端压力之下，人们力求逃避，但是现实时空让人无处退隐，只有电视剧能够用一种轻松娱乐的方式为人们解压，让人暂时忘却俗世烦恼。

当初古装情景喜剧《武林外传》在央视八套首播时，最高收视率就达到了 9.49%，许多经典台词风行一时，其热播的原因就在于在古代包装之下，对现代进行叙说，杂糅娱乐、欲望、针砭、讽刺的蜚短流长，典型的异想天开的白日梦，让受众在观看时，情感能够得到娱乐消遣的满足和对现实不满的宣泄。

用 Windows 的开机音乐作为开场，用打开文件夹的方式介绍演职人员，这些网络当中熟悉的场面，一开始就在告诉受众们，即将进入的是一种游戏化和娱乐化的场所，这将是一个虚拟的杂耍空间。在剧中，各种流行元素的拼贴，当下各种娱乐事件的恶搞，"无厘头"语言的堆砌，造成了"狂欢"的效果，人们在欣赏时无须注意这些事件、话语的合理性，而只需在调侃和支离破碎的语言意向中获得简单而久违的快感。"作为同福客栈这样一个公共空间，官员至乞丐都完全没有自己的特质，人们普天同乐，都只成了娱乐的符号。"[1] 人们在《武林外传》的虚拟空间中获得了轻松、娱乐和消遣，同时也消解了他们在现实生存空间中的紧张、压力和矛盾。

---

[1] 罗亮. 娱乐取代一切——读解《武林外传》[J]. 文学语言学研究，2008（16）：20-22.

（二）宣泄与平衡

当前，随着我国经济的快速发展，人们生活、工作的节奏越来越快，激烈的竞争、强大的压力和快节奏的生活使人们的精神重担越来越重，情感饥荒、心理隐疾、家庭矛盾、职场困惑等种种问题压迫着人们的神经，受众们需要找到一种渠道来释放自己的焦虑。而社会竞争的加剧使个人时间大大被挤压，这也意味着人们外出娱乐的时间急剧减少，走进影院观看电影成为奢侈品，所以观看电视剧成为大多数人的选择，它可以在聊天、吃饭的同时进行。

观看电视剧在某种程度上也是人类宣泄情感、寻求心理平衡的一种方式。在物欲社会中，欲望的诱惑和催动易使人心灵失衡，在现实中，当这种种欲望难以获得满足时，人们就必须对它进行压抑，或者寻找宣泄的方式和渠道，这样才能使自我心理得到平衡。

比如在现实生活中遭遇了不公，就渴望通过电视剧得到宣泄，在看一些反腐剧、涉案剧的时候，受众往往就会把正义的期待投射到电视剧中，期待坏人得到惩治，这也是诸如古代的包公、施公、刘罗锅以及现代的清官们粉墨登场，并受到人们欢迎的原因。

受众们能够跟随着编导的预设，与剧中人物一同挣扎、游荡、抗争，直至结束、归复平静。这样的一种过程会让受众产生极大的情绪波动，从而会有着紧张、疲劳的感觉，但是在节目结束的一刻，这些感觉会全部化为轻松，而原先郁积在受众心头的不快、烦郁也随之一扫而空，会获得宣泄的快感，人们从而获得了情感的镇静，恢复了生活的平衡。

（三）追忆与认同

中国自古就是以集体主义作为自我存在的价值依托，作为社会化的人，每个国人的内心深处都有着关于归属和认同的需求，都希望自己能够无差别地融入集体中，从而获得社会的归属感。

在现实生活中，人们虽然紧闭房门在家看电视，但是电视内容能够让人们感受到与外界潜在的联系。在这种联系当中，受众们希望作品能够表现出符合自己意愿的内容，期待它能够有合乎自己理想的人生态度，流露出与自身相通的思想倾向。人们会赞同那些能够契合自己关于社会、传统、自然等问题看法的作品，不仅是因为它表现出了与自己相似的主张，而且受众在观赏的同时，也会觉得自己的主张获得了作品所暗示的社会的认同，从而感觉获得了社会的归属感。

在一些电视剧中，我们看到了类似的现象，这些与当下社会联系紧密，并获得高收视率的作品，"和老百姓找到了通感"。比如《金婚》，讲述了佟志、文丽这对夫妇长达50年的婚姻生活，展现了大多数人都会遇到的人生困境：物质困境、情感困境、人际关系困境、事业困境等，不断出现的困境展示了这份历久弥坚的情感。编年体的形式，也唤醒了人们的回忆，不由自主地跟随着主人公回到了过去。

不同年龄段的观众都能从主人公人生长河中发现自己或身边人的身影，自己积蓄已久的情感也在观看电视剧时得到了发泄和表达，在主人公历尽各种矛盾挫折，最终相伴走完人生路时，他们也能够通过主人公人生的成功，替代性地感受到自己生活中不曾感受到的成功，从而获得身心的放松，也唤醒了潜藏于人们内心对爱与责任的认同。

（四）伦理补偿

人伦关系是社会和谐之本位，"以儒代教"是中国文化的特点。电视剧常常成为受众解决人际交往困境、获得伦理道德提升的重要途径。人们也习惯性地从其中找寻主人公成功或失败的原因，以此来观照自身，这就是电视剧类似于"镜子"功能的实现，也表明了受众的"伦理诉求"。

人们在看电视剧的时候虽然更愿意选择娱乐性强的，而不是思想性强的作品，但是这并不代表娱乐性强的作品中没有蕴含大众普遍认同的道德伦理价值观。人们对这种伦理道德的需求表现得比较隐晦，有时自己都未必会发觉，但是每个受众的心中始终会有一道模糊又明确的底线，即使娱乐、情感再强的作品，一旦碰触了这条理性底线，都有可能会遭到观众的唾弃。

例如"红色经典"翻拍剧《林海雪原》遭到冷遇就可说明一切，带有"匪气"的主人公杨子荣受到观众的普遍抵制，因为人们不能接受一个记忆中光辉正面的形象发生颠覆，英雄带上了痞气，使观众"感情受到了伤害"，对"经典"的改编触动了受众已产生的社会情感底线，自然会遭到冷遇。

受众往往把愿望投射到剧中人物身上，让剧中人代观众享受种种美好人生，观众则可以在屏幕下获得一种补偿性的满足。"电视剧散播着关于未来甜美的梦幻，抚慰着个体的挫折委屈，弥补着现实的匮乏残缺：英雄走出死亡之地，人类仁慈击败阴谋诡计，好人扭转乾坤，坏人作恶伏法，报应分毫不差。"[1] 观众对故事往往持有一种"善有善报，恶有恶报"的伦理期待。

【实训】

1. 观看一部热播剧，运用影视剧受众审美活动的接受特点来对受众心理进行分析。

2. 从受众的审美需求出发分析网络剧《白夜追凶》热播的原因。

第二单元　影视剧受众期待视野

接受美学认为，在对艺术作品阅读欣赏的背后，隐藏着审美受众与作品人物的来回互动，这种互动过程被姚斯称为受众的角色认同过程。在他的著作《审美经验与文学解释学》一书中，他提出了文学作品接受者与作品主人公角色认同的五种互动模式——联想式、钦慕式、同情式、净化式和反讽式。[2] 这五种互动模式代表了不同类型人物与受众接受的审美情感间的关系。详见下表。

角色认同的五种互动模式

模式	所涉及对象	接受定位	电视剧中人物举隅
联想式认同	游戏或竞赛	将自己置于所有其他参与者的角色中	《还珠格格》中的小燕子

---

[1] 邵奇. 中国电视剧导论 [M]. 上海：上海交通大学出版社，2008：45.

[2] 汉斯·罗伯特·耀斯. 审美经验与文学解释学 [M]. 顾建光，顾静宇，张乐天，译. 上海：上海译文出版社，1997.

模式	所涉及对象	接受定位	电视剧中人物举隅
钦慕式认同	完美的主人公（圣徒、贤哲）	钦慕、赞美	《开国领袖毛泽东》中的毛泽东
同情式认同	不完美的主人公（凡人）	怜悯、同情	《贫嘴张大民的幸福生活》中的张大民
净化式认同	受难的主人公或受困扰的主人公	悲剧情感或同情的笑	《渴望》中的刘慧芳《英雄无悔》中的高天
反讽式认同	失去主人公气质或反传统的主人公	挑衅	《宰相刘罗锅》中的和珅

在接受美学中，读者的期待视野指的是接受主体在观赏时，基于个人和社会等各方面复杂的原因，心理上已形成的定式，如上表所示，对不同类型的人物，会形成不同的接受定位与情感倾向。所以当一部作品符合受众既有的期待视野时，就会使人们获得满足并产生共鸣；而当它落后于期待视野时，受众就会产生一种失望或抵触心理；当它超前于期待视野时，那么受众的思想情感将会得到提升，也会进一步影响拓展受众今后的期待视野。

下面，进一步分析不同类型的影视剧与受众期待视野之间的互动关系。

一、历史题材影视剧——对崇高美的景仰

罗伯特·麦基曾经说过："历史剧是将过去打磨成一面观照现在的镜子"[1]，历史正剧在创作中比较严格地遵守史实，努力将历史时空、历史人物和历史事件聚集在历史的真实上。

纵观我国电视剧发展历程可以发现，几乎每一次关于帝王、英雄的历史题材电视剧的播出，都会带来收视热潮。从《唐明皇》《武则天》到《三国演义》《雍正王朝》，再到《康熙大帝》《汉武大帝》《成吉思汗》等，无一例外。

---

[1] 罗伯特·麦基. 故事——材质、结构、风格和银幕剧作的原理 [M]. 周铁东，译. 北京：中国电影出版社，2001：79.

这些电视剧以比较庄重严肃的态度，再现历史上的伟大人物，也被称为"历史正剧"。一经播出，就受到不同地域观众的喜爱。

究其原因，这同中国观众在独特的历史文化语境下所形成的审美期待视野有关，一些传统的叙事母题和叙事结构对受众有深刻的影响。"帝王"母题就是其中一个常见的创作主题。

中国的历史发展是以王朝的更迭来推动的，民众们对帝王题材的作品有着浓厚的兴趣。中国传统文化几千年来，都是以个体小农经济为基础，以宗法家庭为背景，以正统思想的儒家文化为核心的，整个社会文化体系发展出大大小小、宗族林立的世系家谱，上至天子，下至黎民，无不尊宗敬祖。

改革开放使中国发生了巨变，也使人们的审美心理发生了变化。改革初期，人们对西方文化的盲目接受，表现为对自由主义和个人主义的电视剧比较感兴趣。然而，随着经济的飞速发展，物质生活的逐步改善，人与人之间的关系变得淡漠，忙碌又沉郁的人们忽然发现西方文化并没沉入人们心底，人们需要的是从中华民族五千年的文化传统中汲取养分，去追寻传统文化中那种崇高而浑厚的美。

历史题材的电视剧相较于其他题材，最易给观众"陌生化"的效果，人物的对白、衣食起居等，对现代观众而言都充满着陌生感。古代男子的三妻四妾，女子的三从四德，臣子的一主而终等都令现代人觉得遥远和陌生，因此当一个个栩栩如生的历史形象亲切地走入千家万户的时候，观众们的好奇心就能得到极大的满足。

历史题材的电视剧在人物塑造上，抓住了"人性，是人的本性的冲突，人的性格冲突，人的思想与智慧冲突"这一创作原则，对教科书中原本性格单一，只有神圣而缺乏平实的历史人物进行了情感化、人性化、复杂化的书写，使其能够走近大众，并给人们带来审美上的愉悦和欣喜。比如《雍正王朝》《汉武大帝》就是用"另类思想"来解读这些具有历史功绩的人物的。

在历史戏说题材电视剧中，对历史的虚构形成了游戏的过程，人物与历史进行着想象性的编织，历史的影像具有了娱乐的功能。从《戏说乾隆》到《宰相刘罗锅》《康熙微服私访》，再到《孝庄秘史》《铁齿铜牙纪晓岚》等，追求

"好玩"成为创造目的，为故事而故事，与"历史精神"无关，受众的接受也是一种游戏闯关的心态，当主人公遇到危机时，他一定会凭借原有本事，克服危机，还能惩处坏人，最后大快人心。不管它是如何戏说的，一些根深蒂固的母题还是会在其中出现，比如让人振奋的"清官"情结。自古，"官"所代表的权力和威严，是保障断案的前提，在历史剧中，对百姓冤屈的昭雪，对忠臣的颂扬，对权威的肯定，都得到了表现。

古装"戏说剧"被称为一种"狂欢体的民间故事"，充满着"民间的智慧"，而惯于消费娱乐快餐的大众不愿意花太多的精力去接受严肃作品，使自己陷入某种沉重之中，"戏说剧"就迎合了大众脱离崇高感、悲剧感和使命感的轻松要求。

二、家庭婚姻伦理剧——对人间真情的歌颂，对传统伦理道德的怀念

家庭婚姻伦理剧是一类以表现普通百姓家庭生活为主，展现人物彼此之间矛盾、情感纠葛，弘扬中国传统伦理道德的电视剧。它擅长讲述百姓家长里短的生活，偏向于借助家庭、婚姻、人伦、道德的话题来叙述平民百姓的日常生活和平实人生。

第一，家庭婚姻伦理剧充满了对人间真情的歌颂。

每个人作为社会关系中的个体，都有与人交往、敞开心扉的渴望。但是，在竞争异常激烈的今天，人与人之间的交流越来越少，相互之间的提防、猜忌、不信任越来越多。正如心理学家所指出的，现今世界上最大的鸿沟就是人与人心灵之间的鸿沟，寻找真情成为当下每个人心灵深处的渴求。在这种情况之下，家人间的交流就显得极为可贵。

每个人都有着与父母、兄弟姐妹和睦相处的愿望，每个人也都需要相濡以沫的关爱和相亲相爱的儿女情长，每个人也都拥有着与家人一同边看电视边交流情感的渴望，家庭婚姻伦理剧无疑能够提供给大家一种都能共同接受的话题。剧中的家庭纠葛就像观众在看自家事或是隔壁邻居家的事一样亲切，也能从中发现自己或朋友的影子，产生情感上的共鸣。

家庭伦理剧中所表现的家庭一般都会处于一种生存的困境中，但是在全家人的共同努力下，困境终被克服，而在这个过程当中，原先彼此间存在的大小

摩擦，都在浓浓的亲情中得到化解。比如《咱爸咱妈》《儿女情长》等剧。此类电视剧中一般还会设置一个具有传统美德的主人公形象，表达着人们对真情的渴求。比如贤惠善良，所有委屈都自己一人受的刘慧芳，所有困难都一人扛的张大民等，他们都用自己的隐忍来化解家庭中的大小矛盾，为浮躁的受众提供精神慰藉。

第二，家庭婚姻伦理剧充满着对传统伦理道德的怀念。

在中国古代社会，男耕女织、自给自足的家庭是社会最基本的结构单位，传统社会把"治国平天下"作为人生奋斗的终极目标，而"修身齐家"是实现这一伟大目标的前提条件，因而中国传统伦理价值的目标就是以"齐家"为本，在古人看来，每个家庭有了稳定的秩序，整个社会才会有良好的风气。家庭是社会的细胞，家庭的稳定关乎国家的兴亡，所以国人自古家国观念就极为浓烈，慈悲孝悌、忠信仁爱等都规范着人们的言行举止。例如积极进取的人生态度，忧国忧民的爱国情怀，先义后利的价值取向，温良恭俭让的处事风格等传统美德已经内化为了一种集体无意识驻扎进人们的心中，也成为家庭婚姻伦理剧弘扬和歌颂的对象。

但是随着社会的不断发展，国门的打开，现代西方文明逐渐使我们的生活方式、生活习惯、价值观念、审美情趣等发生了变化，传统的孝悌观、亲情观也已失去了本我的色彩，把这些变化投射到每个家庭中，就可以发现中国大多数家庭已陷入了情感裂痕、代沟冲突等危机之中，人们也逐渐地失去了自己的道德精神家园。比如《牵手》中的为第三者辩护，《中国式离婚》中表现的性与爱分离的婚姻观等现象的出现，表征着中国传统道德观念正在发生着巨大的变革，创作者们以其敏锐的直觉捕捉并思考着这些变化，并为人们的生活实践中出现的道德疑难提供新的解决方案，引发观众对新时期变化的伦理道德观的深思。

第三，家庭婚姻伦理剧契合了中国传统的审美心理定式。

中国观众长期以来已经习惯接受情节复杂、人物关系错综、戏剧冲突强烈的故事，也乐于在电视剧中看到类似作品。从认知学的角度来说，这一方面是出于习惯，另一方面就是由于惰性，因为人们一般都喜欢接受与自己内在心理结构一致的信息，而不乐意接受与内在心理相悖的东西，家庭婚姻伦理剧就满足了受众的这种潜意识需求。在此类作品中，父母与子女、丈夫与妻子、婆婆与儿媳之间的冲突层出不穷。如《媳妇的美好时代》中的婆媳纷争，《牵手》《中国式离婚》中的夫妻情感冲突和婚外恋问题等。这些作品在情节和叙事上给观众以熟悉的感觉，观众在观赏过程中也丝毫不费力气，从而能够获得满足。

此外，家庭婚姻伦理剧往往带有鲜明的爱憎情感，也符合受众传统的审美心理，国人二元对立的价值观，在接受这类作品时，一方面为剧中的好人所感动，一方面又对坏人恨之入骨，尽情地宣泄自己平日因恶人的欺压而郁积的愤慨，从而获得心理的抚慰与补偿。

《香樟树》《金婚》《媳妇的美好时代》等作品，在讲述世俗人生的恩恩怨怨、爱恨情仇、悲欢离合、家长里短的故事中，传达着最真挚的人间真情，它所蕴含的独特的审美文化心理与受众相契合，因而受到人们的欣赏和喜爱。

三、青春偶像剧——现实比照与娱乐宣泄

青春偶像剧，顾名思义，这类电视剧往往由富有青春气息、时尚潮流的偶像明星担纲主演，演绎青春爱情故事，被称为"美丽的成人童话"。但是值得一提的是，此类剧中的主人公虽以年轻人为主体，但是欣赏的观众群却不仅限于年轻人，还包括许多中老年观众。在中国电视剧市场上，这是一类发展迅速且受众面广泛的剧种。

在青春偶像剧中，对美好单纯的爱情的表现是它的重心，而自有人类以来，无论是茹毛饮血的原始人，还是张扬个性的现代人，对"爱"的渴望都是与生俱来的，爱情等同于人性，生生死死、刻骨铭心的爱情是商业制胜的法宝，也因此能牢牢抓住观众的视线，把他们拉到电视机前。

第一，青春偶像剧能够映射出人们无法实现的内在想象，并与现实进行比照。

青春偶像剧的故事大都以时尚都市为背景，主人公的日常生活地点一般是时尚的高级公寓或豪宅，经常会在咖啡馆、酒吧等地出现，而主人公大多男的高大帅气，女的温柔漂亮，而且拥有着令人羡慕的职业。比如《男才女貌》

中，男主人公就是 IT 行业精英，工作、生活可以随心所欲，与老板有了纷争之后，可以率性地炒掉老板，又能迅速地自主创业，成就自己的一番事业。此类剧中所呈现的理想化生活并不能完全变成现实，甚至离现实非常遥远，但是受众能够将此与现实进行比照，在观看中充满着陶醉，并进而进行模仿，以此生活为现实的奋斗目标。

青春偶像剧中人物前卫时尚的装扮、靓丽华美的服饰、各种高级的休闲会所和休闲方式、豪华精致的住宅等元素都契合了消费主义社会下人们爱美、崇尚美、追求美的心理，也为受众提供了可以模仿的生活范式。

第二，青春偶像剧能够满足受众的情感幻想，实现娱乐宣泄。

青春偶像剧中的爱情与其他电视剧类型中的爱情有着极大的不同，它反映的是一种不食人间烟火的"纯爱"，洋溢着青春的气息，与社会现实、家庭伦理相隔绝，附上了理想的光芒。剧中人在寻找爱情的时候往往是出自内心的召唤和自己直觉的判断的，他们在寻爱途中要不断摒弃世俗钱权等一切干扰，最终找到真正的"纯爱"，这番寻找过程也是主人公的成长过程。他们的事业往往也会在其中起起伏伏，历经各种考验，并最终以理想化的方式达到融入社会的愿望，获得成功。比如《奋斗》中的陆涛，《真情告白》中的许诺等。

现代社会的人都明白"王子和公主从此过上了幸福的生活"是美丽的童话，但是心灵日益枯竭的现代人却越发渴望着纯真情感的到来，于是，青春偶像剧就及时地满足了受众的这种情感幻想。当人们在观看温情动人的爱情故事时，他们会不由自主地"假想性地主观参与"，跟随主人公一同经历坎坷，品尝爱情的温馨、甜美，把世俗的欲望全部融入剧情的发展中。

当《将爱情进行到底》中的杨铮，在海滩拨打了一夜的电话终于打通，边奔跑边把海浪声用手机传给文慧，文慧在电话那头泣不成声时；当《等你爱我》中的高潮音乐响起，伴随着海浪声，高唱着对爱情的执着和坚持时，这一温情的画面和让人悸动的音乐，让无数生活在钢筋水泥里的男男女女为之感动，受众得到了自身情感虚拟性的满足，个人郁积许久的情感在跌宕的情节中起起伏伏，最后得到了宣泄释放。

受众们能够从青春偶像剧中获得短暂、虚拟的满足，人们在观看时可以陶醉其中，充满着后现代的狂欢气息，最大限度地满足人们的娱乐消费心理。比如此类剧叙事中的"灰姑娘"模式，就受到了大量女性观众的喜欢。人们在感叹其太过虚假的同时，却仍在乐此不疲地追捧。因为它的剧情设计迎合了当下人们轻松就能获得成功的欲望，它的白日梦特性诱使受众无意识地把自我投射到主人公身上，然后去"假想性地主观参与"。

四、警匪反特剧——英雄情结与受众的狂欢

日益繁重的生存压力，日益复杂的社会形势，使现代人在物欲膨胀的当下疲惫挣扎，逐渐迷失了自我。于是，为民伸张正义的警察，不顾自我安危、舍小我顾大局的地下工作者成为虚拟世界中的英雄和强者，他们成为人们对现实无力救赎的想象，人们靠着这种想象的满足继续在充满疲惫重压的现实中生活，这些美好的想象在虚拟叙事中也拯救了自我。

1. 警匪反特剧中的英雄情结

自古以来，在中国通俗文艺作品中"侠"的母题就具有重要的地位。从《史记》到《游侠列传》，再到《水浒》《三国演义》《三侠五义》等，大众对现实的不满都反映在对"侠义"精神的寄托上。因为也许失去个性、平庸的现代人只有从英雄传奇中才能寻找到做人的尊严与自豪。"侠者"英雄们天马行空、豪放不羁的气质、风度，深受现代人欣赏。英雄主义也成为中华民族的一种精神信仰。

"由人类组织而成的社会是不能没有理想寄托的，人类理想的推展以及体现理想价值的承载物，往往就是特定时期的时代英雄及偶像。"[1] 电视传媒理所当然地担负起创造英雄与重建信仰的使命。因此，我们看到了一个个充满着人性光辉的英雄形象。从《任长霞》中的任局长，到《荣誉》中的林敬东；从《绝对控制》中的薛冰，到《公安局长》中的李西东；从《潜伏》里的余则成，到《黎明之前》的刘新杰等，这些英雄人物身上都表现出了执着和坚强，机智与勇敢，同时又有着凡人的酸甜苦辣和悲欢离合。他们总能想尽各种办法，通过各种途径粉碎那些社会秩序中的不和谐因素，为大众提供心灵的依

---

[1] 卢蓉. 电视剧叙事艺术 [M]. 北京：中国广播电视出版社，2004.

靠和安全感，极大地满足了受众的审美需求。

警察的身份为大众提供了安全的保障，也是一种安全的承诺，在他们身上凝聚、寄托了大众的社会心理。在马斯洛划分的人类情感需求的五个层次中，安全感的需求处于基层层次，它的缺失会对人的生存和生活造成威胁，警匪反特剧能够满足人们的这种需求，这也是各路"英雄"纷纷登上银幕演绎各种神话，并能让人如痴如醉地欣赏的心理依据。

2. 警匪反特剧——受众参与的狂欢

警匪反特剧中的故事成为一个个游戏，不断地往下延续着，每个故事在叙事上大都遵循着"平衡—打破平衡—恢复平衡"模式，如《重案六组》尤其体现这一特征。警匪反特剧这一封闭、自足的世界，在给人们提供解密快感的同时，也释放了现代社会人们的普遍焦虑。科林伍德曾描述过受众在接受此类作品时所获得的心理快感：一是对力量的喜爱，二是对作品的恐惧，三是解决疑难时理智的兴奋，四是对冒险的渴望。

受众在观赏此类型电视剧时，"在一个世界死亡，另一个世界处在方生未生之间"的一种"狂欢的艺术"占据了核心，警匪反特剧一定程度上体现着民间"狂欢节"的性质，狂欢节的核心就是人们在生活本身中依照某种游戏形式而构成的。民众通过"狂欢节"摆脱了现实生活中诸如"永恒的""绝对的""压抑的"压迫，获得了自由和快乐。

警匪谍战剧依靠跌宕起伏、错综复杂的情节，激烈对抗的冲突，张弛有度的叙事节奏，动感、紧张而又刺激、火爆的场面深深地吸引着大批观众，受众也正是在跟随着这些不同寻常的人和事及情节一同参与探寻案情的发展，经历着惊奇之旅，享受着超越自己审美经验范畴带来的始料不及的精神启迪和审美享受。

许多警匪谍战剧的开端就是令观众惊奇的事件，里面蕴含着大大小小的"秘密"，而识破这些秘密的念头刺激着受众与生俱来的好奇心，于是心醉神迷的探寻之旅开始了。

警匪反特剧塑造的世界是一个快乐的世界，是一个无所畏惧的世界，巴赫金说："这种世界感知使人解除了恐惧，使世界接近了人，也使人接近了人；它为更替和演变而欢呼，为一切变得相对而愉快，并以此反对那种片面而严厉的循规蹈矩的官腔。"[1] 在这个世界中，虽然曾经充斥过暴力和犯罪，但是人们仍能从中获得保护，正义与邪恶的较量终会发展成正义的舞台，人们终将参与并分享这场正义的狂欢。

总之，在以宣扬英雄情结、正义必定胜利为主题的警匪反特剧中，有着超凡的能力并战胜重重困难、扫除一切障碍的英雄，能够为国家、民族、信仰、事业奉献出自己的一切。受众在观赏英雄的历程中，也体验着澎湃的激情和战胜一切、无所不能的成就感，并将自己投射、比拟为剧中的英雄，以此获得巨大的审美愉悦，参与着这场正义的狂欢。

【实训】

1. 分析受众在观看历史题材影视剧和历史戏说题材影视剧时不同的受众期待。

2. 如何理解青春偶像剧具有娱乐宣泄的功能？

3. 找一部警匪剧，分析受众在观看时"参与的狂欢"心理。

第三单元　从热播剧看受众审美心理的趋同

在电视剧制播分离的现实前提下，商业运作使市场对电视剧创作生产的热情快速高涨，无论对电视剧制作机构，还是对电视剧播出机构来说，制作或购买到一部能在社会上引起轰动的电视剧，从而获得良好的社会影响和高额的经济回报，是一件"梦寐以求"的事情。但是现实情况却是，往往一部有着良好收视预期的电视剧在播出时观众却反应平平，而一部先前在销售时并不被看好的电视剧，播出时却大放异彩。这些引起轰动的热播剧为何能拥有如此多的受

---

[1] 巴赫金. 陀思妥耶夫斯基诗学问题 [M]. 白春仁，顾亚铃，译. 北京：生活·读书·新知三联书店，1988：223-224.

众，并为此如痴如狂？其中是否有规律可依循？我们将从受众最深层的心理动因去探析，"这些动因可能并非简单的娱乐、发泄、快感等所能解释的，或许会有更为普遍的社会学规律在起作用"[1]。

一、集体心理的寻唤——《金婚》受众心理分析

分析心理学家荣格早在1922年就提出了集体无意识的概念，指出它是一种由遗传保留的无数同类经验在心理最深层积淀的人类普遍性精神，并能够在一定条件下被唤醒和激活。集体心理寻唤则是一种带上了理想色彩，大众内心深处渴望存在但是在现实生活中却缺失的精神或信念。

所以，当社会现实无法满足人们这种潜在的集体心理寻唤时，人们就会转向叙事，而一旦这个叙事迎合了大众的集体心理寻唤，且还能为人们提供缺失性心理补偿时，这个叙事就会脱颖而出，受到观众的热捧。获得"白玉兰奖"四项大奖后，又获"飞天奖"长篇电视剧奖的热播剧《金婚》无疑就是一个成功的范例。

这部洋洋洒洒采用编年体形式创作的50集电视剧，讲述了佟志和文丽从年轻到年老，从相识到相知，从热恋到婚姻，从为人父母到为人祖父母的故事，描述了他们生活中的锅碗瓢盆、点点滴滴，展现了他们漫长的50年婚姻路。它让"老百姓找到了通感"，以更加传统和温情的演绎，帮助人们舔舐现实生活中情感的伤痛，弥合了现代人在物欲社会中的隔阂和冷漠，给渴望爱与温情的人们提供了一种暂时的替代性的满足。

（一）"民族之弦"的拨动——对传统完美婚姻的向往和捍卫

《金婚》是一部用细致的笔法来深刻揭示中国百姓婚姻生活现状的现实力作，它触摸到了百姓们的心跳，展示了生活中的锅碗瓢盆、喜怒哀乐、酸甜苦辣，五十年的婚姻历程，是主人公佟志和文丽相互争吵、相互磨合的过程。创作者对于传统伦理价值观的肯定，在剧中得到了充分的表现，而主人公这段"执子之手，与子偕老"的婚姻则代表了人们对百年好合的向往和追求。

---

[1] 白小易. 热播电视剧的社会心理解读 [J]. 视听界，2008 (3).

不论是主人公佟志和文丽，还是第二主角大庄和庄嫂两口子，他们都表现出了对传统完美婚姻的捍卫。

首先，在婚恋关系上，传统的婚恋观认为，在婚恋中男人追求女人是天经地义、顺理成章的事情，反之，则会遭人讥笑，成功率也会很低。所以，在《金婚》中，佟志一次次找文丽理论，甚至拿出一堆自己的荣誉证书来证明自己，几个回合的交锋之后，文丽才被他深深打动，但佟志还必须要经历纠正普通话、写下保证书等考验，才能够等到爱情之花的绽放。而围绕在佟志身边的另外两位女性，一个是几易其名、紧紧跟随时代潮流的方卓娅，多次直接地表达对佟志的爱恋，主动到其单位表白，甚至还到佟志家中，当着文丽的面暗示自己对佟志的仰慕之情等，这些行为导致佟志见了她就躲，甚至心生厌烦。另一个是在各方面都较为优秀，在一定程度上还赢得了佟志好感的李天骄，但是她的积极主动，也让佟志最后对她敬而远之。剧中有这样一场戏的设计，李天骄主动把佟志约至家中见面，佟志拘谨地坐在沙发上，而李天骄则坐在床边表达自己对他的感情，这让佟志更加坐立不安，从此远离了她。

第二主角大庄，在剧的一开始，梅梅就对他纠缠不清，但他还是和青梅竹马的童养媳庄嫂结了婚，即使是梅梅大闹婚宴，也没让他回心转意。婚后梅梅还多次找到大庄，但他骨子里的传统使得他在外面再怎么风流，也对庄嫂不离不弃。

而佟志大女儿燕妮的婚姻，则是年轻冲动的她主动搬到刘强家去，最后这段婚姻也没走到尽头。佟志儿子大宝则更是在姗姗的死缠烂打下，两人结了婚，但是最终也无法相伴一生。

通过这些表层的故事，我们可以清晰地看到编导所宣扬的婚姻的最高境界——执子之手，与子偕老。只有有爱、有道德的婚姻才能长存。

其次，传统完美婚姻中重感情、轻物质的观念在剧中有着充分的体现。

在当代浮躁的社会中，人们深受"郎才女貌"观念的影响，"才"在一定程度上转变为"财"或"权"，女人挑选男人犹如挑选股票一般，婚姻成为一种赌注；而对于男人来说，以貌取人，婚姻则是为自己添姿加色的一件华丽外衣，婚姻中这种不平衡状况比比皆是，人们对不掺杂物质的真情尤为渴望。

在《金婚》中，文丽是一个美丽、受过教育、讲究穿着打扮、有点小资的女性，佟志是个有才华，又有些清高的男人，两人的结合是顺理成章、两情相悦的，不掺杂任何物质的因素。文丽对他挣多少钱，当多大的官，从没有任何的要求，甚至对佟母要求儿子当官感到不解，她要的仅仅是佟志对她的爱。剧中她几次三番阻止佟志去"三线"，就是怕佟志离开她，两人的感情会出现问题，而佟志也为她几次放弃了对事业的更高追求。三年自然灾害当中，两人的真情实感更是表现得淋漓尽致：一碗白米饭，两人相互推让，都舍不得吃，以至于最后变成了一碗馊饭。与其说他们心疼的是那碗饭，还不如说他们心疼的是对方。

文化的多元化发展导致现代人的婚姻伦理观也随之呈现出多样化的特点，但是对传统伦理道德的回归，对情感的获得始终是人们的渴望，百姓的这种主流意识被《金婚》的主创们敏锐地捕捉到了，他们全力塑造出了一段"执子之手，与子偕老"的美丽故事，并旗帜鲜明地捍卫这种传统的完美婚姻，最终，国人内心深处那根"民族之弦"被拨响，这部作品也受到了热捧。

（二）个人归属感——对家的渴望

清华大学新闻与传播学院尹鸿教授曾说过："中国最重要的社会关系始终是家庭关系，日益激烈的社会竞争促使民众更倾向于向家庭寻找心理安慰。而极具复杂性的中国家庭关系，也使家庭伦理剧拥有很多很好的题材。"而《金婚》这部电视剧就向人们展现了半个世纪以来中国家庭婚姻命运的画卷，其中传达的主题和表达的内容契合了当代人们的文化心理需求。

在《金婚》中，几乎每集都会有一家人围着餐桌吃饭的镜头：家人们在低矮且拥挤的餐桌上磕磕碰碰，但是日子仍然过得有滋有味。编导苦心孤诣的不断重复，似乎在暗示受众，家人之间再怎么吵闹，最终也还是要回归家庭，家才是每个人心中的避风港，也是维系生活的纽带。

在长达50集的剧情中，除了第一集是展现佟志和文丽两人情感的发展外，其余都是在围绕着家庭展开。家庭的核心要义就是责任，在我国传统文化认同当中，这种责任具有先天性、无条件性和永恒性。家是身体的归属，更是人们心灵的归属，它需要每一个家庭成员用责任来呵护，无论是文丽、佟志，还是大庄，抑或是燕妮、多多、大宝，都会在以理性为代表的责任和以感性来承载的情感中间挣扎、取舍、寻求平衡。

据调查，与改革开放之初相比，中国现代社会的离婚率在急剧上升，导致婚姻家庭不稳固的因素增多，很多人不愿意受婚姻的束缚，想从婚姻中出走。而《金婚》则向人们传递出了另一种信息，即从家庭中出走的人最终还是将回归家庭，多数人是走不出婚姻的。

佟志为了事业能够有所发展，主动到三线工作，与青春美丽的姑娘李天骄产生了感情，文丽苦心经营的家岌岌可危。为了维护家庭的稳定，她顾不上自己的形象，拖儿带女地到厂里大闹，使佟志暂时回归了家庭。数年之后，再遇李天骄，他又重陷感情纠葛。剧中人性化地表现了身陷婚外情中的佟志的矛盾和困惑，表现出了他的精神焦虑，他在情感和责任之间徘徊，最终，他在经历了情感的炼狱，经受过责任道德的拷问之后，爱人宽容的感召让他愧疚，最终回归家庭，选择了亲情。

大庄虽和庄嫂结婚了，但还是与梅梅保持着不清不楚的关系，经常还会对庄嫂说"几天不收拾，上房掀盖揭瓦"，但是却从没动过离婚的念头，而当佟志和文丽为离婚去开介绍信时，大庄几次拒绝，最后几乎为此和佟志翻脸。

婚姻家庭最终是我们每个个体的归宿，它是我们生活的港湾。剧中只谈恋爱不结婚的多多就是现代生活中极具代表性的女性，但是最后她也走进了婚姻的殿堂；大宝，一个对感情生活极不负责任的人，经历了一番风雨之后，还是步入了婚姻；而当南方与丈夫生活上遇到了麻烦，他们想到的第一条退路就是回家，因为家是他们强有力的后盾和支持；燕妮也是在家的支持下，找到了幸福的归宿。

在现代社会中，人们纷纷渴望挣脱传统观念的束缚，在倡导个性自由的同时去找寻个人幸福，不愿因婚姻轻易放弃其自由选择的权利，但是又无法摆脱来自责任和道德的压力。因而，婚外情者就常会处于渴求情感和获得心灵平静的两难境地，身陷矛盾旋涡，难以自拔，面对诱惑而茫然。《金婚》关照当下，敏锐地抓住了现代人的这种心理，主创们试图通过情感召唤、加强道德责任意识的宣传、倡导理性回归等方式来解决这一问题，推动婚姻的重建，这不仅契合了中国当代的历史语境，更契合了受众对归属感的渴求心理。

（三）心理补偿——审视现状，把握当下

从史学角度来看《金婚》，它足可以当作一部中国婚姻史来读，跨越半个世纪的婚姻，详尽地记录下男人和女人在婚姻中会遇见的各种大小问题。这部史书，对于尚在围城外的人来说，观看该剧可先一睹围城内情状；对于即将走进围城的人来说，可以见习未来；而对于已经步入围城的人来说，则可以以资为鉴，观照当下。对于一部分年轻人来说，他们曾很简单地认为自己的父母是没有什么爱情的，结合仅仅是一种依靠，但是看过《金婚》之后，才知道这种平平淡淡的爱是让人感动并心向往之的。

受众之所以喜欢影视剧，是因为影视剧能够给人们提供一个虚拟的世界，而人们在其中能够获得一种虚拟性的满足感，这就是影视剧提供给人们的心理补偿。但是随着社会的发展，日益弥漫的物质主义、拜金主义，以及随之裹挟而来的道德危机和情感荒漠，不断地给现代家庭带来致命的冲击。人们一直坚守的传统婚姻观开始模糊，家庭观念也悄然转变。但在大多数观众内心深处，是不愿接受这种转变的，对温情婚姻的支持和对感情的执着，让他们不愿轻易改变自己的观念，他们渴望得到支持。于是，高举着爱情、亲情大旗，充满着童话色彩的韩剧，如一丝暖风慰藉着人们的心理，但是其脱离我国的现实，只能一时安抚人们的内心，深深根植于我国现实生活的《金婚》适时而出，对传统的婚恋观，对家庭责任感的重新认可，满足了人们的情感需求，同时对受众进行了极大的心理补偿。百姓可以从中找到自己的身影，剧中的温情也能使人们产生共鸣，这就是人们所渴盼的温情。

《金婚》贴近百姓生活，讲述老百姓自己的故事，符合广大受众对传统叙事的一种心理预期。其中着力表现和探讨的传统的东方文化和美好的社会伦理道德，恰恰迎合了受众的文化心理，表达了大众对于追求和谐家庭和婚姻的认同，必然会得到广大观众的喜爱。

二、身份认同的焦虑和渴望——《士兵突击》受众心理分析

当代法国著名的精神分析学家拉康在 20 世纪 30 年代曾提出了一个重要的理论"镜像阶段"。他认为，婴儿在 6 至 18 个月的时候，会从镜子中辨认出自己的映像，从而兴奋不已，从这一刻起，他就会认为镜像就是真实的自我存在，而这种对自身的关注能够被自觉地认可，是一种最基本的人类关注。这种婴儿的自我认证过程与受众们在观赏影视剧时的心理有相通之处，电视把真实的生活加以"镜化"，呈现在我们面前，我们对其充满理解和认同，甚至把自己的视角和电视剧里面的人物视角合一，认为剧中角色是在用我们的视线去认

识和看待一切的，这就是所谓的"合一"心理，这种心理行为也被称为身份的认同心理。

接受美学中的"共鸣"指的就是这种身份认同的心理需求，受众在欣赏影视剧时被其中的人物命运遭遇、思想情感激荡，从而会形成一种强烈的心灵感应，觉得自己已和剧中人融为一体。正如评论家贝克所说："如果观众流泪，那他们并不是在为女主角流泪，而是在为自己而流；如果他们欢笑，也不是为男主角摆脱险境而笑，而是为他们自己脱离困境而快乐。"《士兵突击》就是这样一部能够让受众跟随着主人公许三多一起或哭或笑的作品，因为很多人都能在许三多的身上找寻到自己的影子。

《士兵突击》的导演康洪雷曾经说过这样一段话："《士兵突击》是一部能够帮助我们认识自己的电视剧，在这个每个人都需要自我认定的年代，我们只有认清了自我，才能够去更好地应对社会和生活。而许三多就像一面镜子，照耀着我们每个人身上一些不能说，与自己内心相背离的东西。"这句话在一定程度上揭示了《士兵突击》火爆荧屏的原因，那就是受众从中感受到了自我身份认同的焦虑和渴望。

（一）切合了受众自我价值实现的寻唤

《士兵突击》描述了一位"英雄"成长的故事，这是一个既不英俊伟岸也不机智风趣，甚至还带着几分憨傻、透出几分朴实的平民英雄。故事讲述了在家排行老三，整日被父亲斥为"龟儿子"的许三多参军后，因为他的怯懦愚钝，屡屡遭人白眼，在战友的帮助下，历经磨难的他终于开窍，成长为军中百里挑一的"兵王"。故事并不复杂，但是屡创收视奇迹。这个"草根英雄"让观众们怎么看都觉得仿佛就是自己，或者希望自己也能变成许三多那样，人们不由自主地喜欢上他，关注着他接下来命运的发展变化。

作为家中最小的一个儿子，许三多从小就处于被父亲忽视、遗忘的角落，再加上母亲的缺失，从当兵的第一天开始，他就一直在为寻找自我价值而努力着。为了让别人承认他是集体的一员，他刻苦地训练踢正步；为了融入五班，他坚持帮大家整理内务；为了留住班长，他有了人生的第一个奋斗目标。

许三多虽然愚钝，但是他有着明确的信念和坚持，不断在追寻着自我价值的实现。初到部队的他什么事情都做不好，被视为傻子，是个毫无希望的人，但是他有着明确的自我价值的实现目标，那就是"要做有意义的事，有意义的事就是好好活，好好活就是做有意义的事，做很多有意义的事"，并落实到生活中的每一个小细节上：抽烟没有意义，打牌也没有意义。当被分配到"班长的坟墓""后进兵的天堂"红三连五班时，他没有陷入整日酗酒打牌的无聊中，而是坚持寻找自我，笃定地做着每一件他认为有意义的事情，不因为别人的脸色而放弃自己的看法，修起了一条好几代老兵都没能修成的路。

我们可以把他的成长发展轨迹用表列出：

作品	主人公	最初状况	初步觉醒	历经坎坷、磨难	胜利成长为英雄
《士兵突击》	许三多	懵懵懂懂、木讷、愚钝、受人歧视	认识到要做有意义的事情	被领导、战友瞧不起；被分配驻守边远地区；歼灭毒贩，产生心理阴影；遭遇家庭变故	腹部绕杠 333 个，技惊四座；战斗演习勇擒"敌首"；坚持不弃成为"老 A"

如上表所示，我们可以很清楚地看到许三多实现自我价值的过程，就如钢七连连长高城所言："他每做一件小事都当救命稻草一样抓，最后，他抱着的已经是我仰望的参天大树了。"许三多身上这种明确、迫切的自我价值的实现让他"执拗得像个傻子"，正是因为他平实而又坚忍的努力，脚踏实地地认真做好每件事情，才最后获得了向前迈进的力量，从而找到了自我人生的归属。

许三多这面镜子直抵受众内心最柔弱的地方。出身平凡的农村家庭，没有良好的家庭背景，也没有这个功利社会所看重的种种资质（外貌、文凭等），这基本上是现实中大多数普通人的写照，他的弱点也同样是社会中许多人们在竞争和谋生中存在的共同特点，因此，他的坚持精神对占社会大多数的弱势群体来说，就起到了两个方面的作用。

一是在当今竞争激烈的社会，人们承受着空前的压力，每一个人都会有遭受挫折、被人看不起、深觉自己懦弱无能的时候，此时应该保持怎样的状态，如何挺过去，而在许三多的身上，人们就可以找到自己曾有过的失败经历、当时的心态、坎坷的处境，人们对他的形象就会产生认同，与许三多产生"共鸣"。

二是在现实生活中，理想与现实总是有着差距，有的人通过自身不断努力，会实现自己的理想，但是更多的人却无法实现，只能把这种缺憾深埋进心底，无法诉说。而懦弱、卑微的许三多，却通过他的坚持不懈，最终成长为人人仰慕的"兵王"，获得成功，这又为人们营造出了现实世界难以实现的梦幻神话。于是，许多人在现实中难以实现的理想，在虚构的电视剧中通过卑微的许三多得到了实现，人们的心理在某种程度上也获得了极大的满足。

（二）让受众体验到了集体的温暖

进入 21 世纪，中国的都市化和市场化步伐加速，各种社会思潮纷至沓来，在西方社会对个人价值的宣扬影响下，人们在拜金主义、享乐主义等各种价值观盛行之下迷失了自我。"信仰坍塌，理想破灭，转型期不可避免的社会心理问题随之纷纷出现：迷惘、焦躁、道德沦丧、价值失范……"个人价值在彰显的同时，集体主义被逐渐削弱，但中国自古就推崇集体主义，做人举事无不以集体主义作为自我存在的价值依托，"一个好汉三个帮""众人拾柴火焰高"等古语都说明了人们对集体主义的推崇。因而，潜藏于人们内心深处的对于集体的归属和认同，成为一种普遍存在的心理寻唤。

《士兵突击》里所展现的集体主义凝聚着强大的感染力，"钢七连"这个代表着强烈归属感和荣誉感的团队更是给当下缺失集体忠诚意识和皈依感的人带来心灵的慰藉。

从小被孤立和受欺负的许三多对组织有一种发自内心的强烈向往，一旦有机会可以归属到某一组织，他就会把自己的全部情感投入其中。在整理内务上，为了能够给班级争光，他甘愿每夜忍受寒冻，偷偷把水撒在被子上，以便折出整齐形状。在遴选老 A 队员最后的竞争中，他拼全力也要把受伤的战友伍六一背到终点，甚至不惜放弃自己获胜的机会，直到伍六一点燃求救弹，他才痛苦地向终点跑去。镜头中，许三多艰难地背着伍六一，而伍六一在他背上拼命挣扎要他放弃自己，这一对抗性形象，就是对"不抛弃，不放弃"集体主义精神的最好阐释。

在"钢七连"，每个人都对集体和战友怀着强烈的信任感。在钢七连行将被解散，整个连队只剩下了许三多一个人时，他依然认真响亮地在饭前唱着连歌；在选拔老 A 时，原钢七连的士兵会自觉聚在一起，共同奋进；在竞赛中钢七连最后一个士兵马小帅被高城发现，高本意放他一马，却被他拒绝，语气铮铮"别以为我只来七连没几天，就长不出七连的骨头"，一个有人情味，有感召力的集体，使迷失于自我价值实现中的人们找寻到了关于归属的集体记忆，给受众带来了美好的回忆和温暖的想象。

与许三多形成对比性的人物是成才。他上进心足，能力也很强，是典型的个人英雄主义者，用他自己的话说："心想着要比别人强，谁比我强，我就超过谁，本来就比别人强的，还想更强。"他觉得钢七连能力比自己强的人多，自己无法很快出头，就想方设法调到尖子兵少的三连，抛弃了钢七连。在竞选老 A 时，他和伍六一、许三多经历了生死考验，但是当最后发现他们不可能全部进入老 A 时，他毅然决然地放弃了受伤的战友，独自向终点跑去，再次与集体归属感擦身而过。进入老 A 后，同寝的二十七号不满袁朗的苛刻，决定与其打赌，成才明知袁朗的射击水平肯定会获胜，但是他为了减少一个竞争对手而没去劝阻二十七号的冲动，导致二十七号的离队。

因为成才集体归属感的丧失，他从没把任何团队当作自己真正的归宿，所以最后在考核中，袁朗放弃了他，这个把自己"砍得光光的电线杆"带着许三多送给他的玩具瞄准镜，再次踏上了草原上那条最窄的路，去寻找自己的"枝枝蔓蔓"，最终他明白了没有团队自己就会跑丢的道理。

康德说过："人应摆脱对自我的孤芳自赏，取一种多元式思维，不把自己看成是整个世界，而是把自己看成是一个完整世界的一分子。作为整体中一分子，他的行为必须依照集体的道德要求做出。"[1]"不抛弃，不放弃"是剧中人常说的一句台词，也是"钢七连"这个团队的精魂所在。其中，"不抛弃"指向的是他人，不抛弃任何一个，不管是天资愚钝的许三多，还是一切从个人英雄主义出发，功利性极强的成才，强调的是群体的归属，一种整体的价值取向。"不放弃"指向的则是自我，不放弃自我的努力和追求。该剧弘扬的崇高之美直抵人们内心深处，让人们在震撼感动的同时，汲取前进的力量。

纷繁的现代社会，每个人都可能会陷入孤立无援、无可依傍的境地，对集体的渴望、追求就会更加迫切。每个人都离不开集体，在生活的过程中，一起经历和奋斗的人和团队才是意义的所在。许三多和他的战友们，就像一面大旗，召唤着人们去寻找人生、集体的意义和价值。《士兵突击》契合了大众的

---

[1] 傅永军. 灰色理论树上的常青藤——康德哲学巡览 [M]. 济南：明天出版社，1993.

社会价值取向，满足了人们对心灵观照的渴望，能引起轰动社会的效应也是理所当然的。

三、审美创新视野的突破——《潜伏》受众心理分析

2009 年，在大手笔电视剧不断涌现，而受众口味越发挑剔的情况之下，一部名不见经传的电视剧却以"随风潜入夜"之势，瞬间"润物细无声"地俘获了大批受众，收视率一路高涨，最终一举囊括了上海电视节"白玉兰"最佳电视剧金奖、最佳编剧、最佳男主角三项大奖，后又摘取第 27 届电视剧"飞天奖"的"长篇电视剧一等奖"，这就是电视剧《潜伏》。在电视剧数量激增，竞争异常激烈的当下，此剧却能独领风骚，一路高歌猛进，成为"双料"冠军，其中的玄机值得我们探究。

（一）深刻别致的主题，唤起受众被遗忘的情感

以表现间谍活动为主题，以英雄戴上"面具"投入战斗为模式的一类影视剧被称为谍战剧，其中，卧底、革命、情报交换、暴力、爱情、间谍、刑讯等是该类型电视剧所具备的元素，而"发现案情—侦查破案—追捕凶手—化险为夷"成为谍战剧类型化的基本叙事模式，在"侦破"这一环节，深入敌后卧底是最为常见的叙事手法，而这样的叙事就使故事变得错综复杂、惊心动魄，既可以满足受众体验惊险、寻求刺激的需要，又可以让受众追随着悬念丛生的剧情跟着线索推理思考，享受破案的喜悦，更可以让受众窥探到特殊年代中的英豪在压抑逼仄的环境中如何自处，对平淡甚至庸常的生活带来一种想象性的补偿。

《潜伏》的故事并不复杂，军统人员余则成是一个富有知识分子气息的人，因亲眼见到国民党的腐败，他被发展成为我党的地下工作者，并且和女游击队长翠平做起了假夫妻，在天津保密局秘密潜伏下来。因翠平大字不识又鲁莽冲动，两人情趣严重不合，让他本已危险的生活更加险象环生，但他还是顺利地一次次完成了潜伏任务。

《潜伏》能取得高收视率，除了具有谍战剧的悬疑、惊险等所特有的可观性元素外，最重要的是它所具有的深刻别致的主题。这本是一部以宣扬英雄情

结、正义必胜，弘扬爱国主义为主题的国庆献礼片，但是该剧的热播却是因为让受众重新认识到了信仰、牺牲等这些早已被人遗忘的词语，并且深深为之撼动，让受众重新体验到那个风云激荡的年代，因生活的重压已心灵麻木的人们被这些词汇真正的理念所刺激，认识到了信仰的力量。

核心人物余则成就是一个信仰的坚守者，为了信仰，军统出身的他选择了加入共产党，冒着生命危险潜伏在敌方阵营；为了信仰，听从组织安排，与爱人分离。从最初爱人身份暴露牺牲，到最后不得不与爱人永隔两地，他每一次情感的重挫，自身的转变，都是由信仰所支撑着的。他的一句"我没什么信仰，如果有的话，我信仰良心。赶走日本人后，我信仰生活，信仰你"震撼了不少人，开始思考信仰所谓何物，从而反观自己的生活。

不仅如此，《潜伏》除具有了以往谍战剧对受众的天然的吸引力外，更是因其精准地把握了当今时代的脉搏，对受众的精准定位，且迎合了受众群体心理需求，利用谍战剧中的敌我双方的争斗意寓官场、职场、商场的波谲云诡，使不同的受众从中获得不同的生活体验，使其主题具有了多重性。

网络受众对这部剧的解读已经超越了单纯的文本解码，有的将其解读为反腐剧，有的将其视为办公室政治的教科书，还有的认为它讲的是官场的潜规则等，受众极具创造力的文本再生产显然已与原始文本弘扬爱国主旋律的初衷大相径庭，但是从另一个侧面也说明了这部戏受到的认同和喜爱。

（二）别具一格的人物，契合受众的审美心理

由于当下受众的观影观片经验都已十分丰富，从国外的《福尔摩斯》《越狱》到国内的《敌营十八年》《暗算》等，谍战剧、警匪剧、悬疑剧的写作模式已基本用尽，但是《潜伏》在这种形势下，仍能抓住观众的眼球，其中别具一格的人物塑造是关键。

主人公余则成一副唯唯诺诺的文人形象，处处谨小慎微，走路都不敢甩开步子，神经时刻高度紧绷，这样一个戴着圆圆眼镜的人却成了从事最复杂工作的特务，战战兢兢、如履薄冰的他完全颠覆了以往受众印象中高、大、全的英雄人物形象，从外形上来看，极具反讽意味。但是在感情世界中与三个不同女性的交往，又把他智慧、宽容、克制、多才、柔情的不同侧面烘托了出来；在工作中，与上司和同事的明争暗斗，为完成潜伏任务，淡定从容、临危不乱，

更加使人物形象丰满起来。

而翠平更是对以往女地下工作者形象的完全颠覆，大字不识一个，李代桃僵的结婚，女游击队长的身份，第一次进城，泼辣而又粗犷，对战争的理解就是一把手枪、一个手榴弹，这样的一个"大老粗"就完成了余夫人这样一个独特的人物形象，她无异于余则成身边的一颗炸弹，与余形成了极大反差，两人产生一种强烈的喜剧效果，但又是处于这样一种危险的情境之下，这种人物设置和组合使叙事效果得到了增强，令受众产生许多和以往不同的观看期待和体验。

《潜伏》在人物塑造上并没有遵循以往的二元对立叙事模式，英雄的余则成在最开始也并没有那么崇高的理想追求，而只是向往着过普通人的小日子；在对余则成周围敌人的描述中，也并没有对这群反面人物进行"丑化"，而是对他们的人性进行还原，着重表现人物的性格和内心的复杂，因而呈现在我们面前的是一个个立体、多面而又让人感觉真实的人：站长吴敬中贪婪狡诈，精于玩弄权术，攫取个人财富是他毕生的追求；不择手段的陆桥山，得志后又妄自尊大；冷酷狠毒的李涯和行事张扬的马奎都是有着政治信仰的人，如马奎的一句"我不是为了名，也不是为了利，我是为了这个国家，让孩子们有衣服穿，有书读，不再经受战争之苦"，就连李涯纵使知道国民党统治即将倒台，也还心心念念着新的潜伏计划，这无疑是对反面人物进行的一次潜在的正面描写，他们都是有信仰的人，即使是站错了队伍，这将人物上升到了历史观层面进行探讨，使人物不落俗套，有血有肉，让观众对其又爱又恨，超越以往谍战剧中反面人物的形象。

《潜伏》在人物塑造上从性格出发塑造人物，突破了以往模式化的人物设置，从人性的角度对人物进行把握，真实有力地揭示出信仰的宏大主题。个体在强大的社会现实面前是渺小、卑微、不堪一击的，如何确立自我，如何平衡外界压力与内在精神诉求，是当下不少人追寻的问题，《潜伏》挖掘现实中的细节真实，很好地表达了受众的情感诉求。

（三）跌宕起伏的情节，让受众欲罢不能

出版商罗伊·霍华德曾经说过一句话："永远不要低估民众的智慧，也永远不要高估民众的知识。"这也是在告诉我们，编剧需要一个对受众"度"的把握，不可以太深奥也不能太浅显。《潜伏》在故事的掌控上就得到了观众的极高评价："导演没有辱没观众的智商。"

在谍战剧中，任务是否能够完成毫无疑问是其中最大的悬念所在，而一部精妙绝伦的谍战剧总会在任务接近完成之时发生剧情"突转"，而一次次的"突转"带来的一个个悬念就会成为此类型电视剧的看点，因为受众的心会在一次次刚准备放下时又被提起，于是他们在连续的猜度和担忧中，跟随着剧中人一同经历惊险，保持着持久的观赏热情。

《潜伏》中，谍战剧应该具备的悬念、对抗等戏剧性的元素都被导演运用得淋漓尽致，甚至运用了美剧情节紧凑，剧情跌宕，充满悬疑、推理的模式，在剧情上和受众进行着博弈，让受众既能保持浓厚的兴趣，持续密切关注剧情的发展，又能在谜底揭晓时拍案叫绝，由衷感叹既在意料之外，又在情理之中。有媒体调查采访观众，不少人说在看《潜伏》时不敢接电话、上厕所，担心耽误几分钟，后面的情节就会连贯不上，看时会有喘不过气来的感觉，每个细节都不敢放过。

险象环生的情节铺设，让观众始终揪着心，捏着汗，每集结束后总让人意犹未尽、欲罢不能。它将悬念的设置推向了极致，谨小慎微的余则成表面上平静如水，实则整日冒着生命危险周旋在一群狡猾凶残的敌人当中，稍有不慎，就会性命不保。但是就是在这样一种险境中，组织却给他派来了翠平，一个心直口快、莽撞冲动还极易轻信他人的女游击队长，可以说身上没有任何一点地下工作者所具备的特质，反而成为余则成身边能随时引爆的一颗炸弹，危机得到了空前的强化，而这一对危险的人物关系，能否让他们的潜伏任务顺利完成，就成了全剧最大的一个悬念。

由于《潜伏》在人物形象和人物关系上的精心安排，所以整部戏一反谍战剧的剧情特点，呈现出的是人物推着情节向前发展，获得了成功。比如，正是余则成表面上的唯唯诺诺、大智若愚状才使他在经历每一次的内部矛盾后都能够成为最后的赢家；翠平当初闲来无事在院中垒鸡窝，遭到了余则成的嘲笑，但是后来正是这个鸡窝传递出了重要的情报。最后的结局设置更是一反传统谍战剧中坏人失败，好人成功的模式，结果，斗争的胜利非但没有让夫妻团圆，反而天各一方，更加让人震撼、感慨，从而使主题得到了更好的升华，让人们更加感触这些无名英雄的伟大，今天的幸福来之不易。

《潜伏》一剧的成功与它在高强度、高密度的情节中植入情感、家庭的元素是分不开的，这一方面可以使主人公形象更加丰满、有血有肉，另一方面也能够满足受众传统审美趣味的需求，从家庭生活角度全面展现英雄不为人知的柔情。所以，在观剧时，主人公在生活中的嬉笑怒骂似乎比一些炫目的特技、离奇的桥段更加能够唤起观众的共鸣。

近年来，收视率成了衡量一部电视剧质量高下的唯一标准，关系到广告收益的多寡，因而受到了制片方、电视台、广告商的高度重视，以收视率论成败，所以面对众口难调的广大受众群体，影视剧创作者们力图把握市场的脉搏，寻找到制胜的规律，以期创作出既能满足大众"适俗"口味，又能实现教化功能的电视剧。

在观赏影视剧时，受众是具有能动作用的。受众的心理决定着影视剧是否能够被接受，而影视剧同样也能影响到受众的思想意识情感，产生一定的社会影响，甚至会带来某种社会思潮，所以影视剧与受众是双向互动的。

但是在收视率的指挥棒下，利益的驱使往往会让制片方唯观众至上，一味地顺应顺从着观众的口味，生产出一些迎合观众的片子，使观众在欣赏的过程中被其中的趣味所吸引，而后制片方为了迎合其中的趣味，再生产出更多的片子，如此恶性循环下去，最后必定会陷入沦落，也会造成受众观赏品位的低下。所以，在创作影视剧时把握受众是很重要的，但不是一味地顺从，而是因势利导，找到受众的心理共鸣点，提高影视剧的主题内涵。

所以创作者们应从受众出发，研究受众心理，寻找到受众所能够接受的共鸣点，并且遵循类型化这种能够符合主流意识、市场逻辑和大众文化的有效叙事策略进行创作，发挥自己的优势，把握受众从而征服受众。

【实训】

1. 如何看待影视剧带给受众的"心理补偿"？

2. 什么叫影视剧接受的身份认同心理？

3. 如何看待当下在收视率的指挥棒下，利益的驱使让制片方在创作中唯观众至上的做法？

参考文献

[1] 陈晓春.电视剧理论与创作技巧[M].北京:北京大学出版社,2006.

[2] 张觉明.实用电影编剧[M].北京:中国电影出版社,2008.

[3] 杨健,张先.剧本写作初级教程[M].北京:文化艺术出版社,2013.

[4] 吴丽娜,周倩雯,吕永华.剧本写作元素练习方法[M].北京:中国戏剧出版社,2012.

[5] 郝朴宁.影视剧作教程[M].重庆:重庆大学出版社,2012.

[6] 姚扣根.电视剧创作手册[M].昆明:云南人民出版社,2002.

[7] 温迪·简·汉森.编剧:步步为营[M].郝哲,柳青,译.北京:世界图书出版公司,2010.

[8] 布莱克·斯奈德.救猫咪:电影编剧宝典[M].王旭锋,译.杭州:浙江大学出版社,2011.

[9] 威廉·M.埃克斯.你的剧本逊毙了[M].周舟,译.北京:世界图书出版公司,2011.

[10] 悉德·菲尔德.电影剧本写作基础[M].钟大丰,鲍玉珩,译.北京:世界图书出版公司,2012.

[11] 罗伯特·麦基.故事:材质·结构·风格和银幕剧作的原理[M].周铁东,译.天津:天津人民出版社,2014.